人性反思與敘述魅力

嚴歌苓小說論評

李仕芬 著

踏上文學評論之路，是容世誠老師的引領，感謝容老師。

編者的話

《人性反思與敘述魅力——嚴歌苓小説論評》共收錄15篇論文，從不同層面解讀嚴歌苓不同時期，不同篇幅的小説。嚴歌苓一向愛為讀者説故事，其小説的敘述魅力不但見於樸直、鮮活而細緻的語言，也在於情節的設計以及內容的鋪陳，這一切都令其訴説的故事引人入勝且獨具韻味。歷年來嚴歌苓筆耕不輟，移居國外後，筆下始終離不開中國人的故事，或許歷經他鄉再回望故土，最牽動她的仍是舊地的種種。

論文集以「人性反思」為題，展現了政治與人性糾葛的紛紛擾擾，因為嚴氏小説所演繹的，正是嚴苛的政治環境以及顛簸的國族命運中人性的陰晴明晦。她以其獨特的敘述技巧，娓娓述説著一個又一個人心的陰暗與光輝重疊交錯的故事。嚴歌苓自稱愛寫女性，又認為男性角色沒「寫頭」，然本論文集除對其小説的女性作出深入分析，也沒忽略對那些甚至連名字也沒有的男人的探討。畢竟，在嚴歌苓筆下那特殊的社會環境中，不論男女，同樣都要面對人性的嚴峻試煉。

目次
CONTENTS

以女性為中心的寫作

——論嚴歌苓《第九個寡婦》

摘要

女作家寫女性故事，表達女性自我意識，為女性主義文學寫作方向。嚴歌苓一向愛寫女性，她的長篇小說《第九個寡婦》便是以寡婦王葡萄生活為敘述內容。本文從女性中心寫作方向入手，研析這一作品。論文首先從文題切入，評論各家說法，解說「第九個寡婦」的含義。此外，小說以女性視角回擊一向主導的男性視角，及聚焦於角色腳上穿戴等，均為論文分析重點。至於女主角如何發揮女性智慧，艱難環境下從容生活，同為探討範疇。敘述對身體的重視，如何藉以反映問題及建構女性的生存空間，亦為全文剖析重心。最後希望指出，小說敘述如何結連民間傳說，超越現實，以想像方式，創造女性神話傳奇。

一、前言——女作家寫女性的故事

嚴歌苓作品從來不乏注意，2006年出版的小說《第九個寡婦》[1]，即受到不少研究者垂青。先是陳思和為此書撰寫後跋，內容篇幅雖簡短，對後來論者卻不無啟發。[2]嚴歌苓向來不找人作序跋，這次特別請來專家學人執筆，多少可見對作品的重視。《第九個寡婦》以女主角王葡萄從七歲至五十多歲的遭遇為敘述內容，涵蓋的歷史事件包括日本侵華、土改、大躍進、文化大革命等。嚴歌苓作品，向偏重女主角，亦著重反映歷史，其長篇小說尤能體現此特色。早期《雌性的土地》，後來《扶桑》，以至近年《寄居者》、《金陵十三釵》、《小姨多鶴》及《一個女人的史詩》等均為佳例。[3]《第九個寡婦》值得注意，便因能細緻表述歷史洪流中個人的立身處世。女主角王葡萄立於大地，順應自然，觀照歷史，除可被新歷史主義者視作同道外，大概亦足讓女性主義者引為知己。嚴歌苓以女性為中心的書寫策略，相當符合女性主義的立場，本文討論亦主要由此角度切入。男性主義慣常看法是：男性積極創造「他的女人」。[4]《第九個寡婦》讓我們一睹的是：女作家如何在文本中創造「她的女人」。

二、命名的意義——從「第九個寡婦」的題目說起

嚴歌苓以「第九個寡婦」為書題，引來評者意見紛紜。陳思和首先提出異議，指出題目與整體故事及意象並無必然關係。他認為以「鞦韆」命名會更富表現力，因為人的命運一如盪鞦韆，唯有緊抓鞦韆架上的繩子，才不會被拋落。[5]不錯，鞦韆在故事中確是上佳意象，折射了女主角王葡萄動盪世界裡求生的頑強意

志。然而，這是否就是命名唯一或最佳選擇，實有商榷餘地。鄭民娟便認為陳思和忽略嚴歌苓民間、非精英的創作立場，並引述了嚴歌苓「九是一個大數」的說法。她最後更指出歷史成了王葡萄的故事背景，而《第九個寡婦》是：

> 「一個鄉土中國女人的生存故事，而這個女人就像她的名字一樣，多汁而又甜蜜，極具生命力。」[6]

鄭民娟雖提出一定看法，但仍顯得較為籠統空泛，未能針對題目本身詳加解釋，讀者必須從行文中自行聯想體會。女主角「王葡萄」名字蘊含的意義，固可從水果本身多汁香甜的特色得到更豐富的解讀，但《第九個寡婦》這題目本身，並沒把王葡萄三字加上。[7]如此看來，以「第九個寡婦王葡萄」命名，似能引發更多藝術想像，而「九」這一數字，在中國語文傳統習慣裡，可視為虛指，一方面既為嚴歌苓所說的大數，但亦有無限延伸的意義。[8]《第九個寡婦》演繹的，正是王葡萄無限的生命力。小說以王葡萄為軸心，鋪演開拓的也是在固有政治環境框囿下，個人突破的種種可能。附以寡婦這一名稱，亦可從反面敘述意義上加以說明。中國傳統社會對寡婦的要求往往嚴苛，克己守節常為無形思想桎梏。[9]在王葡萄身處的年代，寡婦容易招惹「是非」（頁111）的說法，仍切實反映社會一貫對寡婦的道德要求。王葡萄為寡婦，但她的行為表現，並不同於前八個，亦即一般的寡婦；她是第九個寡婦，有著無限潛能。劉思謙則在論文中除同樣肯定王葡萄的「獨特性」外，更反過來把陳思和的說法轉化應用，指出「第九個寡婦」這樣的標題正好緊扣「整體故事和意象」。[10]

其實，從命名意義來看，正可見嚴歌苓對「第九個寡婦」的重視，小說情節重心也確實落在她守寡以後的遭遇。這樣的題目本身便頗具張力。故事一開始便這樣戲劇化地展開：

> 「她們都是在四十四年夏天的那個夜晚開始守寡的」（頁5）

而內容發展同樣沒讓人失望，劇情引人入勝之餘，卻從沒偏離王葡萄的生活經歷。這一守寡婦人無論任何惡劣環境仍活得精彩的故事，反映的正為題目所標示「第九個」的獨特含義。

三、「女人好看」——以女性為中心的寫作

女性主義文學批評關注的是女性的命運與處境。從弗吉尼亞・伍爾夫（Virginia Woolf）強調「自己的房間」[11]到伊萊恩・蕭沃爾特（Elaine Showalter）的「荒野」[12]探索，以至呂斯・伊加里（Luce Irigaray）意圖建立的「流動」女性文體[13]，女性作家對性別的自覺意識均為其中重要課題。在企圖扭轉神話中美杜莎（Medusa）刻板形象的專文中，埃萊娜・西蘇（Helene Cixous）更向姊姊妹妹呼籲：要寫作，寫自己，寫女性。她認為女性的寫作猶如一己身體般，一直被排斥。因此，女性必須付諸行動，把自身寫進文本裡，走入世界、歷史。[14]

其實無論中外，以女性為書寫對象，一直是女作家從未忘懷的使命。[15]在男作家壟斷文壇年代，女性心事只能由男作家代言。中國方面，以傳統閨怨文體為例，思婦形象恆常成為男作家筆下一廂情願的想像。由「君行踰十年，孤妾常獨棲」到「那等在季節裡的容顏如蓮花般開落」，時代迭變，這一以男性為中心的落想仍然清晰可見。[16]詩歌內容雖是女性心事，但對男性不能割捨的依戀才是至欲傳達的訊息。女作家時思反抗的，是男作家

以自我為中心的越俎代庖。在女性主義思潮影響下，近年不少女作家已經意識到性別身分與寫作的關係。中西兩地均曾居停的嚴歌苓，雖從沒打起女性主義旗號，但對女性角色的鍾情及敘寫方式，不啻也是以女性為中心，有著明顯性別意識的寫作姿態。嚴歌苓受訪時，從不諱言自己愛寫女性，認為男性沒有寫頭。[17]《第九個寡婦》編者在引述嚴歌苓認為「女人好看」的話後，更進而指出王葡萄為一「『好看』的女人」。[18] 所謂「好看」，可從不同層面詮釋。首先，廣義地引申，不妨是指以王葡萄為重心開展的故事好看，這亦即嚴歌苓一直在作品中追求的藝術面向。其次，從字面含義看，明顯直指王葡萄樣貌體態悅目。這方面作者不僅從客觀敘述中表達，更往往通過別人的視角說明。此外，可把「好看」解釋為愛看人。在故事中，王葡萄常常在看人，從她的視點觀察外面世界，以她的看法詮釋政治人事的變遷。這種女性視角正是貫串全書脈絡所在，而此一性別觀照，正是女性自我意識的體現。[19]

四、「都是同樣的人腿」——從男性視角到女性視角

《易經》以乾為天，坤為地，天尊地卑，天主陽，地主陰，陰陽和合，萬物遂生。歷史不斷演變，逐漸形成中國男尊女卑，男主女從的兩性關係模式。[20] 在西方，西蒙波娃則以第二性命名女人，同樣譜寫出女性受輕賤歧視的命運。[21] 在兩性關係中，女性往往處於被動位置，於是約翰・伯傑（John Berger）看人與被看的理論，也就自然地推演成男人看女人，女人因而才能行動的說法。[22] 可以理解的是，女性一直只能活在男性目光下，個人行為亦受影響。正如喬安娜・弗呂（Joanna Frueh）指出，在男性主導的社會裡，女性攬鏡自照那種水仙子自戀形象，也必因

應社會欲求而生。[23] 女性以自身取悅男性的意識形態是牢不可破的性別迷思。尤為值得注意的是，女性心底往往清楚意識到這種刻意迎合。在《第九個寡婦》中，作者也不時從被看的角度來敘寫王葡萄，然而，王葡萄的反應不同於一般女性。她從不在意別人的目光，亦不會扭曲一己性情迎合他人。故事中，孫懷清、孫少勇、史春喜、史五合及老樸等男性角色，在對王葡萄注視中，不但未被安排處於權力上風，更往往成為凸顯後者可貴人格的媒介。在審視過程中，男性以他們的理性分析，整理出可能連王葡萄也不自覺具有的性情特質。王葡萄被視為甚麼也不怕的人，獨立自足，深具勇氣，能面對種種惡劣生存環境：

> 「葡萄這裡全是見慣不驚的，大事化小的。她三十四歲，像個幾歲的孩子不知道怕，也像個幾百歲的老人，沒什麼值得她怕。只要把門栓一插，她這院子就是她的，就安全。」（頁270）

> 「他（筆者按：指角色老樸）想也不敢想這十多年的每一天她是怎麼過的。飢荒、運動、寡婦避不了的是非。她還水靈靈地活著。」（頁273）

有著強韌生命力的王葡萄，對男性來說，成了落難時的庇蔭所。無論是孫懷清、老樸、孫少勇、鐵腦或史春喜，均在實際生活或心理上依賴王葡萄。敘述更不時讓這些男性角色，反思自己這種依賴。不過，另一方面，曾對王葡萄產生愛戀感覺的男性角色，有時卻會在看王葡萄的過程中，感到不自在或受到威脅。「女妖」（頁246）的形容，反映的正是傳統男權主義思想主宰下，女性的惡魔負面刻板形象如何又一次在文本中落實。男性對女性恐懼的想像是女作家從未或忘的筆下題材。[24]

此外，值得注意的是，被看的王葡萄，也會看人或回望。小說一開始便通過陌生外來者的視角，發掘王葡萄雙眸顯現的野性生命力：

> 「外鄉人一下子分了神，是葡萄的目光讓他分神的。這是一雙又大又黑又溜圓的眼，假如黃一些就是山貓的了。這雙眼看著你，讓你們想到山裡幼年野物，牠自以為是占山為王的。牠尚不知山裡有虎有獅有熊，個個都比牠有資格稱王，牠自在而威風，理直氣壯，以為把世面都見了，什麼都不在牠話下。」（頁21）

王葡萄這種原始活力，正是她日後能面對人生困厄的關鍵。她看人或回看行為中表現的自主個性，更在意識形態上抗衡了女性只能處於被動的兩性恆常關係。論者宋國誠指出「反觀視」是一種「反關係」，意即透過「觀視者的衝擊性觀視」及「被觀視者對觀視者的反視」，改變我們習以為常的關係。[25] 王葡萄也可說通過「反觀視」來達到「反關係」，改變了慣見的兩性關係模式。此外，王葡萄的觀視也包括了從門縫或其他地方察看人腿。下列引文，即從腿下穿戴不同帶出政權的更易：

> 「葡萄從門縫看出去，都是同樣的人腿，不過是綁腿布不一樣罷了。有時是灰色，有時是黃色，有時不灰不黃，和這裡的泥土一個色。」（頁23）

值得注意的是，人們這種因應政治環境而反映在腳上穿戴變化的現象，是經由王葡萄的視角呈現，於是傳達了後者強烈的個人主觀色彩。陳思和早就注意到王葡萄緊貼大地，從門縫中窺視世界的觀照角度，並指出其中所標示的民間立場。[26] 王葡萄的觀察是從事物具體層面入手。風雲突變的政治舞臺，人性的複雜，我們往往慣以抽象思維概念辨析理解，王葡萄卻只透過相異腳布便概括出社會重大變化。她把原本複雜的事物簡單化，於是相應也就建立起一種「啥事都不是個事」（頁249）的生活哲學。如此一來，王葡萄眼中看去，政權更迭就如遊戲玩耍：

> 「反正這場院常有這樣撒野的腳，分不清張三李四，打孽、打日本、打漢奸、打地主富農、打鬧玩耍。」（頁144）

張三李四，不停打這打那的鋪陳敘述，是以閒話形式，把嚴肅話題不經意地矮化，而這正是全書意欲帶出的藝術效果。王葡萄在敘述上表現的主體意識，自亦可從女性主義角度加以說明。其實，王葡萄的主體意識，同樣可從她對人回望的動作中得到反映。她被稱為「生胚子」（頁65，頁76，頁98，頁105），別人瞧她看，她立即回望，直瞪瞪地，從不退縮。即使是男性，也不會不感到她眼神蘊藏的懾人力量。王葡萄表現的是自然立於大地而無所畏懼的姿態。這樣一種氣度，清楚反映在她面對任何惡劣環境，仍能怡然活下去的生存哲學上。

五、「好活著呢」——王葡萄的生存哲學

> 「將來的荒原下，斷瓦頹垣裡，只有蹦蹦戲花旦這樣的女人，她能夠夷然地活下去，在任何時代，任何社會裡，到處是她的家。」——張愛玲[27]

敏感早熟的張愛玲早就認識到女性強悍的生命力。嚴歌苓同樣喜歡展示女性這種生命力量。她筆下的扶桑、貝比、小點兒、田蘇菲、多鶴等，均能在惡劣環境下泰然活著。[28] 王葡萄七歲逃難，父母死去，給人賣掉，成了孫懷清童養媳。在這樣的環境裡，王葡萄自小便要操持家務。長期勞動卻沒把她身體弄垮，作者通過孫懷清的視角來看王葡萄如何長得越發健壯：

> 「那麼多年的勞累，背柴背糞，沒壓矮她，反而讓她長得這麼直溜溜的，展展的。」（頁65）

《扶桑》的女主角扶桑即使在被販賣窩藏過程中，也是不吵不鬧，飯來照吃，越發紅潤壯健。王葡萄同樣在任何情況下，均能「好活著呢，給口水就能活」（頁255）。個人在惡劣環境下掙扎求存可說是中國當代文學的重要課題，不過，作者在作品中表達的往往為「賴活」生存狀態。這種賴活表現在咬緊牙關，胼手胝足，苦中求存的生活模式中，而作者則一般以悲情手法鋪張演繹。嚴歌苓在《第九個寡婦》中卻以角色的輕鬆樂觀為全文奠定基調。王葡萄從容活潑，面對任何困厄，均能篤定地疏導化解。當別人在政治主導下生活時，她卻活出了自己的一片天。大眾在政治革命洪流下往往被迫參與，不明所以地轉換生活模式。問題是，這種改變並沒使大家的生活有所改善。所謂政治革命，在王葡萄心目中，不但實質改變不了甚麼，連表面上的變動也是模糊不清，啟人疑竇：

> 「葡萄坐著自己的鞋，一針接一接（筆者按：後一「接」字疑為「針」之誤。作家出版社的版本即為「一針接一針」）地納鞋底。她看看黑麻麻的人頭，看看衣衫不整的

> 脊梁、前胸，這不和十多年前一樣？連人坐的東西都一樣，還是鞋，爛席、黄土地。不一樣的是臺上的毛筆大字。乍一看也看不出啥不同來。」（頁263）

作者以裡外不變來指出革命內容的虛妄。鞋這一意象在政治學習會的情景下，作用與王葡萄喜歡觀察別人腿腳的情況是一致的，它同樣反映了政權輪替的問題，只不過其中重點更在民生依然困苦的層面上。黃土地上衣衫不整、爛蓆充斥的形容，隱然帶出了長期的苦難記憶。政治學習會上自顧納鞋底的動作，不止一次在文本中出現，同樣彰彰明甚地說明王葡萄漠視政治教條，依照自己意願生活的特立獨行。

女性被消音，沒有話語權，一直是女性被壓迫，地位卑下的表現，王葡萄卻常以一己發言來抗衡政治話語。推行政治運動時，政治術語的制定及運用往往是推行政策、統領民眾的工具方式，而在火紅的革命年代，政治標語之類，更無處不在。王葡萄除注意到新詞不斷湧現外，更用樸素直觀方式，調侃所謂革命新詞的內容：

> 「史書記說：『王葡萄，你這覺悟可成問題。』……『覺悟覺悟，給記工分嗎？』葡萄說。」（頁261）

> 「『還能說誰？你唄——愛國衛生，都不懂？』」（筆者按：這是王葡萄的說話）（頁280）

> 「『又開會？』葡萄說。『咋叫又開會？』（筆者按：以上是蔡琥珀的說話）『可不是又開會。』（筆者按：以上是王葡萄的回應）」（頁86）

「『哎呀！今兒一早就在河灘刑場上執行槍決啦！你公公孫懷清叫人民政府給斃了！』（筆者按：以上是蔡琥珀的說話）『斃唄。』（筆者按：以上是王葡萄的回應）」『那對你這個翻身女奴隸，不是個大喜事嗎？好賴給大家發兩句言。』（筆者按：以上是蔡琥珀的說話）『發唄。』葡萄說著鑽進茅房，頭露在牆上頭，把褲帶解下搭在脖子上，叫蔡琥珀先走，她解了手就跟上。」（頁87）

呂斯・伊加里（Luce Irigaray）曾提出以玩笑、諧擬拆解男性話語霸權的女性主義策略。[29] 王葡萄在面對充滿男性主義宰制意味的政治指令時，正是以不經意或帶著玩味的方式打發搪塞。在你言我語，帶著戲仿玩鬧的交鋒過程中，王葡萄其實一直以逆向思維否定對方。「斃唄」、「發唄」等回應，表面唯唯諾諾，實是虛應蒙混，話語背後潛藏的更是女性窩藏「政治犯」的私密行動及決心。緊接嚴肅政治話語宣示後，卻是王葡萄「解手」過程的披露。煞有介事的形容，一再指向的仍是以戲謔為前提的敘述方向。[30] 除以輕鬆語調解構政治話語的權威外，作者同樣著重的是王葡萄如何以看似簡單的思維邏輯，直指問題核心：

「原來分大洋不叫分大洋，叫進步，殺爹也不叫殺爹，叫進步。」（頁93）

「『你說啥?!』（筆者按：以上為王葡萄的說話）」『他是反革命啊！』（筆者按：以上為孫少勇的說話）『你們說他反革命，他就反革命啦？』（筆者按：以上為王葡萄的說話）」『大夥都說。』（筆者按：以上為孫少勇的說話）『就算他反革命，他把誰家孩子扔井裡了？他睡了誰

家媳婦了？他給誰家鍋裡下毒了？』（筆者按：以上為王葡萄的說話）」（頁82）

言語對話間，王葡萄以簡樸人性原則作為立論依據，輕描淡寫戳破政治的專橫武斷。群眾思想淹沒在階級鬥爭洪流之時，王葡萄卻恪守著心目中的人倫原則。這種堅持，是她「膽大妄為」（頁259），偷偷救回孫懷清，並獨自把他窩藏幾十年的原動力。當革命要從思想以至行動上連根拔起親情關係時，她反以「混沌」智慧，洞悉其中荒謬。[31] 表面上她把一切看得雲淡風清，卻在在以人為本位。敘述即通過以下對話想像剖析王葡萄處事的態度：

「假如少勇問她：這樣藏下去是個事不是？她會說：啥事都不是個事，就是人是個事。問她萬一給發現咋辦，她會傻一會眼，好像從來沒想過那麼遠。要是說：藏到啥時是個頭呢，葡萄？她會說：咳，這不都藏這些年了。」（頁249）

這是王葡萄應付人生乖蹇時「躲一躲，就躲過去了」（頁103）那種想法的再一次演繹，指陳的並非消極或無奈。如何在社會、政治大潮流中自我把持，活在當下，從容面對橫逆，才是其中重要思想面向。表面上個人確無法改變現狀大局，但內心不妥協，從不放棄一已意願的做法，已是意志力的體現。應時順勢，不硬碰之餘卻又內藏主意，伺機而動，更反映了雌性的陰柔智慧。此外，從敘述角度來看，以上引述的假設對話，則可見作者感情的積極投入及認同。她利用想像，推演假設，卻又繪影繪聲，為女主角代言。這種手法，也帶有中國傳統講唱文學的味道。以這種形式表達的故事，因為有賴說書人演繹，角色表現的伶牙俐齒或敘述的活靈活現，往往便是說書人能言善道的表現，兩者關係異常密切。這樣一種特色，也可說反映在以上的虛構對話中。話語中流露的女性語氣，固然是主角女性身分的真切演繹，同時更是女作家積極「干預」的結果，而所謂干預，最後昭示的毋寧仍是以女性為中心的書寫策略。

王葡萄能夠從容自在生活，可說與她幹活覓食的實際能力不無關係。別人大飢荒年代餓得皮黃骨瘦，她卻「水豆腐一樣嫩，粉皮一樣光」（頁254）。糧食緊缺時，王葡萄反而表現出尋找及製作食物的能耐，「吃盡地上、水裡、樹上長的所有東西」（頁254），「狗屎……都能給它做出來」（頁157）。在孫懷清背後協助下，她更把能力發揮盡致。種種情節，作者花了不少篇幅細緻交代。整體來說，王葡萄表現的幹勁及為了維護自身利益絕不退縮的行為，均為小說筆觸所在。與人爭奪肥皂時，王葡萄更是動口又動手，「操奶奶」（頁63）之餘，同時「越打越帶勁」（頁64）。敘述刻意經營的是野味兼趣味十足的大氣女性形象。

細節敘寫，常給指認為女性寫作手法，有時亦因而被負面標籤。[32] 嚴歌苓作品卻以細節見稱，長篇小說如《雌性的土地》、《扶桑》、《一個女人的史詩》及《寄居者》等，納入大歷史之餘，更見細節的縷述。《第九個寡婦》亦無例外，透過對個人狀況的聚焦描寫，幾十年的中國歷史進程得以呈現。這些細節以女性角度，具體呈現手法，重構了昔日情況，不過，這種對細節的刻意經營，重點最後還是落在個人身上。王葡萄「好活」的一生，才是作者最為著意所在。女作家書寫女性的命運，以女性一生反映歷史的寫法，是女性文學寫作的又一次演練，而其中最值得注意的，是女性觀照的藝術面向。宋國誠在分析女性藝術家的創作時指出：女性的存在意義及價值，可經由女性身體，通過對生命的體驗和表達，得以重建。[33] 藉著對王蔔萄生命的體驗及表達，《第九個寡婦》試圖帶出的，正是存在的意義及價值，而女性身體則在其中扮演重要角色。

六、「啥也不如硬硬朗朗的，全全乎乎的」[34] ——女作家對身體的重視及呈現

> 「肉體是一個大智慧……你肉體中的理智遠多於你那最高智慧中的理智」——弗里德里希．尼采（Friedrich Wilhelm Nietzsche）[35]

柏拉圖（Plato）對身體的鄙視，對精神的推崇，到了男權社會年代，赫然成了男性形而上，講求精神追求；女性形而下，著重肉體經驗的兩極思想分野。在這種思想導向下，女性身體也連帶受到賤視。弗里德里希．尼采（Friedrich Wilhelm Nietzsche）的回歸肉體，給了女性主義者更多有利爭辯空間。男權思維模式慣以天與地、精神與肉體、文化與原始、主動與被動等二元對立為宇宙萬物定序，女性主義也同樣可以由此進發回擊。[36] 在《第九個寡婦》中，王蔔萄的女性身分，緊貼大地的常見姿態，身體動作先行的表達方式，在在展現了女作家對女性角色定位的思考。嚴歌苓曾表示概念會窒礙人的心靈自由，[37] 可見可觸的身體，於是成為她小說中常見的書寫對象。藉著這種「可見可觸」，嚴歌苓更帶出了身體的「可感」。其中著重的，並非身體的被動，而是其本身即為人性呈現的思考面向。其實，身體固可被視為傳遞內心感受的媒介，但敘述更為關注的是主體自身的呈現。莫里斯．梅洛．蓬蒂（Maurice Merleau-Ponty）在論說中即指出身體規定了觀看世界的位置：「我用我的身體觀察外部物體」[38] 。王蔔萄正是

以自身為主體，用自我身體去觀照外在世界。這種觀念下，不僅人類身體受到重視，即使動物身體也不會受到輕忽。

第四節曾討論過《第九個寡婦》如何以人腿穿戴不同來反映政權更易，其實這種敘述本身也就説明了作者如何把焦點放在人的身體上。以具體物事代替抽象政治理念，進而顛覆，作者用心昭然可見。對於王葡萄這一女主角，作者更強調她如何以身體感知世界，並透過不同敘述視角予以説明。感情與肉體上均割捨不了王葡萄的孫少勇，即有這樣的感受：

> 「她可是個寶物，能這麼滋潤男人。難怪她手碰碰他就讓他覺出不一樣來。她身上哪一處都那麼通人性，哪一處都給你享盡福分。」（頁81）

對於另一與王葡萄有著情感瓜葛的老樸，除看出王葡萄「真正的尤物」（頁281）那種對異性的吸引力外，亦是從身體的交流來認清人與人之間的親密關係：

> 「他的身子從一開始就和葡萄的身子熟，兩個身子是失散了又聚攏的。他從葡萄身上明白，原來身子給身子的，也都是懂得。」（頁281）

人如何藉著身體，彼此溝通，是「身子給身子」的含義。身體本身不假外求的自主自足，更是敘述著意所在。

至於王葡萄與另一男性角色史春喜的身體糾纏，作者同樣以後者的視角加以審視。先是那場兩人的打鬥，王葡萄的陣勢架式就讓史春喜見識了雌性身體的原始力量：

「這個赤身的雌獸簡直是從遠古一步跨到眼前的。他要的是這麼個野物？……她瘋了一樣撲上來，左、右手一塊揮舞，把他臉打成個博浪鼓。他沒想到她撒野時勁有多麼大，竟被她壓在了身下。她的肉又滑又膩，他氣瘋了。」（頁204）

野性力量，從有形肢體表現出來。[39] 女性和男性一樣，同樣能以身體力量保衛自己，攻擊他人。弔詭的是，男性在打架過程中，除體認到女性身體的強悍外，更同樣為對方身體散發的魅力所吸引。女性對男性具有致命吸引力的固有女性主義課題，在這裡以身體為對象，又一次得到演繹。所謂女性致命吸引力，在女性主義觀照下，演繹的往往是男性對女性既愛且怕的矛盾心理。傳說故事中，海妖的悅耳歌聲會引來災禍，反映的正是這種男性對女性的潛在恐懼。[40] 史春喜便曾這樣反思：

「這二十八歲的寡婦憑哪點值當他為她受飢熬渴，她是什麼魔症，能讓他在瞧不上她煩她厭她的同時，又把她愛死？」（頁192）

所謂「魔症」，與小說其他男性角色不時把王葡萄視為「女妖」的說法，可謂如出一轍，一再呈現的是女作家對男性漫不經意的嘲弄，而女性身體的魅力，則仍是其中主要話題。此外，緊接二人相打後的一場性愛糾纏，表面上是史春喜以武力制服王葡萄，但前者的回憶卻使男女身體誰主誰從的性別議題得以重新定位：

「他回過頭去細嚼滋味，辦事中她好像還哼唧了幾聲，怎麼弄她她怎麼帶勁，吭吭唧唧到最後打起挺來。他越想越

懊惱；這不成伺候她舒服了？」（頁204）

史春喜到最後著魔般不能自拔，在過程中只想給王葡萄「毀掉」（頁316）及「碎在她肉裡」（頁316）的感覺，正是對女性身體致命吸引力更具體細緻的演繹。其實小說中其他有關二人的性愛場面，強調的同為女方的身體享受。在大飢荒年代，王葡萄卻神奇地藉著性滿足而「腫消了，臉色紅潤起來」（頁240）。食物不可及，性卻可及，身體需要藉著這種轉移得到替代，顯示的正是文學想像昭示的理想世界。女性這種從自我主體出發，感受一己身體的過程，更可說是女性意識的表現。在女性文體相關論說中，呂斯・伊加里（Luce Irigarary）也好，埃萊娜・西蘇（Helene Cixous）也好，均強調身體的觸感。《第九個寡婦》的身體言說，正可說是這種女性主義觸覺在文本中的體現。這樣的寫作特色，最後帶出的毋寧仍是以打破男性慣有直線思維模式為意圖，呈現文本開放性的陰性書寫策略。[41] 王葡萄最後以寡婦身分懷孕產子，雖礙於政治環境，只能把兒子托付他人，但過程中表現的自然無懼，安泰沉著，以及對親子關係的篤定看法，一再標示的仍是女性遵從身體意欲，不受傳統錮蔽的思想形態。

再看王葡萄與另一男性角色史五合的糾纏。因為給識破窩藏孫懷清的秘密，王葡萄受脅迫下，不得不與史五合發生肉體關係。然而，小說敘述焦點並非落在女性受辱的痛苦上。王葡萄如何把史五合「就地正法」，糾集侏儒等人把史五合活埋山上，才是重心所在：

「五合快要嚥氣了。他已經不是個人，是個人形肉餅。……五合稀爛的肉體還沒死透，滾進大坑時肉還最後疼了一下。是那些半尺長的腿把他踹下大坑的。是叫挺的男孩瞪

著他這堆血肉渣子滾上了第一層黃土，就像廟會上賣的甜點心滾了一層豆麵、糖面、芝麻粉。」（頁258-259）

人體被活埋過程乾淨俐落之餘，更顯主事者的冷靜從容。從孩子視角出發，以食物作聯想，那種故意不把活埋者當回事的陌生化手法，也一再顯示敘述意欲呈現女性對男性進犯毫不退縮的反抗姿態。然而，無論受辱或反抗，一切均以身體方式呈現。把身體解決掉，一切也就消失，問題便不再是問題。史五合的例子說明，男性的存在是如何不受重視，其身體的消逝也就顯得無關重要：

「史五合從這世上沒了。他知道的那點事也沒了。誰也不覺得缺了他。」（頁259）

相較於男性身體受到的輕視，女性身體的重要卻在王葡萄身上得到清楚體現。以下敘述即從王葡萄以身體感應外間物事入手：

「孫少勇往屋裡走，葡萄『啪嗒』一下關上門栓，把鎖套進去，一推，銅鎖鎖上了。她的手一向主意大，常常是把事做下了，她的腦子還不太明白她的手早就先拿了主意。她鎖上門，腦子還在想：咦，你連少勇也信不過？原來她葡萄是頭一個信不過少勇。」（頁92）

手在這裡發揮了具體喻示作用，扮演了主體角色，而非僅是思想載體。手先於腦而行，在腦還未及整理思維狀況時，已辨清事情來龍去脈、是非黑白而有所決定及行動。在表達身體先行特徵時，敘述不時把重心落在王葡萄手巧、勤快等層面上。無論打麻線、養豬等各種活兒，王葡萄均表現出色。作者每每透過不同角色的視角呈現這一能力，而使到對她的評價更見客觀。孫懷清與王葡萄相處數十年，即清楚歸納出後者以身體為主導的性格特徵：

> 「她從來不拿什麼主意，動作，腳步裡全是主意。」（頁115）

另外，想連帶說明的是，盪鞦韆這一意象固如前述，為緊抓生命、意志頑強的象徵表述，但同樣可注意的是其中折射的身體含義。王葡萄對鞦韆的駕馭自如，一再印證了作者關注女性身體的寫作導向。通過向上騰飛的動作，女性身體展現出掌握自由的意志與能力。此外，《第九個寡婦》也有以侏儒為對象，展開身體的論述。故事中侏儒被視為「半截人」（頁110）。「半截人」的看法，正反映了所謂健全人士是如何以自己身體大小作為衡量他人標準。然而，這些礙於身體狀況而只能處於社會邊緣位置的「半截人」，也因此免受政治禍延。他們和諧自足，活在自己的世界裡，冷眼旁觀，審視所謂正常社會的荒誕怪異。心思的澄明，反讓他們意識到王葡萄的「高大完美」（頁88）。彼德・布魯克斯（Peter Brooks）曾指出，在現代敘述文學中，身體可視為通往滿足、力量及意義的竅門，是至佳體現。[42] 王葡萄的「高大完美」，除指向外在形態外，更包含了內蘊情愫；同樣讓人滿足、具有力量及意義。

《第九個寡婦》的身體論述除以人為主要對象外，也延及於狗、鱉、牛等。政治禍延，民不聊生的年代裡，當人可被隨意擺佈侮辱，甚至殺害時，其他生物的生存更加受到考驗，而身體的任人宰割，自亦是意料中事。敘述即借王葡萄的口表明：「他們都不會好好待人，能好好待畜牲？」（頁204）、「一運動，牠們可受症了，得忍飢了。」（頁205）以下一段，驟然把狗的地位提升，與人並齊的寫法，笑謔戲擬之間，質疑了政策的權威外，指向的更是強權播弄下，動物死活予奪由人：

> 「村裡人全嘻嘻哈哈跟著叫：『告訴你那黃狗，坦白從寬，抗拒從嚴！老實認罪，爭取叫縣領導饒牠一條狗命！……』」（頁324）

黃狗最後的命運是：被煮成一鍋肉，以一己身體，在食物匱乏年代裡，填飽他人肚腹，溫暖他人身體。

此外，小說中一直為人作伴的老鱉，在飢荒年代，命運亦恰與黃狗一樣，給人宰殺了果腹。為逃避被宰的命運，老鱉一度作出防禦反應，堅決把頭收於硬殼之中，讓人無從入手。然而當警戒一鬆，老鱉頭一伸，還是給斬掉處置了，而殘軀則被熬成滋補人類的湯羹。敘述不忘交代過程中的掙扎：老鱉身首異處後，頭已死透，但殘肢還是努力反抗，「驚天動地往最黑暗的地方爬」（頁292）。床底雜物被「撞開，撞塌，撞翻」（頁291），塵土飛揚，響聲轟隆。不屈軀體，表現出昂揚生命力，指向的仍是作家關注身體的敘述方向。

至於小說中那頭牯牛，不斷索食，卻又不斷排泄，糧食未能消化之餘，只誇張地造成了牛糞堆積如山的現象。身體失衡由進食與排泄過程失調表現出來：

> 「牠連反芻都免了，就是吃、屙。棉籽餅全叫牠吃光了。一堆棉籽餅眨眼就從後頭出來，糞堆在牠身子下眼看著高起來。」（頁226）

一進一出，本為生物生存基本生理功能，但過度運作，卻使牛耗盡身體力量，只剩下副骨架子。敘述通過瘦骨牯牛帶出的是，在飢荒年代，即使動物同樣未能免禍。最後人竟在牛糞中掘寶似地找尋未經消化的食物殘渣，表現的更是人在飢饉狀態下的異常行徑。人與牛這種「互動」關係顯示的是身體正常需求未能滿足下的反常悖倫。牛與黃狗、老鱉同一命運，最後仍被宰殺，變成人的糧食。動物軀骸成了滋育人身祭品之餘，作者更注意到以下詭異共生關係：

> 「村裡的狗讓人殺怕了，都往河上游逃去。逃出去不久，有的餓死了，不餓死的就夜夜在墳院裡扒，扒出新埋的屍首，飽餐一頓。」（頁227-228）

生物鏈本為自然定律，但《第九個寡婦》卻以乖異變奏方式展露萬物生態的所謂共存平衡。小說便曾敘及餓壞的孩子，「眼光冷毒，六親不認」（頁211），讓親母產生會給他們吃掉的感覺。此外，順帶一提，小說中與王葡萄相依多年的另一頭老牛，為要向人證明自身能力，瀕臨死亡，仍奮力拉動石磨，以殘軀作告別演出。以上種種身體論述，同樣昭示出作者獨特女性觀照下對政治人禍的體會反思。

七、結語——女性的神話傳奇

《第九個寡婦》敘寫「高大完美」的王葡萄大半生經歷。「高大完美」非僅反映侏儒的獨有觀照，更是對王葡萄個人的總結論述。故事中，王葡萄面對窘迫，顯出超凡意志，而其無所不能，事事屢能化危為安，更跡近神話。這種理想化的表達手法，自不會完全不招評者質疑。[43] 不過，如果我們就著神話傳說的進路思索探究，或可得到不同的啟發感悟。陳思和便曾以藝術想像空間的拓展來肯定《第九個寡婦》的文學價值。[44] 故事發生地史屯，本身便是一理想地域，另類桃花源。居於史屯的人，雖難如淘潛筆下桃花源一眾般擺脫外界干預，但也造就了心遠地自偏的自足境界。他們以人與人之間的和諧凝聚自我的世界，以快樂面對窮苦，建立心靈的樂土：

> 「恐怕人人一樣窮，一個富的也沒有，就樂呵了。只要綁一塊，做再沒名堂的事，再苦，也樂呵。」（頁295）

敘述刻意讓已長居異地的孫少雋回望史屯人的生活。藉著時間與地域距離，個人情緒得以冷靜下來，營造出既帶同鄉人主觀感情，又不失客觀的敘事效果。在這種故鄉感情昇華沉澱過程中，史屯自然成了人情上的假想以至理想地域。如此設定地域背景下，種種事件的發生便變得可能。各式各樣的民間傳說，也得以想像方式，不斷敷演。剪窗花祖奶奶再世為人、侏儒祭祖、黑龍爺降雨、人與豹相得等傳說，不停在小說中穿插，豐富故事內容之餘，亦搭建了想像的藝術空間。[45] 在這樣以各種傳說形構的世界裡，王葡萄及孫懷清的離奇遭遇便不期然帶上了神話色彩，而循此角度來看，二人超凡的行事作風即不能單從現實角度考慮。當敘述把王葡萄與剪窗花祖奶奶連線，兩者互為併合，人性彷彿結合了神性，王葡萄的與眾不同也就不難理解了。她那隱然如地母般的神話形象，亦顯得順理成章。貫串全書的侏儒，其人其事，同樣顯得神祕莫測。敘述一意為侏儒塑造煙香迷漫的「神鬼」空間：

「侏儒們祭廟三天，遠遠就看到焚香的煙藍氤氳地飄浮繚繞。河上游風大一些，白色的蚊帳都飛揚起來，和煙纏在一起，不像是葡萄的人間，是一個神鬼的世界。」（頁139）

在如此異於人間的「神鬼」世界裡，侏儒能發揮神奇力量，為王葡萄的人生遮風擋雨，也就不足為奇。事實上，這些侏儒總是適時出現，扭轉困局。他們養大王葡萄的兒子，守護了政治扭曲，人倫乖謬下的血脈親情。他們祭祖的侏儒廟，更一度成為孫懷清匿藏之所。孫懷清聾瞎半癱，最後竟能和長大成人的孫兒相聚共處，溝通無阻，也顯示出作者如何以血緣暗連體現人倫關係。至於史屯人再一次確認自身與黑龍爺的密切關係，醒悟到自身對後者不敬後，久旱的史屯也隨即受到雨水滋潤。敘述通過孫懷清的體驗，敘寫雨水如何讓人「手活轉來」、「臉也活了」（頁298）。大自然與人的契合，是其中帶出的重要訊息。就如年老疾纏的孫懷清，因為逃避追踪，給抬至山上匿藏獨居，卻能在大自然環境中，自在地生活。他在自我意識中把時光逆轉，與年輕時的妻子閒話家常，一點也不寂寞。半癱身體，無礙他與自然萬物溝通。他能敏銳地感應周遭物事，更隱然成為與野豹相濡以沫的「白毛老獸」（頁332）。萬物相得相容，敘述意欲創造的是充滿各種可能的幻想世界。[46] 這樣的幻想世界，也成就了王葡萄的女性傳奇。多年來「她一點沒變」（頁309），以自身體現著女作家筆下「活著就美」（頁230）的永恆神話。自王德威注意到扶桑的「女神」特質後，[47] 論者亦每多注意到嚴歌苓小說中喜把女性形象無限提升的創作手法。嚴歌苓鍾情女性角色，總是從浪漫主義角度落筆。她筆下的女性，往往外貌美麗，氣質獨特。黑實粗獷如《倒淌河》的阿尕，雖被視為貌醜，未符世俗審美標準，但在敘述帶動下，動人一面還是給顯著放大，而她的身世行踪，即帶著神秘色彩。[48] 王葡萄更是作者繼扶桑後，另一以民間婦女為對象的深刻演繹。難怪引來論者把兩者予以比較。[49] 小說中王葡萄日常生活的起居作息，在在顯示她的民間婦女身分，但敘述更為著意的，是其中超拔提升的精神層次。羅蘭・巴特（Roland Barthes）曾指出女性特質與神話的關係，王葡萄的女性特質正正形構及體現了這樣的神話維度。[50]

◆注釋

1 《第九個寡婦》有不同版本，拙文有關引文據九歌出版社版本。
嚴歌苓：《第九個寡婦》（臺北：九歌出版社，2006），頁5-362。

2 陳思和：〈跋語〉，《第九個寡婦》（嚴歌苓，北京：作家出版社，2006），頁305-309。

3 a. 嚴歌苓：《雌性的草地》（臺北：爾雅出版社，1993），頁1-486。
b. 嚴歌苓：《扶桑》（臺北：聯經出版事業公司，1996），頁1-278。
c. 嚴歌苓：《寄居者》（北京：新星出版社，2009），頁1-269。
d. 嚴歌苓：《金陵十三釵》（西安：陝西師範大學出版社，2011），頁1-221。
e. 嚴歌苓：《小姨多鶴》（北京：作家出版社，2008），頁1-274。
f. 嚴歌苓：《一個女人的史詩》（長沙：湖南文藝出版社，2006），頁1-258

4 Helene Cixous, "Castration or Decapitation?" trans. Annette Kuhn *Signs*, Vol. 7, No. 1 (1981): 46.

5 陳思和：〈跋語〉，《第九個寡婦》（嚴歌苓，北京：作家出版社，2006），頁309。

6 鄭民娟：〈飢荒年代的鄉土人性——從人類學角度評嚴歌苓《第九個寡婦》〉，《作家》，2011年5期，頁14。

7 嚴歌苓不時以角色名字嵌入小說標題，如扶桑、穗子、朱依錦、小漁及多鶴等名字均是。

8 （清）汪中在「釋三九」時指出：「凡一二之所不能盡者，則約之三，以見其多。三之所不能盡者，則約之九，以見其極多。此言語之虛數也。實數，可稽也。虛數，不可執也。」三、九均為虛數，非為實數，因此不必拘泥於指稱的實在數目。
汪中：《述學》，《四部叢刊初編》，（上海：商務印書館），頁2上。

9 中國自程朱理學形成後，對女性貞節要求更為嚴格。在餓死事小，失節事大觀念下，寡婦再嫁會備受社會與論譴責。這種觀念，至明清皆然，朝廷更以貞節旌表制度，公開表彰守節不再婚嫁的婦女。

10 劉思謙：〈歷史風雲與個人命運——嚴歌苓本土題材小說《第九個寡婦》解讀〉，《漢語言文學研究》，1卷2期（總2期），2010年6月，頁81。

11 Virginia Woolf, *A Room of One's Own* (San Diego: Harcourt Brace Jovanovich, 1929) 3-118.

12 Elaine Showalter, "Feminist Criticism in the Wilderness," *Critical Inquiry* Vol. 8, No. 2 (1981): 179-205.

13 Luce Irigaray, *The Irigaray Reader*, ed. Margaret Whitford (Oxford: Blackwell, 1991) 126-127.

14 Helene Cixous, "The Laugh of the Medusa", *New French Feminisms: An Anthology*, eds. Elaine Marks, and Isabelle de Courtivron (New York: Schocken, 1981) 245.

15 在一次以「女性書寫的新視野」為題的會議發言中，范銘如便曾指出：「女作家在過去數十年間，很努力在『他』的歷史裡加入『她』的歷史。女作踴躍地訴說有關家庭、家族、國族的故事，也勇於介入公領域表達小女子的史觀，甚至積極表述熱門的議題。」
蓬丹：〈邁向更寬廣的文學空間——海外華文女作家協會第11屆年會後記〉，《文訊》303期，2011年11月，頁98。

16 引文分別出自曹植〈七哀詩〉及鄭愁予〈美麗的錯誤〉，兩詩年代相隔久遠，一成於魏漢，一見於當代，但均以男性身分為女性代言。這種為女性訴衷腸的手法，是中國傳統思婦詩歌的特色，多少反映了女性被消音，男性壟斷文壇的現象。肇自《詩經》，已不乏這類例子，漢晉時期之作品亦然。至唐、宋，文人如白居易、溫庭筠及柳永等，均有以思婦為題之創作傳世。

17 a. 莊園：〈嚴歌苓VS莊園〉，《女作家嚴歌苓研究》（莊園編，汕頭：汕頭大學出版社，2006），頁284。
b. 王威：〈嚴歌苓「解析」嚴歌苓〉，《女作家嚴歌苓研究》（莊園編，汕頭：汕頭大學出版社，2006），頁274。

18 編者：〈編者的話：這是一個非寫不可的故事〉，《第九個寡婦》（嚴歌苓，臺北：九歌出版社，2006），頁4。

19 喬以鋼曾這樣剖析女性意識的概念內容：「從女性立場出發審視外部世界，並對它加以富於女性生命特色的理解和把握。」王葡萄正是從她的性別立場出發，審視外在世界，因而她的觀照也包含著女性的意識形態。只是，王葡萄對此似乎並無強烈自覺。不自覺而自然為之，說明的或許是更為超拔的人生境界。嚴歌苓曾表示不喜歡概念的東西，王葡萄實實在在生活，順應自己意願，不為空洞的政治指引所左右，恰恰是這一方面的例子。

喬以鋼：《低吟高歌：20世紀中國女性文學論》（天津：南開大學出版社，1998），頁17。

20 a. 乾坤、天地等說法見乾卦、坤卦、彖辭、說卦傳、繫辭（上、下）傳等。

（明）來知德撰，張萬彬點校：《周易集注：易經來注圖解》（上、下）（北京：九州出版社，2004），頁152、157-160、180-182、710-711、733、744-745。

b. 《詩經・斯干》有指：「乃生男子，載寢之牀，載衣之裳，載弄之璋」及「乃生女子，載寢之地，載衣之裼，載弄之瓦」。男子貴如璋，女子賤似瓦，尊卑立見。

（漢）鄭玄：《毛詩》卷11（上海：上海古籍出版社，2003）。

c. 男主女從的概念，可見於《儀禮》：「婦人有三從之義，無專用之道。故未嫁從父，既嫁從夫，夫死從子。故父者，子之天也，夫者，妻之天也。」

李學勤編：《十三經注疏・儀禮注疏》（上、下）（北京：北京大學出版社，1999），頁581。

d. （東漢）班昭《女誡》亦強調夫主妻從：「夫不御婦，則威儀廢缺；婦不事夫，則義理墮闕。」

張福清編注：《女誡——女性的枷鎖》（北京：中央民族大學出版社，1996），頁2。

21 西蒙・波娃《第二性》1949年出版，為婦女運動史上經典作品。全書以第二性指稱女性，帶出她們在社會的次等地位。女性往往只能困居家庭，從屬男性，以所謂賢良、溫馴的形象出現，而無法表達自己內心的真正意欲。西蒙・波娃著，歐陽子等譯：《第二性——女人》（第2卷）（臺北：晨鐘出版社，1984），頁1-215。

22 John Berger, *Ways of Seeing* (London: British Broadcasting Corporation, 1972) 47.

23 Hannah Wilke, *Hannah Wilke: A Retrospective*, ed. Thomas H. Kochheiser (Columbia: University of Missouri Press, 1989) 63.

24 紅顏禍水概念由來已久，中西亦然。馬里英・亞洛姆（Marilyn Yalom）即以伊娃（Eva）及潘多拉（Pandora）為例，說明女性的美麗與邪惡密不可分的關係。桑德拉・吉爾伯特（Sandra M. Gilbert）及蘇姍・古巴（Susan Gubar）更認為，女性的妖魔化形象反映了女性拒絕扮演父系社會為其安排的馴服角色。在《第九個寡婦》中，王葡萄也可說同樣具備了這一反抗特色，只不過，同樣值得注意的是葡萄「女妖」形象背後呈現的高超人格操守。既懼且愛，是書中男性對王葡萄的曖昧情意，而背後隱含的更是作者敘述過程中流露的得意與高調。女作家這種通過文學修辭表述張揚女性角色的手法，正正符合女性主義以女性為中心的寫作方向。

a. Marilyn Yalom, *A History of the Breast* (New York: Ballantine Books, 1998) 59-60.

b. Sandra M. Gilbert, and Susan Gubar, *The Madwoman in the Attic: The Woman Writer and the Nineteeth-Century Literary Imagination* (New Haven: Yale UP, 1979) 79.

25 宋國誠：〈《閱讀左派》不要看我！我來看你——Diane Arbus的「反觀視攝影學」〉，https://sites.google.com/site/tsunghanchiang/Article/Sung-Guo-Cheng/philosophy/dianearbus，2012年10月20日。

26 陳思和：〈跋語〉，《第九個寡婦》（嚴歌苓，北京：作家出版社，2006），頁307。

27 張愛玲：〈《傳奇》再版自序〉，《張愛玲小說集》（臺北：皇冠出版社，1985），頁7。

28 扶桑、貝比、小點兒、田蘇菲、多鶴等依次為下列小說的女性角色。

a. 嚴歌苓：《扶桑》（臺北：聯經出版事業公司，1996），頁1-278。
b. 嚴歌苓：〈乖乖貝比〉，《風箏歌》（臺北：時報文化出版公司，1999），頁206-254。
c. 嚴歌苓：《雌性的草地》（臺北：爾雅出版社，1993），頁1-486。
d. 嚴歌苓：《一個女人的史詩》（長沙：湖南文藝出版社，2006），頁1-258。
e. 嚴歌苓：《小姨多鶴》（北京：作家出版社，2008），頁1-274。

29 Luce Irigaray, *This Sex Which Is Not One* (Ithaca: Cornell University Press, 1985) 76-77.

30 在《第九個寡婦》中，作者打趣政治的語言表達手法，亦不時見於其他段落。以史屯的春聯為例，老樸為民眾創作內容，一路寫下來，上下兩聯文字赫然成了：「西哈努克走訪新疆自治區，周恩來總理接見賓努親王」、「毛主席會見馬科斯夫人、陳永貴同志參觀四季青公社」；橫幅更是「人民日報」或「紅旗雜誌」之類。（頁282）

31 其實，王葡萄的行為看來頗符合道家精神。老子提出主張去除過份物欲追求，教人返樸歸真，認為善為道之人，就如嬰兒般天純未散，內心保持質樸。小說中多次以「生胚子」、孩子似的眼神來形容王葡萄，也是敘述藉以形構其性格原始素樸一面的表達方式。

32 a. William L. Courtney, *The Feminine Note in Fiction* (London: Chapman and Hall, 1904) 10-11.
b. Naomi Schor, *Reading in Detail: Aesthetics and the Feminine* (New York: Methuen, 1987) 12, 19-20.

33 宋國誠：〈觀視與反觀視——後現代攝影中的抵抗與辯證：從Diane Arbus 到Hannah Wilke的影像反叛〉，http://registrano.com/events/9d4884，2012年10月20日。

34 嚴歌苓：《第九個寡婦》（臺北：九歌出版社，2006），頁310。

35 尼采著，余鴻榮譯：《查拉圖斯特拉如是說》（臺北：志文出版社，2001），頁58-59。

36 a. Helene Cixous, "Sorties", *New French Feminisms: An Anthology*, eds. Elaine Marks, and Isabelle de Courtivron (New York: Schocken, 1981) 90-98.
b. Helene Cixous, "Castration or Decapitation?" trans. Annette Kuhn *Signs*, Vol. 7, No. 1 (1981): 44.

37 嚴歌苓：〈序：找到一個缺乏概念的人〉，《第九個寡婦》（香港：明報月刊出版社，2010），頁7-8。

38 莫里斯·梅洛·龐蒂著，姜志輝譯：《知覺現象學》（北京：商務印書館，2001），頁127。

39 另一男性角色老樸也曾以野人來形容王葡萄：「她在晃動的火光裡笑得像個陌生人，像個野人。」（《第九個寡婦》，頁279）

40 希臘神話中，海妖以悅耳歌聲迷惑航海的男子，然後把他們殺死。
古斯塔夫·施瓦布著，陳德中譯：《希臘神話故事》（西安：陝西師範大學出版社，2004），頁50。

41 a. Luce Irigaray, *The Irigaray Reader*, ed. Margaret Whitford (Oxford: Blackwell, 1991) 126-127.
b. Helene Cixous, "Castration or Decapitation?" trans. Annette Kuhn *Signs*, Vol. 7, No. 1 (1981): 53-54.

42 Peter Brooks, *Body Work: Objects of Desire in Modern Narrative* (Cambridge: Harvard UP, 1993) 8.

43 周水濤便從歷史虛無主義的角度評騭《第九個寡婦》，指出其歷史意識的偏頗。
周水濤：〈從《第九個寡婦》看鄉村敘事的歷史虛無主義〉，《小說評論》，2006年5期，頁80-83。

44 陳思和：〈跋語〉，《第九個寡婦》（嚴歌苓，北京：作家出版社，2006），頁309。

45 陳思和：〈跋語〉，《第九個寡婦》（嚴歌苓，北京：作家出版社，2006），頁309。

46 道家主張道法自然，認為人只要不存機心，自能與大自然相容。孫懷清晚年在山上怡然自得，與萬物溝通無阻，正是這種精神的體現。

47 王德威曾這樣指出：「《扶桑》寫的是個神女變為女神的故事。」
王德威：〈短評《扶桑》〉，《扶桑》（嚴歌苓，臺北：聯經出版事業公司，1996），頁6。

48 嚴歌苓：〈倒淌河〉，《倒淌河》（臺北：三民書局，1996），頁201-292。

49 a. 樸馬利阿：〈母神的復甦與女性主義探詢——以《扶桑》與《第九個寡婦》為例〉，《當代文壇》，2008年5期，頁130-132。

b. 龔高葉：〈女性的凡俗性和神性之美——淺論《扶桑》和《第九個寡婦》中的女性形象書寫〉，《廣東教育學院學報》，2008年4期，頁70-74。

c. 倪立秋：〈從神女到女神：扶桑與葡萄形象分析〉，《華文文學》，2007年1期，頁94-100。

50 Roland Barthes, *A Lover's Discourse: Fragments*, trans. Richard Howard (London: Penguin, 1990) 14.

** 全文2020年5月完成修訂，原刊於《華文文學》（2014年6期）、《現代中文學刊》（2015年1期）。

細節解讀

——嚴歌苓《寄居者》對寄居的反思

摘要

嚴歌苓小說《寄居者》取材自德國柏林圍牆展覽館所記故事。作者以二次大戰期間聚居上海的猶太人為書寫對象，帶出寄居的沉重主題。小說以寄居二字作為表述，早已反映作者對他鄉寄寓者的悲憫憐恤。本文嘗試從細節入手，剖析小說如何表達難以讓人釋懷的寄居狀態。敘述如何利用回憶手法，穿梭不同時空，帶出猶太人以至中國人掙扎求存的困境，為論文基本研析方向。小說敘述如何遊走於虛實之間，以虛構故事演化歷史事實，推演情節，為其中討論重點。

一、從中國人到猶太人——嚴歌苓的異地書寫

嚴歌苓創作一直緊扣自我生活經驗，1989年移居美國後，異地生活體驗更成了小說重要題材。〈少女小漁〉、〈紅羅裙〉、《扶桑》、〈橙血〉、〈花兒與少年〉[1] 等，均以中國人異地生活為敘寫內容。個人在嚴苛寄居環境中的辛酸、困惑、掙扎或無奈，成為作者聚焦所在。對於異地生活的深切感受，嚴歌苓多年來從未忘懷，早期出版的《少女小漁》後記中，已表示人離故土一如把植物連根拔起，裸露根鬚恰似裸露神經，極其敏感。[2] 敏感心靈，觸動作者對移民生活強烈感受，體現在文字上，成就了一系列相關作品。

要數嚴歌苓中國人異地生存故事，早年出版的《扶桑》無異為代表作。唐人街華人妓女傳奇，反映出求存的掙扎及韌性。到了《寄居者》[3]，作者再以異地生存為題，書寫另一傳奇故事。這次嚴歌苓除表述中國人的異地辛酸外，更把筆觸放在中國的猶太人身上，[4] 加上戰爭無時無刻的威脅，異國求生的艱險更不在話下。故事張力亦隨著德國與日本敵方的迫害而形成。這裡以傳奇故事來形容嚴歌苓以上兩部小說並無貶意，而是想藉此說明她的創作特色。她創作的內容一般並不艱澀難明，讀者容易為其中緊湊情節吸引。戲劇化、故事味濃、人物形象化等均為常見特點。論者曾以「通俗劇的深度示範」[5] 來說明嚴歌苓小說的特色，正是對作者以藝術技巧轉化故事能力的肯定。然而，反過來說，亦可以說明嚴歌苓小說的通俗取向，而所謂通俗，或許正是內容富趣味、戲劇化的另一表述。嚴歌苓一直以情節源於現實來為己作護航。有關《寄居者》的內容，她便一再指出源自柏林圍牆展覽館的故事。[6]

本文嘗試透過細節解讀，剖析《寄居者》如何表達異國寄居者的生存困境以及難以釋懷的心理狀態。敘述如何利用回憶手法，穿梭不同時空，帶出猶太人以至中國人在嚴苛環境下的掙扎求存，為其中研析方向。與此同時，亦希望探討：敘述如何遊走虛實之間，以虛構故事演化歷史事實，推演情節。

二、細節解讀——小說的虛構與歷史的真實

1933到1941年間，中國上海門戶開放，受政治迫害的歐洲猶太人蜂擁而至，一時成了數以萬計猶太難民的避難所：「無家者的家園」。在艱難生活條件下，在與己族文化迥異的陌生國度裡，這些猶太人如何苦苦拼搏，成了嚴歌苓筆下關注面向。另一方面，也在這被視為「冒險者樂園」、「東方巴黎」的上海，浪漫同樣得以滋長。[7] 嚴歌苓一向善寫男女感情，在《寄居者》中自然不乏發揮。故事即以中國女主角與猶太男主角的相遇相交為軸心，層層開展，然而不容忽視的是，虛構的小說敘事文體，無礙作者對歷史事實的「鍾情」。《寄居者》一意經營的正是內容博採史實之餘，再以想像建構的種種具體細節。

事實上，故事中不僅男、女主角命運其來有自，其他諸如二次世界大戰背景、上海猶太人遭迫害等等，均有史實根據。水晶之夜、終極解決方案等歷史事實，一一給搬進小說之餘，更成了刻意的布局設計。所謂終極解決方案，為德國納粹迫害上海猶太人的部署，而約瑟夫・梅辛格（Joseph Meisinger）為當時主事者。種種具體殺害猶太人的細節在小說中猶如歷史實錄，製造出緊張氛圍。[8] 其實歷史事實是，隨著太平洋戰爭爆發，終極解決方案並未實行，《寄居者》最後也並未對此交代。然而，結局交代可說無關宏旨，最重要的反而是小說對史實的參照，如何達到

推展劇情的效果。終極解決方案本身的張揚或陳述，已足以形成「大災難」（頁112）恐懼效應，推動女主角拯救猶太愛人的連串行動。敘述帶動下，隨著死亡威脅日益接近：

> 「那時離猶太新年只有一個半月，就是說，逃脫或制止這項大屠殺，是有四十幾天時間。」（頁144）

小說刻意製造的懸疑及戲劇張力也從而形成。大屠殺日子迫近變成了催命符咒，而拯救行動的必要及驚險遂成為故事聚焦所在。[9]

在《寄居者》的時代背景或內容上，作者嘗試貼近歷史的努力，一直可見。水晶之夜固然與史實吻合，連一再批核猶太人入境上海的何姓總領事也故意指涉歷史人物何鳳山。[10] 男主角彼德一家落腳的虹口，即是歷史記載猶太人聚居的地方。其他諸如舟山路、福州路、九江路等多處地名，在小說中頻繁出現，有時更到了過於刻意及氾濫的地步。打造「真上海」的意圖，彰彰可見。然而，如從研讀小說角度來看，饒富興味的更是敘述如何在歷史基礎上虛構種種細節。由於這些細節能與歷史有機地組合，小說達到了虛實互為表裡的敘述效果。用現代文論說法，就是通過虛構與歷史對話、互文，豐富了文本意義。霍斯特・達姆里奇（Horst S. Daemmrich）即指出，文學作品的細節描寫可符合現實，但並非必然，細節著重的是如何與其他元素配合，以使文本的詮釋更為深入。[11] 《寄居者》中，虛構的敘事魅力與歷史的沉重傷痛渾然一氣，真假互摻，虛實之間，故事益顯跌宕豐富。

歷史學者在述及猶太人與中國人交往時指出：猶太人到中國有千年以上歷史，從早期開封到近代上海，均為猶太人聚居地。歷史上這兩個民族一向相處和洽。中國並沒有反猶太主義，而猶太人對中國人也有好感。兩族文化有共通之處，如重視教育及家庭倫理、善於經商等。[12] 種種情況，《寄居者》中亦有所反映。中猶的和平共處，便首先體現在華人女主角與猶太男主角的愛情關係上。男主角彼德家人之間的親密，而彼德又如何囤糧攢錢，以至猶太人借鑑中國人的經商營運方式等等，作者均不忘以細節鋪陳交代。以下一段，便透過視覺及聽覺敘述，建構畫面[13]：

> 「店堂內像中國人的商店那樣，在空中拉開一根根鐵絲，上面拴了許多鐵夾子，每根鐵絲從各種貨櫃、各個角落伸出，往中央一個高高的收錢檯集中，因而形成一個放射狀的網……我（筆者按：指女主角）為彼得付的襯衫錢就被一個猶太店員夾在鐵夾子上，手一劃，『刺啦』一聲，鐵夾子和鈔票便乘著高空纜車到了收款檯。收款員取下鈔票，把收據和找還的零錢夾到鐵架子上，又是一劃……交易已經在那根鐵絲上成功地完成了。」（頁35）

這些細節，從日常生活買賣入手，加入想像，補充了大歷史往往忽略的部份，建構起觀察事物的另一維度。以下段落，則見作者交代猶太人重視教育的同時，如何輕鬆調侃地帶出他們功利的一面：

> 「我和傑克布一次次去燈塔礁酒吧，他和我講到他的家庭。他說他的大哥、二哥小時候會乘一輛兒童車，由他祖母推到公園去散步時，人們和老太太搭訕，說兩個天使真可愛呀，幾歲了？老太太正色回答：律師先生三歲，內科醫生一歲半。這是人們編的笑話，挖苦猶太人功利心的，但老祖母一點兒也不覺得它是個笑話。」（頁101）

讓笑話變成非笑話，預先計劃，努力實踐，猶太人的認真成了足堪玩味的敘寫。論者的研究曾指出外來人的概念。對於一個國家、種族或城市的外來人來說，個人特徵不會受到重視。外來人是作為抽象類型，而不是作為個體被感知。[14] 在《寄居者》中，作者卻主要從個體敘寫入手，因而把猶太人作為類型的慣見特質予以深化及具體化。這樣營造的藝術趣味，凸顯了作為個體的猶太人特徵之餘，也進一步刺激了讀者的思維。譬如寫到如何善於營生，自我調適，順應惡劣環境，作者便從猶太人權充理髮師的片段切入，細緻地交代他們獨特的動作表情：

> 「棚子四周插滿色彩鮮豔的紙風車，表示開張大吉。棚子是石棉瓦搭的，支了一個大鐵皮灶，豎著長長的煙囪。灶上坐了四個鐵皮水壺，蒸汽在落山的太陽中成了粉紅的。這是難民們自己開設的低價理髮店。難民們試圖讓自己的錢財和技能形成個內循環。用中國語言，就叫『肥水不流外人田』。理髮師們是他們自己開設的職業訓練班培訓的。一個前律師穿的工作服就是一個完整的麵粉口袋，上端和左右兩端各掏出三個洞，成了領口和袖口，背後，一個紅豔豔的國際紅十字會徽章。另外兩個理髮師有六十多歲，背弓下來，從脖子下端到腰部凸出一根脊椎骨，清晰得可以去做人骨標本。年歲大的一個理髮師態度極其認真，目光直得可怕，嘴巴也半張開，吐露一截舌頭，每動一下剪子，舌尖就一抽，再一伸，毛森森的鼻孔裡的清鼻涕也一抽一伸。我在棚子裡站了兩分鐘，才認出那個老理髮師是寇恩先生。前銀行家對著密密麻麻的賬目，一定不會如此緊張。」（頁228-229）

敘述以嚴歌苓一向擅長美化事物的演繹方式，從外在環境帶入。本來粗糙簡陋的佈置，在自然景觀渲染襯托下，形成另一種藝術審美韻味。為了生計，猶太人權充理髮師的日常行為細節，也得到較為立體的展現。角色寇恩前銀行家身分轉變的敘述，形象化之餘，更帶著戲謔味道。這種藝術加工，除貫徹了作者個人寫作風格外，也同時演繹了猶太人如何在艱苦環境中發揮人生智慧。[15] 在以「家國想像」為題的討論中，李有成曾以猶太人的成就為例，說明離散經驗如何有助刺激創造力，更不無冀盼地從人的心理、情感反應指出：當代意義上的離散經驗，必須超越悲情、苦難、寂寞、怨懟等傳統層面。[16] 嚴歌苓雖能輕鬆地表達猶太人逆境中的生活智慧，但對寄居亦即離散經驗中的悲情與苦難，似乎無意超越。未能扎根於自身國土的流亡者，在其筆下，無論猶太人或中國人，同樣表現出永難磨滅的心靈苦痛。

三、中國人與猶太人的共同命運
——《寄居者》對寄居的沉痛反思

在《寄居者》中，猶太人淪落異鄉的哀痛，觸發的是華人女主角心底潛藏的國族傷痛。猶太人流落上海令中國人對自己流徙的命運作出反思。作者從寄居者受盡打壓的相同困境出發，不時順勢把敘述焦點由猶太移民調校至中國移民身上。以下段落，便可見作者如何從甫踏入異地即受欺凌來鋪寫猶太人及中國人的相同遭遇：

> 「有時候，在上海靠岸的遠洋輪嘩啦一下打開底艙，裡面裝成緊緊實實：一個巨大的人餅。那就是從集中營直接上的『貨』。這樣的船一靠岸，日本兵便會戴著防毒面具，

> 用刺刀撥拉開上海本地猶太人的迎接隊伍，衝進底艙，把殺蝨子、跳蚤，以及種種已知未知微生物的藥粉慷慨揚撒。剎那間，一片黑的人餅就成了一片雪白。這和我的祖父在十九世紀末的美國得到的待遇相似：一船船梳辮子的中國男人被消防龍頭當街沖洗，沖得大醉般東倒西歪。毒猛的水柱把他們從站著沖成蹲著，然後跪下，最後全趴成一片。」（頁2）

以上段落把猶太人及中國人進入他國時受到的惡待聚焦表達。全身被撒藥、射水，人由黑變白、站著變趴下。敘述直接從身體受到非人化對待，帶出人對異族的排斥。人物動作及外在形態的變化更迭，隨著起伏有致的語調節奏，得到立體展現，畫面強烈而富動態。以移民入境他國，在海關受到惡意刁難為書寫場景，《扶桑》中早已可見。初到異地，入境者與海關官員的對立，為作者提供可供發揮的素材。文化的差異，被剝奪與坐擁權力雙方的不平衡關係，輕易形成了嚴歌苓筆下常見的戲劇化場面。在《寄居者》中，《扶桑》那種華人嚎哭造假，充滿「東方主義情調」的刻板場面雖不復再見，[17] 但華人肢體在所謂檢疫前提下受到的戲劇化擺佈依然同樣突出。在堂而皇之的衛生藉口下，入境者承受的是非我族類的惡意侮辱，反映的更是意識形態受到的恣意否定。在《寄居者》中，敘述利用女主角回憶之便，更一再提及相同場景：

> 「我祖父乘坐著蒸汽船靠近美國西海岸——就從我和傑克布常常攀登的燈塔旁邊駛過——停靠在舊金山東海灣的港口，還沒站穩腳，就被消防水龍頭噴射的水柱擊倒。一注注可以打穿沙土的高壓水柱劈頭蓋臉而來，紅色的高錳酸

> 錚水柱，把大洋彼岸來的瘦小的中國佬沖得像決堤洪流中的魚。襤褸的衣服被水注撕爛，從一具具瘦骨嶙峋的軀體上剝下來。那是什麼樣的消毒程序？碗口粗的紅色高錳酸鉀液體活剝了人的衣服和體面。」（頁167-168）

色澤濃烈的強力水柱，剝出破爛衣服下瘦骨棱棱的身體，形成了強烈的視覺構圖。這樣的鋪陳敘述，本身已內藏女主角對自身民族的主觀認同及對異己肆意打壓的反感。細緻敘述下，女主角最後的反詰質疑，更一再顯示出敘述欲以帶出的國族立場。洪流游魚的比喻，也為後文以剖魚為題，側寫中國人寄居命運的段落，先作前導。《寄居者》中，寄居異國的辛酸是不可或忘的心理傷痛。不同段落，同類內容片段，散落全書，卻以女主角記憶及敘述作為串連。

以下段落同樣表述了從猶太人到中國人的異鄉經驗：

> 「歧視和迫害到處都有。迫害別人是有快感的，有巨大快感。『水晶之夜』那死了的九十一個猶太人和碎裂的幾千扇窗玻璃給人們帶來多大快感，簡直不能想像！正如1869年火燒唐人街、追殺華人給美國人帶來了快感……迫害是自卑的表現。迫害者都是心理殘缺，內心孱弱的人。迫害是個非常幼稚的把戲，把比他高大比他強的人用非自然的力量——比如武器、比如輿論、比如氓眾，壓低，壓成他腳下的糞土，嗬，他就感覺好極了。」（頁85-188）

作者以似不經意語調，帶出嚴肅話題，更從人性追求「快感」來詮釋種族迫害的基本邏輯。如此把問題簡單歸結為本能欲望，使種族嫌隙更成了難以擺脫的人性困境。「水晶之夜」屠殺猶太人也好，火燒唐人街殺戮華人也好，兩者均成為流徙異域的寄居者被荼毒殺害的見證。這種對異族身體的殘害，除可見於另一男主角傑克布被敵方擒獲受到的虐打外，亦可見於女主角一度飽受的肉體折磨。值得注意的，是女主角如何冷靜而細膩地闡述被毆過程：

> 「少佐沒法繼續抽耳光，就上來踢我。他頭一腳把我踢得翻向右邊，第二腳把我踢得膝蓋碰胸口。然後我就在他腳下一曲一張，一會兒是條蟲，一會兒是個球。我的身體內部有什麼給踢碎了似的，血大股地從我嘴裡湧出來。我不知道自己是否慘叫了。大概叫了吧。我覺得他踢夠了，周圍似乎安靜了好一會兒。我慢慢轉過身，想撐著地面坐起來，突然看見他的左腳向後撤一步，抬起右腳，中鋒要射門了——那臨門一腳之準之狠，我聽見自己身體發出一聲悶響。」（頁58）

肉體以至心靈麻木，成為受虐者應付被虐打的心理防禦機制。女主角以恍如抽離姿態，見證自己被人用拳腳揍打。這樣的抽離，製造了距離感，使人更能客觀地審視整個過程。施虐者對受虐者因國族不同而觸發的非理性戕害由是更形凸顯。[18] 抽離客觀的方式，也使黑色幽默的敘述變成可能。「中鋒要射門了」等形容，正是主角在險峻環境下仍能冷靜觀察的結果。嚴歌苓在《扶桑》中，同樣曾交代華工被白人虐打的情況。雖然敘述主要以抒情筆調帶出，但其中受虐者仍能像自我抽離般審察一己身體狀況。[19] 路雲亭《暴力藝術》一書指出：暴力行為在人類歷史上從沒停止過，而藝術視野的介入，使暴力行為成為可供品味的審美對象。[20] 《扶桑》早已為我們示範了如何運用抒情審美手法，演示種種暴力行為。在《寄居者》中，身體暴力場面也同樣以刻意製造的抽象客觀敘寫，體現此一藝術觀照。以下活魚被剖過程，更從具體視覺效果入手，細緻交代：

> 「白男孩們讓一個老中國佬當著他們的面把魚的鱗剁下來，要像表演那樣，細細地刮，讓他們不錯過任何細節，看著魚怎樣扭動痙攣，尾巴狂掃。一面看，他們一面說中國佬真殘忍，簡直是沒有進化好的動物。天哪，看他們就這樣刮魚鱗，慢慢處死一條魚！然後他們叫老中國佬剖魚肚子，從裡面取出五臟六腑和魚卵，魚繼續彈跳掙扎，在自己一堆臟器旁邊扭過來扭過去，嘴巴張到最大限度，腮幫子支起來，支得大大的，露出一鼓一鼓的血紅的腮……我希望魚的心臟不要再徒勞地跳下去。它原本是為一個生命跳動的，是為了一樁使命跳動的，而它並不知道它的使命早已結束了，只是為了一些居心不良的眼睛在跳，在演出。」（頁200-202）

《扶桑》中老華工被洋人虐打之後，為解除身體苦痛，哀求對方順勢結束自己的生命。在個體無法反抗別人打壓時，死亡反而成了解脫方法，然而，洋人仍是在老華工哀求聲中揚長而去。《寄居者》中，折射華人命運的活魚同樣不得「好死」。魚在給刮掉魚鱗及剖開後，內臟被掏出。敘述內容卻赫然安排魚身在內臟旁邊不斷彈跳扭動，加上張大的魚嘴，血紅的魚腮，可說場面觸目；另一方面，魚的心臟亦同時被安排在不停奮力躍動，而這種器官博動更持續多時。這樣的敘述，極具情感煽動力。魚的被剖及掙扎，成了意味深長的象徵，反映的是西方種族歧視下，華人反抗的徒勞無望。魚垂死仍奮力掙扎的場面，動態血腥之餘，更讓人目不忍睹，而這種感覺更折射出人自身受到的傷害。歷史上曾公開展示罪犯受刑，而米揭爾・傅柯（Michel Foucault）則指出，這樣示眾有時反使罪犯受到觀眾讚頌或憐憫。[21] 通過從魚到人的移情，作者要帶出的未嘗不是受虐一方被惡意示眾引來的更多人道關懷。洋人對華人的歧視，成為問題根源所在。長篇小說可容納的篇幅，讓敘述能從容地以整整三頁建構情節，而女主角一再表示這種場面一生中不時湧現[22]，說明的更是作為異鄉寄居客，心底永遠無法消除受盡惡意傷害的民族夢魘。女主角對自身民族的愛憐及認同，也就通過這種敘寫展示出來。

最後，要說明的是，以上剖魚情節是以美國唐人街為背景。唐人街在嚴歌苓小說中，慣以充滿神秘詭異的所謂東方情調出現。《扶桑》中白人少年對唐人街的獵奇心態，在《寄居者》中透過剖魚的血腥場面得以延續之餘，背後隱含的居心叵測更是敘述寄意所在。蘇珊・桑塔格（Susan Sontag）曾引述蘇格拉底（Socrates）及柏拉圖（Plato）的說法，指出人有觀看他人損傷、痛苦的嗜欲。這種旁觀他人痛苦的天性在《寄居者》的宰魚場面中，更成了恰切反映種族歧視的表現方式。白人男孩有意地策劃安排，卻又對宰魚過程的殘忍嗤之以鼻，一味把責任推卸給中國魚販。敘述著意揭露的恰是白人男孩深受血腥場面吸引的潛在慾望。尼古拉斯・米爾佐伊夫（Nicholas Mirzoeff）在談及觀看概念時，也指出觀看者本身欲望如何加諸現實之上。白人男孩觀看宰魚時不經意流露的興奮，正是這種主觀欲望投射的結果。[23]

除以魚身被剖割的敘述，影射白人刻意挑釁華人的意識形態外，敘述同樣通過陰影的黑色視覺畫面，表達中國人在國土上如何被日人殘殺：

「我順著他走去的方向張望，匯豐銀行對面，傳來人類在獵殺時從喉底和臟腑中發出的聲響。就是那種平時絕對發不出來的聲音。路燈下日本兵成了一大團長有拳腳的黑影。不久，一大團黑影上方出現了一把長軍刀，只在燈光裡劃動一下，就劈砍下去。……日本兵砍累了，慢慢走開，一面在地面上搓著鞋底板。剛剛蹚在血裡，總得把鞋底擦乾淨。我和父親都沒有再上前去，不用湊上前了，從我們站的地方就能看見地上那堆形骸一動不動，暗色的血從馬路牙子上傾瀉。一個小小的暗色瀑布，從我的角度看油黑油黑的。英國騎警沒有下馬，從鞍子上向我們轉過身，聳聳肩。這是個多麼討厭的動作！中國人，死了。就這麼回事。或者：你們瞧，五分鐘前還惦著回家吃老婆做的飯呢。或者：又一個任人宰割的中國人，連叫都沒叫一聲。」（頁81-82）

敘述並不直接對準屠殺現場，巨細無遺地加以描述，而是著墨於燈光下造成的陰暗黑影。黑色成了畫面主要色調。黑影折射的輪廓，代替紅色的血淋淋畫面，卻同樣傳達出華人在種族主義下，無辜被宰殺的命運。黑色展現的正是嗜殺的人性陰暗面。舉重若輕，沉重主題，以平和態度帶出。閒閒如不經意的敘述筆調，正好映襯外國人無視中國人生死的輕慢態度。嚴歌苓在其他小說中，寫及華人被外國人肆意以暴力對付時，往往順勢從西方人對中國人的刻板印象入手，然而，中國人這種所謂怯弱，只會逆來順受的性格特徵，有時反更彰顯出外國人的殘暴不仁。《扶桑》如是[24]，《寄居者》亦然。還念著回家吃飯的卑微人生願望，以及任由宰割、不哼一聲的無力感，正是敘述意欲傳達的民族悲痛。托馬斯・福斯特（Thomas C. Foster）指出文學中的暴力，往往隱含象徵意義。作家在作品中關注的並非暴力本身，而是希望藉此引發更深刻的反思。[25] 對於一向在小說中重視抒情美感的嚴歌苓來說，暴力場面除常以較隱晦、曲折形式表達外，意欲帶出的深層意義，自亦值得注意。

歷史學者曾論及中猶兩族人民的良好關係，而在《寄居者》中，兩個猶太男子與中國女子的情愛關係，也成為支撐整個故事的主線，然而，作者並未因此放棄通過生活瑣事，表達兩族無能迴避的民族嫌隙。同樣淪落的命運，沒有使兩族全然和諧共處，反再次凸顯出迴異的生活態度。女主角在與猶太人相處時自覺受到的歧視，成了敘述關注所在。女主角費盡心思打扮，拜會猶太男友彼德的家人，卻落得成了「他們記憶中最狼狽的中國人」（頁209）。本來無關宏旨的生活小事的出錯，因為女主角有意識的國族自尊與自憐，反變成國族受歧視的具體見證。會面過程中，彼德家人在處理家居瑣事時刻意改用女主角不懂的德語交談，置後者於局外。女主角卻仍能鑑貌辨色，覺察到猶太人在面對中國人時不經意流露的倨傲。張德明在討論流亡文學時曾提及「深層的失語」概念。他認為這種失語狀況反映了相異國族語言背後難以融會貫通的文化價值。[26]《寄居者》女主角經歷的正是這種深層失語帶來的心理挫敗。很早以前，她已對國族間不能彼此包容、和平共處有深切體會，而弱肉強食正是她親歷的模式：

> 「我心想，我表哥一次去猶太人住的豪華社區送洗乾淨的衣服，回來時腦瓜讓猶太男孩們開了瓢。同一個表哥，有一次和幾個唐人街的男孩開了一個黑人小伙子的瓢。美國是個好地方，各種人都能找著歧視的對象，形成一個歧視的大環鏈。」（頁15）

從以快感解釋民族迫害到這裡以歧視大環鏈解構國族關係，敘述者急欲申明的，正是對國族問題的看法。正如前面論及，嚴歌苓小說的理念，一般來說，並不隱晦。《寄居者》以老年女主角接受訪問，回顧昔日種種，更有利於這方面意見的表達。不能諱言的是，過於熱衷地表述，有時難免流於直白。下列引段，則見作者陳述猶太歷史之餘，如何以較具象手法，解讀猶太人的宗教信仰：

> 「從那以後，猶太種族從自己的土地上消失了。五十八萬人被屠殺，剩下的人被作為奴隸帶出了耶路撒冷。就連耶路撒冷也不再存在，因為海德安皇帝在地圖上抹去了她的名字。所有猶太人的城鎮，都從地圖上塗抹殆盡……但這時的會堂裡，誦經的聲音低沉渾厚，像是低低沸煮的聲音，沸煮著無論怎樣尖銳的區別和差異，熬得所有分歧都溶化，成了一大片，那熱烘烘的雄渾律動，震動在含著一場雨的大氣層裡。」（頁152）

猶太歷史，敘寫詳細，以上援引幾行作為例子。作者意欲貼近歷史的努力，清晰可見。由公元2世紀說起，耶路撒冷失守以至從地圖上消失，猶太人四處流徙，敘述均不忘交代。[27] 面對沉重的民族苦難，宗教成為失國者的精神出路。作者以「沸煮溶化分歧」的延伸形容，對猶太人一起誦經發出的聲音予以形象化描述。在宗教精神凝聚下，不同聲音得到混和可能。唸經之聲，成了化解個體分歧，團結國族成員的具體意象。蒙塞拉・吉伯諾（Montserrat Guibernau）指出，心理上或感情上的認同是構成國族身分的元素。受到威脅時，國族成員會表現得更為團結。《寄居者》中，猶太人被打壓驅趕，時刻活在死亡陰影下，通過宗教力量，更能連繫彼此情感，築起對抗外來威脅的堅實心理圍牆。[28] 在表達過宗教對猶太人的心靈慰藉作用後，敘述者反由此更觸起自身精神上「無家可歸」的情緒。政局動盪之際，流寓他鄉的顛沛流離固然可悲，但身為中國人的女主角無論身在何方，心靈依然無所依托，更是敘述欲以訴說之悲痛。就如朱莉亞・克里斯蒂娃（Julia Kristeva）指出，人在異地所以變成外來者，是因為內心先已把自己視作外來者。[29] 女主角未能釋然，是由於心理上的孤立、隔絕：

> 「我感到從未有過的孤單。我是個在哪裡都溶化不了的個體。我是個永遠的、徹底的寄居者。因此，我在哪裡都住不定，到了美國想中國，到了中國也安分不下來。」（頁152）

遊走於不同地域，無論是他國或己國，內心卻無法取得安穩，心靈上永遠寄居，是嚴歌苓筆下難以或忘的沉重主題。「寄居」一詞在小說中屢次出現，更清楚傳達出敘述意欲打造的悲愴情緒及氛圍。蒂莫西・韋斯（Timothy Weiss）在解釋流徙經驗時，指出流徙雖以決裂開始，卻可能成為個人認識自我、文化及社會的契機。通過他人的視角，人可以更好地加深這方面的認識。[30] 在《寄居者》中，寄居正是一種流徙經驗。故事中的敘述者，不僅專注於猶太人的中國生活經驗，也藉此作出反思，加深對自我以至國族的認識。這種認識，最後卻只使敘述者更加明白一己之無力與愴痛而已！

◆注釋

1 a. 嚴歌苓：〈少女小漁〉，《少女小漁》（臺北：爾雅出版社，1993），頁25-53。
b. 嚴歌苓：〈紅羅裙〉，《海那邊》（臺北：九歌出版社，1995），頁3-28。
c. 嚴歌苓：《扶桑》（臺北：聯經出版事業公司，1996），頁1-278。
d. 嚴歌苓：〈橙血〉，《聯合文學》，14卷12期，1998年10月，頁98-106。
e. 嚴歌苓：〈花兒與少年〉，《密語者》（臺北：三民書局，2004），頁1-159。

2 到了2009年《寄居者》出版，嚴歌苓接受媒體訪問時表示，雖旅美二十年，但依然意識到自身的寄居者身分。嚴歌苓對猶太人的漂泊生活，也有深切體會。
嚴歌苓：〈後記〉，《少女小漁》（臺北：爾雅出版社，1993），頁248。
深圳商報記者、嚴歌苓：〈嚴歌苓：〈我成不了張愛玲〉〉，《深圳商報》，2009年3月13日，C01版。

3 嚴歌苓：《寄居者》（北京：新星出版社，2009），頁1-269。

4 第二次世界大戰期間，中國上海成為德國猶太難民逃避納粹迫害的地方。不少猶太人落戶上海，主要聚居於虹口。嚴歌苓即以之為小說敘述背景，展開對猶太人寄居生活的書寫。
a. 呂超：《海上異托邦——西方文化視野中的上海形象》（哈爾濱：黑龍江大學出版社，2010），頁100。
b. 邢建榕：〈籠罩在上海猶太難民頭上的納粹陰影〉，《上海檔案》，1994年3期，頁44。
c. 喬治・賴尼希：〈一名猶太人避難上海的回憶〉，《縱橫》，2000年10期，頁54。

5 1994年，第十六屆聯合報文學獎的決審委員張大春對嚴歌苓〈海那邊〉所作的評語。
張大春：〈通俗劇的深度示範——小評〈海那邊〉〉，《海那邊》（嚴歌苓，臺北：九歌出版社，1995），頁67。

6 嚴歌苓曾這樣表示：「就像我多次對媒體說過的，我的小說故事都是聽來的。生活中精彩的故事往往超過我們的想像。依我看，刻意去找戲劇性和刻意避開戲劇性一樣，都沒有必要。《寄居者》這個故事的原型來自柏林牆。1993年，我和我先生去柏林旅遊時，參觀了從東柏林穿越柏林牆，逃亡西柏林的故事。許許多多人的故事都寫在柏林牆的一個展覽館Check Point Charley裡。我們做了一階段的資料研究，讀了基本有關猶太人在上海的書籍，但苦於找不到一個比較集中的故事來反映。一直到2007年，我突然想到，可以借用Check Point Charley的故事來作為串聯大背景。在小說裡，我把主人公變成了一個中國女孩。」
深圳商報記者、嚴歌苓：〈嚴歌苓：〈我成不了張愛玲〉〉，《深圳商報》，2009年3月13日，C01版。

7 a. 呂超：《海上異托邦：西方文化視野中的上海形象》（哈爾濱：黑龍江大學出版社，2010年），頁91。
b. 爾冬強：〈追憶猶太人在我們城市的日子〉，《科技文萃》1994年9期，頁188-189。
c. 楊曼蘇、蕭憲：〈猶太人在中國〉，《世界知識》2005年4期，頁62-63。
d. G. E. Miller, *Shanghai, the Paradise of Adventurers* (New York: Orsay, 1937) 254.

8 根據《中國的猶太人》一書記載，1942年7月，綽號「華沙屠夫」的約瑟夫・梅辛格（Joseph Meisinger）抵達上海。他的任務是說服日本人採用納粹的政策。在他有份參與的會議中，德國代表提出多種解決猶太人的方案，其中兩種為：「把赤身裸體的猶太人塞進破船中，然後讓它漂流到遠洋中」及「在長江入海口崇明島上建一個集中營，讓那些犧牲品接受多種醫學試驗。」約瑟夫・梅辛格（Joseph Meisinger）更建議在猶太人的新年實行逮捕猶太人的計劃。納粹這種滅絕上海猶太人的具體方案，邢建榕於專文中有清楚記述。有計劃地殲滅異族的極端行徑，本就違反人道，自易於引起一般人的情緒反應。嚴歌苓挪用滅殺方案為小說內容，除製造緊張氛圍之外，也為讀者帶來情感衝擊。

a. 榮振華、李渡南著，耿昇譯：《中國的猶太人》（鄭州：大象出版社，2005），頁418。
b. 邢建榕：〈籠罩在上海猶太難民頭上的納粹陰影〉，《上海檔案》，1994年3期，頁44。

9 阿爾韋托・莫拉維亞（Alberto Moravia）指出長篇小說的思想意識至為重要，為敘述賴以維持的主題骨架。《寄居者》也是透過敘述，不斷豐富、深化寄居這一主題骨架。異國流徙的生存狀態、受到的壓迫、意圖擺脫戕害、引發的驚險、以及人性考驗等，均成為故事重要情節。
阿・莫拉維亞著，呂同六譯：〈小說文論兩篇〉，《小說的藝術——小說創作論述》（中國社會科學院外國文學研究所《世界文論》編輯委員會編，北京：社會科學文獻出版社，1995），頁195。

10 何鳳山曾為中國駐維也納總領事，被譽為「中國的辛德勒」，1938至1940年間負責給猶太人發放往赴中國的簽證。
潘光、王健：《猶太人與中國》（北京：時事出版社，2010），頁211-213。

11 嚴歌苓長篇小說如《扶桑》、《一個女人的史詩》、《小姨多鶴》、《第九個寡婦》、《金陵十三釵》等，均參考了不同史實。這些作品與《寄居者》一樣，值得注意的是其中挪用及轉化歷史事實的美學手段。為了配合故事的整體發展，作者往往會通過細節敘寫，以想像方式建構歷史。
Horst S. Daemmrich, "The Aesthetic Function of Detail and Silhouette in Literary Genres," Theories of Literary Genre, ed. Joseph P. Strelka (University Park: Pennsylvania State UP,1978) 115.

12 潘光編：《猶太研究在中國——三十年回顧：1978-2008》（上海：上海社會科學院出版社，2008），頁246-249。

13 論者早已指出嚴歌苓喜以視覺及聽覺化畫面展開故事。王冠含即認為嚴歌苓小說「敘事上中具有視聽化思維」特徵。嚴歌苓自己也曾表示「喜歡視覺化寫一個故事」。
a. 王冠含：《嚴歌苓小說的影像敘事》，華中師範大學碩士論文，2009，頁1。
b. 石劍峰：〈嚴歌苓仍是寄居者〉，《東方早報》，2009年3月27日，C14版。

14 成伯清：《格奧爾格・齊美爾：現代性的診斷》（杭州：杭州大學出版社，1999），頁136。

15 穆肅對《寄居者》即有這樣的看法：「與那種沉重、肅穆如希臘悲劇的電影相比，嚴歌苓的小說裡多了一些調侃與客觀描述的調子，這在一定程度上把我們從繼往的思維定勢裡拉了出來：猶太人並非都是《辛德勒的名單》裡麻木、凝重的表情」。《寄居者》對彼德祖母及父親的敘寫，正可見到嚴歌苓調侃的表達手法。
穆肅：〈亂世寄居者的愛與信仰〉，《全國新書目》，2009年7期，2009年4月，頁61。

16 李有成、張錦忠編：《離散與家國想像：文學與文化研究集稿》（臺北：允晨文化實業股份有限公司，2010），頁25-26。

17 嚴歌苓：《扶桑》（臺北：聯經出版事業公司，1996），頁46-48。

18 K. R. Eissler, "The Function of Details in the Interpretation of Works of Literature," *The Psychoanalytic Quarterly* (Jan, 1959) 6.

19 柯倩婷在說明寫作與身體的關係時指出：「追求意義與精神超越的小說創作，在遭遇身體時，必然要面對身體之短暫、脆弱的特徵，處理這個有欲望有需求的身體，因此，對於終有一死的生命來說，它的意義正是寄寓在身體所展示的出生、成長、痛苦、死亡等的過程之中，它的意義不僅僅於身體在多麼深廣的世界中的奮鬥與實踐，也在於身體髮膚在投入生命的歷程之中的細微顫慄與感受。」嚴歌苓作品中，華人身體因國族仇恨而遭受侮辱蹂躪的敘述，所在多有。除《寄居者》、《扶桑》外，在《金陵十三釵》中，日軍的施暴場面亦讓人震懾。身體暴力對於承受者以至觀看者造成了巨大的精神悸動。在《寄居者》中，女主角則以自身的麻木以至抽離，恍如客觀般，弔詭地對自我作出審視。
a. 柯倩婷：《身體、創傷與性別——中國新時期小說的身體書寫》（廣州：廣東人民出版社，2009），頁302。

b. 李仕芬：〈敘述者的心事——抒情敘述下的《扶桑》故事〉，《論衡》，5卷1期，2003年，頁69-70。
20 路雲亭：《暴力的藝術》（北京：中國時代經濟出版社，2006），頁164。
21 傅柯著，劉北成、楊遠嬰譯：《規訓與懲罰：監獄的誕生》（臺北：桂冠圖書股份有限公司，1993），頁8。
22 《寄居者》的敘述者即用"Pop"（《寄居者》，頁200）這一英文字，交代敘述內容如何形象化地呈現。
23 a. Susan Sontag, *Regarding the Pain of Others* (New York: Picador, 2003) 95-99.
b. Nicholas Mirzoeff, *An Introduction to Visual Culture* (London: Routledge, 1999) 163-164.
24 a. 嚴歌苓：《扶桑》（臺北：聯經出版事業公司，1996），頁69-70。
b. 李仕芬：〈嚴歌苓的海外華外人故事——《扶桑》析論〉，《中國文化月刊》，268期，2002年7月，頁81-83。
25 Thomas C. Foster, *How to Read Literature Like a Professor: A Lively and Entertaining Guide to Reading between the Lines* (New York: Quill, 2003) 87-96.
26 張德明：《西方文學與現代性的展開》（北京：中國社會科學出版社，2009），頁180。
27 這裡除見到作者熱衷於交代猶太人歷史外，也可見到作者如何以情感化手法表述歷史。「這是為了心靈自由什麼災難都可以承受的民族」（《寄居者》，頁151）一句，既可說明猶太人頑強的國族意志，更是敘述者的真切感受。從這樣的角度切入，猶太人喪失國土的敘述也成了讓人動容的悲情演繹。如此以主觀情緒滲入歷史，正是嚴歌苓眾多作品貫徹始終的美學手段。這種手法在她的長篇小說中尤其發揮得淋漓盡致。《扶桑》、《一個女人的史詩》、《第九個寡婦》、《小姨多鶴》、《金陵十三釵》等均為佳例。嚴歌苓便曾如此指出：「一個奇特的現象是，同一些歷史事件、人物，經不同人以客觀的、主觀的、帶偏見的、帶情緒的陳述，顯得像完全不同的故事。」（《扶桑》，頁5）
28 Montserrat Guibernau, *The Identity of Nations* (Cambridge: Polity, 2007) 11-13.
29 Julia Kristeva, *Strangers to Ourselves*, trans. Leon S. Roudiez (New York: Columbia UP, 1991) 14.
30 Timothy F. Weiss, *On the Margins: The Art of Exile in V.S. Naipaul* (Amherst: University of Massachusetts, 1992) 5.

** 全文2020年5月完成修訂，原刊於《文學論衡》（2013年5月）。

一個女子的革命體驗

——嚴歌苓《一個女人的史詩》探析

摘要

本文從革命與情感關係，探討嚴歌苓長篇小說《一個女人的史詩》。論文內容分為四部份。第一部份探討「革命是殘酷的」這一重覆出現的表述。論文從女主角田蘇菲的角度，發掘話語背後的含義，帶出女性情感對革命意義的顛覆。第二部份指出革命對個人造成的傷害，進一步質疑革命的價值。第三部份則探討革命與人倫的關係。革命往往使親情受到扭曲，但田蘇菲對親情堅持，與家人相互扶持，為倫理關係作出另類示範。最後結語總結前文之餘，亦再作補充，緊扣情感主導革命的主題。

一、「革命是殘酷的」——田蘇菲眼中的革命

嚴歌苓《一個女人的史詩》[1] 以「田蘇菲要去革命」一句展開全書，接著交代田蘇菲參加革命的理由及經過。從十六歲到五十歲，田蘇菲的生活均與革命糾纏不清。她終生為之奮鬥的愛情，亦在革命風風雨雨下，茁壯成熟。然而，她當初投身革命，只是出於偶然。十六歲，她在學校給人騙去毛衣，為了逃避母親責難，便順應鄰居少女伍善貞建議，革命去了。革命意圖，既不宏大，亦非高尚；而伍善貞找上田蘇菲，也僅因原有伙伴未能成行，要臨時找人頂替。可見作者一開始即沒把田蘇菲的革命行動定調於甚麼崇高層面上。「一個階級推翻一個階級的暴烈的行動」[2] 的革命定義，並非角色的衡量標準。南帆在論著中跳出政治空間，從社會生活範疇解釋革命的說法，或者更適合用來說明田蘇菲的處境：

> 「革命意味的是投身另一種全新的生活。無論每一個人的具體遭遇是甚麼，只要他企圖衝出陳舊的生活牢籠，革命就是不可避免的選擇。」[3]

田蘇菲正是從生活出發，在不帶高超政治理想下，踏上革命之途，而行動的偶然，更一再背離了革命該有的深邃意義。從另一角度來看，正因為擺脫了政治的公共視野，她更能從自身情感出發，詮釋革命的「私人」意蘊。

為了對付敵人，革命的「階級性」、「殘酷性」是金科玉律的政治教條。[4] 嚴歌苓在《一個女人的史詩》中，也不斷帶出革命的「殘酷」特徵。像「革命是殘酷的」這樣的句子，一直在故

事中出現，成了田蘇菲觀察外在世界的總結。然而，田蘇菲是從情感角度解讀革命行為，因而所謂殘酷也產生了延伸意義。她投身革命後，很快見證以下事例：革命隊伍因自身利益放棄伙伴。她目睹事情經過，本欲拯救受傷戰友，卻被其他同伴威嚇。經過這次事件，田蘇菲有所頓悟：

> 「小菲馬上懂了。革命是這樣殘酷，這樣你是我非，你死我活。小菲覺得自己一夜間長大了。再不會沒心沒肺，供人取樂，成日傻笑了。」（頁15）

她明白革命行動背後，隱藏了為自保而置他人不顧之私心。「革命」一詞，為種種自私行為，找到冠冕堂皇藉口。王坤論文中曾指出，政治運動推行時期，一些人表面以崇高為名，實則暗藏私慾。[5]田蘇菲雖是「無辜負疚」[6]，但仍足以讓她反省與伙伴的關係，並瞭解到個人私慾如何淩駕政治理想。「革命」徒然成為便捷的政治遁詞。

革命殘酷的表述，全書屢見，而每次出現，均與原本意涵有所出入。其中的距離差異，正好衝擊原有意義。下列一段，即通過田蘇菲被母親及部隊旅長都漢催婚一事，重新演繹革命殘酷的意義：

> 「都旅長打一輩子光棍倒挺懂嫁娶方面的進攻戰略。他和母親一成盟軍，小菲再犟也不行。何況小菲從來不敢和母親犟。都旅長用寵愛的眼光看著小菲。小菲淚水更洶湧。革命是殘酷的。」（頁27）

宏大革命事業被矮化成個人私事詮釋。一個小女子無法作主的終身大事，升格成為表現革命內容的依據。

在田蘇菲心目中，革命往往變成為私人感情事件的解說依托。當得悉鍾情的歐陽萸另有所愛，田蘇菲有這樣的反應：

> 「『你（筆者按：指歐陽萸）愛她嗎？』小菲問。她以為自己會痛不欲生，心如刀絞，看來她革命幾年，人給鍛煉出來了。」（頁58）

革命歷練，赫然化為抵禦愛情良藥，具有穩定情緒作用。田蘇菲婚後，發現丈夫歐陽萸感情出軌，回首前塵，亦以「革命是殘酷的」來說明糾纏不清的男女關係：

> 「真殘酷。革命是殘酷的。革命把這個寶哥哥捲到了小菲命運裡，把她和他陰差陽錯地結合起來。讓他和他命中該有的那個戀人擦肩而過。而小菲以為是犟得過都師長的，現在看來都師長很英明，他知道只有他能給小菲這樣自命不凡的女人幸福。」（頁92）

田蘇菲的回顧反省，顛覆了革命原有政治含義。階級鬥爭的暴烈行動，被輕描淡寫地轉換為男女愛情糾葛。嚴肅政治話語，頓成小女子愛情命運的解讀。

婚後十多年，田蘇菲一家經歷多次政治運動，仍然不忘以「革命是殘酷的」來總結夫妻二人多年感情關係：

> 「也許他怕這就是永別。他也會怕。他也會對她戀戀不捨。要遭受這麼多不公道和屈辱，靈魂與皮肉的痛苦，才能讓他和她看到這一點。看到這一點，她覺得可以為之一

死了。革命是殘酷的。她又想到這句不倫不類的話來。不是又一場革命，不是它的殘酷性，他們怎麼會到達這個愛情至高點、感情凝聚點？殘酷就殘酷在這裡；絕對的無望=絕對的浪漫。」（頁181-182）

她以個人愛情體驗，詮釋革命內容。殘酷的革命，反過來催生了愛情。惡劣政治環境，讓她發揮了保護愛人的女性特質。歐陽萸飽受政治打壓下，對田蘇菲產生強烈依戀。兩人的愛情，達到前所未有的浪漫。南帆在剖析個人情感與革命關係時，曾這樣指出：

「無論多麼個人化的行為都必須向集體敞開，必須用革命佔領任何個人的空間。革命的集體之中絲毫沒有個人主義的地位。……可是，戀愛令人尷尬地出現了。這是一種不折不扣的個人情感。」[7]

革命推崇集體主義，與強調個人的愛慾觀念背道而馳。田蘇菲與歐陽萸卻在革命洪流中找到愛情安身立命空間。二人固有性格矛盾、生活小節嫌隙，在殘酷革命前提下，得以緩衝、化解。屢受政治打擊的歐陽萸，終於感受到妻子家常照顧的可貴。田蘇菲在困難政治環境下，亦更能發揮實用生活哲學。夫妻關係，越形親密：

「鹽鹼田裡一大片頭髮花白、脊背彎曲的身影。歐陽萸是最年輕的一個。每次他老遠就叫她『小菲！』她看見他，迎著跑上去。燒鍋爐燒得發胖了，她圓咚咚紅撲撲地撲到他面前。總是這次夜班車，他到了這一天這個時辰就變得

眼巴巴的……每次她離開少年勞教農場，他都送她到場門口。他是出不去的。但一直看她走上坡，再走下坡。」（頁183）

嚴酷的下鄉勞改，在作者刻意營造的抒情氣氛下，成為田蘇菲夫妻愛情展現的場景。超越親人被迫分離的痛苦層面後，難得的一月一見，成了愛情孕育萌發的溫床。二人聚首，細說家事，點點滴滴，充滿溫馨喜悅。「殘酷的革命」在詩意的愛情敘述下，又一次被解構。

田蘇菲最後一次提及「革命是殘酷的」這句話，是因歐陽萸經過多年生活磨練後，性格改變：

「他曾經是那麼一個愛佈置環境的人，現在只要有吃不冷就心滿意足。革命是殘酷的，小菲想起幾十年前的這句話來。恐怕小菲對他和孫百合的擔憂都多餘：他沒剩多少浪漫。」（頁227）

標示革命性質的政治話語，被田蘇菲移用至解讀個人情感行為。一向顯得瀟灑的歐陽萸，在多年政治教育下，浪漫不再。殘酷革命，見證歐陽萸精緻生活品味的消退。悄然留下的，是日常作息的粗糙痕跡。

劉再復在《告別革命》中，對於革命文學有這樣的批評：

「甚麼都按照政治教義敘述，連最具有個體個性的情愛題材也寫得很貧乏，不僅沒有心理、生理深度，也沒有哲學思索，全部染上黨派色彩和意識形態色彩。要麼把情愛作為揭露階級壓迫的工具，要麼把不圓滿的情愛作為革命的

> 根據，要麼把情愛作為獻身於國家和社會的手段，把情愛的私人性格消解在國家社會革命的公共性格之中。」[8]

愛情在革命前提下，注定無立足之地。愛情是手段，革命才是目的，主從關係，清楚明白。《一個女人的史詩》卻一反這樣的敘述模式。田蘇菲在革命洪流中，不但沒有放棄個人情感追求，而且更以革命為媒介，培育愛情。本來充滿政治意味的話語，一再淪為小女子愛情命運的解讀。遙遙幾十年，革命大歷史，不經意間，被置換成女性走過中年的自我情感敘述。

二、革命對人的摧殘

暴力衝突為革命特徵，[9] 以革命為題的文學作品，自然亦不乏描寫。《一個女人的史詩》對於革命的敘述，表現暴力衝突之餘，更大力反映受打壓一方的遭遇。田蘇菲通過自身經歷，觀察及感受人從肉體到精神承受的折磨。

在土改工作隊下鄉之前，田蘇菲便聽到母親縷述外祖父及舅父如何被迫害致死：

> 「外公和大舅舅給吊在農會的房樑上，吊了一天一夜。遊鄉之前，外公叫大舅舅下手，就用送水的碗，往地上一摜，拿碗茬子對他下手。大舅舅下不了手，把他自己和父親都留給別人去下手了。外公是個太好面子的人，挨槍斃之前他還跟熟人點頭。」（頁45）

一席閒話家常，在看來平和的氣氛下帶出。田蘇菲與母親、外婆其時平靜地在昏黃燈光下埋首針線細活。沒有激昂情緒，親人被迫走上絕路的慘痛屈辱，卻在閒聊細訴中完成被敘述的命運。在革命這具火車頭面前，[10] 個人死生大事，顯得如此微不足道。

田蘇菲下鄉後，更再一次體驗到政治運動如何讓人走上死路。在眾人七嘴八舌商量把老地主處死的暴烈行動中，田蘇菲早已根據群眾「期望」，拼湊出以下熱鬧場面：

「她想吊在電線桿上的老爺子下面黑乎乎圍著上百人，黑乎乎兩三百隻黑眼睛向上瞪著。他就是一口大銅鐘，一百多人打下來也該打裂了。外公還是命好，沒高高掛起讓人當鐘打。」（頁49）

字裡行間，田蘇菲流露了對老地主不忍之情。聆聽老地主妻子訴苦而忍不住落淚，更再一次說明田蘇菲的情感取向：

「小菲搖搖頭。她想壞事了，眼淚出來了。什麼立場，什麼覺悟？還是演革命戲的臺柱子呢！一看小菲流淚，老太太紅紅的眼裡充滿希望之光。」（頁49）

革命精神，並沒有完全啟發田蘇菲。她以情感本能反應，感受別人經受的痛苦與無助。愛憎分明的階級立場，在人道主義精神下，備受挑戰。徐友漁在著作中，對階級鮮明的革命立場有以下分析：

「人性論被當成典型的資產階級和修正主義思想，母愛、溫情、憐憫等等被視為革命鬥志的腐蝕劑。人與人的關係要麼是階級兄弟、革命戰友，要麼是階級敵人。人道主義原則被拋到九霄雲外……」[11]

田蘇菲的「階級悟性」卻並未受到啟廸。在有意識的情況下，她背叛了自己應有的階級感情。階級立場動搖之餘，更加敵我不分，把同情全投向對立一方。

楊厚均在論著中指出，「訴苦」是革命歷史小說經常出現的情節。「訴苦」所以被採用，是由於「在建構革命歷史『階級鬥爭』內在邏輯結構上的便利。」[12] 革命戰士與群眾通過訴說共同苦難，可以確認自己的階級敵人。喚起大眾情感，產生階級凝聚力量，被視為成功的革命技術。[13]《一個女人的史詩》卻把訴苦含意顛倒過來。主客易位之下，訴苦主角變成了老地主妻子：

> 「老太太堅信換了誰家天下也有地方遞狀子，自古都有地方喊冤告狀，就是讓她一身老皮肉去滾釘板，上指夾子，也要找個投訴的地方。」（頁49）

角色功能互換，使原本欲藉訴諸大眾情感，以喚起同仇敵愾的策略，受到挑戰。「階級敵人」不僅得到表白機會，而且更從情感上，打動了對立階級。

全書除老地主妻子外，其他角色如胡明山（三子）、伍善貞母親等，均有訴苦機會。胡明山自殺前一刻，即不忘申訴身受的冤屈：

> 「他也不難為情了，拍著胸口肚子對下面觀眾說他怎樣出生入死為部隊籌糧，怎樣把雪裡紅醃在山洞裡，讓部隊一冬天有菜吃，怎樣組織民兵、婦聯把飯挑到前沿，又怎樣偷地主家牲口的血……給首長們做血豆腐。現在老革命胡明山給打成了貪污犯……」（頁71）

政治運動中被點名批判者，往住無從置辯。俯首認罪，任由處置，為唯一出路。胡明山卻選擇以死亡為一己表白。借著酒氣，胡明山不再畏縮，把握最後機會，為蒙冤叫屈，為不平討公道。

伍善貞母親的訴苦，則是以潑辣賴皮架式展現。女兒大義滅親，帶頭抄家，伍媽媽嘴裡不饒人，以村野話語還擊：

> 「日本鬼子狠？還沒把藏的那點首飾挖走，她給你挖走了！……挖走她大她媽沒得吃，那不關她事！物價一天一個樣，沒錢付給伙計，那不關她事！她只管吃裡扒外、吃家飯屙野屎！……小伍搜個一場空，帶著偵察員們撤了。伍老闆娘也是好強女人，到巷子裡高聲喚幾個躲出去的孩子：『小二子小三子小四子！滾回來吃晚飯！沒得肉吃了，蘿蔔乾下稀飯他政府總還允許我們吃飽吧？』」（頁85）

為了表達對黨忠誠，完成偉大革命事業，黨員與親人劃清界線，甚而舉報至親，為政治運動常見現象。伍善貞抄自己家的行為，正是「無私」精神的又一次演繹。女兒跟前，伍媽媽冷靜地以自憐造作的誇張舉動應對。喧鬧擾攘，借題發揮，鋪陳的仍是乖謬的倫理。田蘇菲母親同情伍媽媽，亦一再説明後者的訴苦行為，得到一定認同。

除了訴苦外，戲劇亦是革命家常用以啟導民眾感情的工具。[14] 田蘇菲所屬民工團下鄉以後，即以戲劇演出教育民眾，讓大家認清階級鬥爭的必然。表面上，群眾好像受到啟發；事實上，民眾卻在演出中乘機發難，假戲當真，發洩情緒：

> 「一堆石頭朝那幾個演匪兵的民兵們砸過來，同時就有震

天的口號：『打死蔣匪兵！為劉胡蘭報仇！』幾個民兵給砸得頭破血流。有人喊：『快拉幕！』『拉不上了！幕繩給人砍斷了！』口號還在咆哮：『砸死他們！別讓蔣匪兵跑了！……』石頭不斷從觀眾席各個方向飛出來。民兵們把蔣匪兵的戲裝脫掉，瘸著拐著躲石頭，一邊叫喊：『別打了！不是蔣匪兵！是寶子！……是二子他爸！……』一個石頭當胸砸在叫寶子的民兵身上。」（頁51）

一如訴苦的情節，革命戲反過來被應用在「反革命」上。戲劇化的誇張表現，從臺上延伸到臺下；現實與戲劇，界線含混，真假莫辨，輾轉指向的，仍是革命不得人心的一面。痛定思痛，回首歷史，邵燕祥在著述中對土改政策有以下反思：

「我卻沒有從另一方面想想，土改中具體政策的制訂或執行，是否發生甚麼偏頗，在消滅封建剝削性質的土地制度時，對一般地主和惡霸地主有沒有加以區別，對地主分子和地主階級一般家庭成員有沒有切實給予生活出路，不使他們鋌而走險，從而最大限度地減少革命的阻力，減少革命運動的後遺症。」[15]

《一個女人的史詩》努力揭發的正是革命背後隱藏的種種問題。當身心無法承受傷害痛苦時，個人自行結束生命成為便捷出路。除上述老地主及胡明山外，還有歐陽蔚等角色，均是以自我了斷來見證革命對人的摧殘。作者在敘述這些自殺個案時，往往訴諸於平靜語氣。如胡明山從高樓一躍而下，經田蘇菲感官過濾後，成了以下無聲無息的慢鏡頭動作：

> 「三子下來了。從紅五星上墜落時，小菲居然沒有捂眼睛。她眼睜睜看見三子敗色的軍裝在空中成個奇形怪狀的氣球。她也沒聽見小伍和幾百個人的慘叫或者歡叫。三子落地也是無聲的，至少對於小菲是無聲的。他臉朝下，趴在嶄新的花崗岩石臺階上。小菲不要看到血，因此她以後的記憶中，胡明山留在世上的最後一個形象不是她概念中的屍首。」（頁71-72）

人在政治運動中備受凌辱的情節，傷痕文學裡比比皆是。流血暴力，更往往為不可闕如的描寫。在田蘇菲心目中，這種原有的血腥暴烈，卻得到轉化。或者，更具體説法是，田蘇菲的主觀願望使本應血濺大地的激烈場面，變得異常平靜。胡明山以結束生命為自我取得發言權，田蘇菲亦以自身方式為其死亡取得不落俗套的演繹。如此充滿個性化的表達，叩問的正是個體在政治重壓下屢被戕害、抹煞的現實。胡明山死後，作者更再一次從田蘇菲的角度，表達物是人非的感慨：

> 「一個念頭閃出來：人們照樣要買韭黃、包春卷，可是三子沒了。人們照樣為一毛錢的韭黃和菜農調侃、殺價。三子永遠也沒了。」（頁72）

在革命大浪潮下，人命無足輕重，個人注定被犧牲。重覆句子，抒情筆調，書寫的卻是死亡的事實。生活如常，人世依舊，個別生命卻如此短暫、無力。

三、革命與人倫關係

（一）人倫關係的解體？

革命強調階級有別，以階級來界定人與人的關係。這一大前提下，原有人倫架構受到嚴重衝擊。王坤對文革時期「絕愛棄恨」，扭曲變異的親情關係，有以下剖析：

> 「『文革』中盛行一時的『劃清界線』之舉，則是集自殘與殘人於一體的典型行為。當事人多為『可以教育好的子女』，其『大義滅親』的舉動中，既包含為崇高所激勵的因素，也包含擺脫恐懼，尋求社會庇護的因素。……尤其是不敢愛，在『文革』中是極常見、極普遍的現象。……在這悲劇的背後，是無數破碎的家庭和破碎的心靈！至於不敢恨，則是人的心靈在無法承受的重壓之下失去了正常功能而至麻木的結果。」[16]

人倫關係的矛盾，在《一個女人的史詩》中亦得到清晰展現。一直以革命姿態出現，立場鮮明的伍善貞，在田蘇菲細心觀察下，暴露了更多無法釋懷的心理壓抑；與父母劃清界線的決絕背後，是纏繞不去的內心鬱結：

> 「伍老闆畢竟寵愛小伍一場，和他斷絕父女關係，她心裡能不血淋淋嗎？……她明白小伍東拉西扯還是因為心裡難過。一個女兒和親爹永世翻臉，誰不難過？」（頁82-83）

伍善貞不承認自身的矛盾痛苦，田蘇菲卻從自然的親情關係來解讀其內心世界。伍善貞帶頭抄自己的家，與母親展開戲劇性對峙。一番鬥智下來，「冷靜周密」（頁85）如伍善貞，還是贏不了吵嚷中脱難的母親。家裡藏寶的地方，伍善貞百般推敲，仍找不著頭緒：

> 「她拳頭杵在下巴下想了一會，指著水缸：搬開。下面挖了有三尺深，除了土還是土。多年後，小伍跟母親和解之後，母親說她笨蛋，水缸裡養的是大蚌殼，只要細看就看出那都是死東西，殼裡藏著用油紙包的金磚。」（頁85）

以時間對照説明事物變化，是《一個女人的史詩》重要敘述手法。全書時間跨度大，幾十年的歷史，非常有利於這樣的敘述。一時無法作出判別的事實，在歷史見證下，自然得到釐清。對於伍善貞劃清界線，抄家等行為，敘述者便是用時間對照來説明人心變化。悠悠多年，昔日陌路的親人再次言歸於好，界線還是劃清不了。「大義滅親」的異常倫理，赫然淪為封塵歷史，意義成疑。

（二）人倫關係的堅持

至於田蘇菲自身，在革命火紅歲月裡，更作出了對倫理堅持的示範。接二連三的政治運動，並沒有使她放棄親情。歐陽萸挨鬥，田蘇菲不但沒有聽從勸喻，劃清關係自保，而且靈活借勢，以舞臺一號的英雄姿態，為丈夫在現實中遮風擋雨。

在丈夫被批鬥的日子裡，田蘇菲努力鑽研烹調功夫，為丈夫預備菜餚。食物短缺，無礙田蘇菲一展持家本領。一份份精緻飯食，別出心裁，成為歐陽萸難堪時刻的精神慰藉：

「切肉絲往往最出數，切得越細就越顯多。她的刀功在幾個月裡把母親都震住了。火候也重要，細切的肉絲火候不好就炒塌了架子，口感也壞了。所以她的小炒技術也飛快改善，一個黃豆芽炒肉絲，拿出手黃是黃白是白粉紅是粉紅，把菜和飯裝進盒子，一眼看去，它是這個混亂骯髒的省城最誘人的一份午餐。」（頁168）

中國人一向重視口腹之慾[17]，然而，在革命沸沸揚揚的時代，這種形而下的活動自然不受重視。田蘇菲卻一反其道而行，在捉襟見肘下，發揮生活智慧，努力張羅食物。一道道精心烹調的菜餚，象徵地抗衡著熾熱的革命氣氛。李澤厚與劉再復在《告別革命》中，指出中國五、六十年代的思想特徵，是政治掛帥，過份迷信意識形態，不斷進行無休止的階級鬥爭和政治運動，經濟發展受到忽略，抓不住生產。李澤厚與劉再復於是從理性角度出發，提出「吃飯」哲學，指出務必要注重吃飯生存的基本問題。[18] 田蘇菲的行為，似乎暗合這種「吃飯」哲學。她千方百計，用盡手段，也要為受批鬥的歐陽萸送上親手炮製的菜餚。一面捱整，一面吃飯的場景，看似不倫不類，卻正好衝擊了政治運動該有的精神意義。嚴肅的政治運動，無端造就的竟是小女子對愛郎的柔情蜜意。對於田蘇菲來說，危難中為丈夫送上飯食，成了愛情經典演繹：

「『你猜我今天給你做了什麼？』小菲坐在歐陽萸旁邊，兩人都坐在禿禿的水泥地上。他看她一眼。她心裡一熱，偷情似的。『喏，你最愛吃的茭白炒肉絲。』」（頁168）

溫聲軟語，深情盡在其中。田蘇菲把舞臺功架，應用到現實生活上，更成功地為丈夫爭取到一次又一次果腹機會：

> 「如果不准歐陽莫吃飯，小菲便哀求，說老歐有胃出血，一出血就昏死，鬥個昏死的黑幫有什麼鬥頭？也觸及不了靈魂。她聲情並茂，話劇演員的『戲來瘋』幫了大忙，群眾最後總給她說服。」（頁168）

「群眾」一直是文革時期政治家的重要資本。利用群眾力量推行政策，打擊對手，是慣用的政治策略。[19] 田蘇菲順水推舟，反過來利用群眾來達到保護丈夫的目的。戲劇演員的魅力，使她成功煽動群眾。以下一段，田蘇菲更歪打正著，乘勢反攻，為文化大革命重新釋義：

> 「小菲氣貫長虹叫道：『觸及靈魂！不要觸及皮肉！』……她一脫身便演說起來，叫群眾同志們不要上少數壞人的當，改變『文化大革命』的性質。文化、文化，毛主席提出『文化大革命』，難道不是讓我們用文化來革命嗎？……打人的人……是反對共產黨反對解放軍！」（頁172）

田蘇菲追源究始，用自身方式，從另一角度為文革下定義。文革中群眾早已習以為常，不以為忤的武鬥形式，就在小女子不經意的戲劇化行動中，受到詰難。

　　田蘇菲對丈夫不離不棄，可視為對倫理的堅持。當革命一步步摧毀固有人倫時，田蘇菲卻以堅執姿態，繼續維持與家人的親密關係。即使對待丈夫的父親，田蘇菲同樣盡心盡力。老爺因為家中變故，從上海移居過來，與兒子及媳婦同住。田蘇菲一樣悉心照顧：

「小菲總是維持老爺子的習慣，出去買油條和豆漿回來。油條只買兩根，回來用剪刀剪成一小段一小段，再倒一小碟辣醬油，三人蘸著吃。其實小菲只吃一口，不露痕迹地省給父子倆吃。」（頁169）

侍奉之餘，田蘇菲更細心地發現老爺與丈夫間淡然而不缺親密的相處模式。兒子受批鬥，父親表面若無其事，卻於閒談中傳達關愛：

「『外面站幾個鐘頭，不可以動，會冷的。……』『我再加一件絨線衣。』『穿我的。我的厚。又是黑的，塗了墨還是黑的。』有時小菲看他的鬼怪式頭髮實在慘不忍睹，便用剪子給他修，想把參差不齊深淺不一的頭髮修得稍為正常些。老爺子說：『不要修。修好他們還是要剃。否則他們看看你沒什麼可以糟塌的，就算了。大家省省力氣。』早飯的氣氛漸漸好起來，兒子和父親有時會用英文對對話，說了笑話，兩人也都笑得出聲。」（頁169）

父親曾因政治原因，與兒子關係疏離，現在反因革命，改善了關係。他以人生智慧，與兒子一起面對逆境。一家人互相扶持，在無常政治環境下找到精神出路。

至於田蘇菲母親，則以巧婦的生活智慧，辛勤持家。她從來不向人低頭，卻為了家人，不惜放下尊嚴，向鄰人借貸，更在有限資源下，絞盡腦汁，為一家調製可口食物。勞心勞力，鞠躬盡瘁，小說如此安排老太太之死：

「老太太經不住女婿的體諒，白了小菲一眼，把一根香腸切成碎丁，打了兩隻蛋，蛋裡調了些稀面粉，又撒一把碧綠的香蔥，眨眼工夫一個香腸烘蛋在鍋裡綻放出艷艷的花來。老太太手握鍋把，慢慢旋轉。窮日子使她練得一身絕技，油放得少，但必須是少得恰到好處，所以蛋拋向空中時不會濺油珠子。她拋起蛋餅，但沒有接住，好漂亮的一個菜落在地上。小菲剛叫『哎呀』，一看母親，更是大叫起來。老太太已倒在了地下。」（頁202）

細緻描寫，鋪陳菜餚的精緻可觀，凸顯了老太太在物資匱乏時練就的高超烹調技術。多年以來，老太太以巧手善心，輕描淡寫地協助女兒一家渡過一次又一次難關。細水長流，至死仍泰然站在崗位上，老太太為倫理關係作出了親身示範。不管外面世界如何地動山搖，田蘇菲與親人的互相扶持，成為抗衡革命的自然選擇。

朱學勤在〈革命〉一文中，曾提及革命中的「熱月」，並以文革為例，指出這種現象如何影響革命的社會基礎：

「只要回想一下在本世紀70年代『繼續革命』的中國，城市裡的居民是如何折向私人生活，男人在秘密討論半導體收音機的『電路』，交頭接耳；女人在悄悄交換編織毛衣的『線路』，樂不可知；你死我活的『路線』鬥爭居然被置換為另一種『線路』分歧，你就會就知道我們也經歷過『熱月』，而正是這樣的『熱月』悄悄融化了文革的社會基礎。」[20]

田蘇菲一家，在轟轟烈烈的革命年代裡，以自然親情維繫彼此關係，盡可能如常生活，在事事以集體為依歸的政策下，發掘私人感情、生活空間。種種努力，未嘗不可看作為革命時期「熱月」現象的表現。試圖動搖的，未嘗不是革命的社會基礎。

四、結語——一個女子的革命體驗

小說以「一個女人的史詩」命名，寄意昭然若揭。在一次訪談中，嚴歌苓曾表示：

> 「對於女人來說最要緊的一點，特別是我們上一輩子的女人，她把她的感情看得非常重，她的感情似乎就是她整個的一生就是這麼一場，感情能夠構成她的一生。也能夠說她的情感史也就是她的歷史，她的情感史又是和一個國家的一段歷史，幾十年的歷史交融在一起的……」[21]

感情為主，歷史為次。女主角感情，是《一個女人的史詩》重要敘述方向。洋洋二十多萬字，鋪陳盡是田蘇菲的感情歷史。換一角度看，也可說是從女性情感出發，側寫歷史。在多年前的獲獎感言中，嚴歌苓亦表達過以下意見：

> 「一個奇特的現象是，同一些歷史事件、人物，經不同人以客觀的、主觀的、帶偏見的、帶情緒的陳述，顯得像完全不同的故事。」[22]

在《一個女人的史詩》中，嚴歌苓便是透過女主角的觀察與敘述，發掘「不同」的歷史故事。從「革命是殘酷的」一句肇始，一路走來，田蘇菲用自己的愛情經歷鋪陳革命種種細節，為革命釋義之餘，更進而把之淪為詮釋愛情的對象。這樣的敘述安排，首先衝擊了「革命是殘酷的」看法的意涵，繼而質疑了革命對倫常的破壞。田蘇菲情歸歐陽萸，多年以來，不離不棄，為革命中善變的感情關係作出對立演示。這一反被動為主動，利用惡劣政治環境成就愛情的表現，成功顛覆了革命原有意義。

這裡希望補充一下，田蘇菲如何面對歐陽萸與其他女人的關係。她所關注最後揭示的，仍是感情與革命含混不清的糾葛：

> 「孫百合看一眼小菲，什麼表情也沒有。她此刻被忽略了，夢遊似的站在那裡。這時小菲看見她轉過臉，眼睛搜尋著剛才挨了揍的那個人。她看到了歐陽萸。這是一個什麼樣的交叉點？歐陽萸鬼使神差地也轉過臉，看見了她。兩人的目光都沒有在彼此眼睛裡逗留，但這就夠了，那人正在燈火闌珊處。小菲都為他們感動。」（頁172-173）

歐陽萸與孫百合在政治運動中同成為階下囚。田蘇菲目光審視下，原本殘酷的批鬥場面，反為曾相惜的戀人締造了重逢機會。外在環境惡劣，無礙兩人精神交流。相遇瞬間，足讓他們「從此魂繫夢牽」（頁173）。經田蘇菲情感過濾後，戀人間燈火闌珊的美感經驗得以延續。革命原有意義，無法不再次受到衝擊：

> 「它終於發生了。從小菲第一次見到孫百合到現在，二十多年過去。得要二十多年、十多次運動、人生的大顛覆才能讓他們相遇。小菲不禁為此震動。」（頁234）

疑幻疑真，種種政治動盪最後還是歸結為愛情的鋪墊。張愛玲「傾城之戀」的愛情觀照[23]，又一次在文本中呈現，延續的或許正是女作家以女性情感改寫歷史的夢想或企圖。

最後，本文用以下論述作為收結。前面曾提及田蘇菲與伍善貞的交往。相交多年，伍善貞在田蘇菲面前，一直以革命榜樣自居。田蘇菲則扮演旁觀者角色。經過多年感情經歷，回溯往昔，田蘇菲有這樣的發現：

> 「小菲咬著香脆的包子，大口喝著啤酒，不知怎麼對老劉和小伍一笑。她想到了一個絕不該在此時此地想到的情節：那個小鎮書院之夜，他倆肉貼肉地躺著，火從兩隻交握的手點著，一下子就燎原了。」（頁84）

革命的神聖，再一次在小女子心目中，蕩然無存。個人情慾面前，革命被「投閒置散」，成了陪襯產物。這就是一個女子的革命體驗。革命與情感，孰重孰輕？

◆注釋

1 嚴歌苓：《一個女人的史詩》（長沙：湖南文藝出版社，2006），頁1-258。
2 中共中央文獻編輯委員會：《毛澤東選集》第1卷（北京：人民出版社，1991），頁17。
3 南帆：《後革命的轉移》（北京：北京大學出版社，2005），頁44。
4 a. 中共中央文獻編輯委員會：《毛澤東選集》第1卷（北京：人民出版社，1991），頁197。
b. 中共中央文獻編輯委員會：《毛澤東選集》第4卷（北京：人民出版社，1991），頁1209。
5 王坤：〈崇高的蛻變——新時期文學中的「文革」〉，《文化大革命：史實與研究》（劉青峰編，香港：中文大學出版社，1996），頁418。
6 劉小楓：《這一代人的怕和愛》（香港：牛津大學出版社，2007），頁25-26。
7 南帆：《後革命的轉移》（北京：北京大學出版社，2005），頁46-47。
8 李澤厚、劉再復：《告別革命》（香港：天地圖書有限公司，2004），頁210。
9 朱學勤：〈革命〉，《南方周末》，1999年12月29日，版38。
10 朱學勤：〈革命〉，《南方周末》，1999年12月29日，版38。
11 徐友漁：《形形色色的造反——紅衛兵精神素質的形成及演變》（香港：中文大學出版社，1999），頁34。
12 楊厚均：《革命歷史圖景與民族國家想像：新中國革命歷史長篇小說再解讀》（武漢：湖北教育出版社，2005），頁44。
13 南帆：《後革命的轉移》（北京：北京大學出版社，2005），頁13。
14 南帆：《後革命的轉移》（北京：北京大學出版社，2005），頁13。
15 邵燕祥：《別了，毛澤東：回憶與思考1945-1958》（香港：牛津大學出版社，2007），頁47。
16 王坤：〈崇高的蛻變——新時期文學中的「文革」〉，《文化大革命：史實與研究》（劉青峰編，香港：中文大學出版社，1996），頁417-418。
17 李波：〈食以民為天，以「食」為鑒〉，《口腔裡的中國人》（上海：東方出版中心，2007），頁1-6。
18 a. 李澤厚、劉再復：《告別革命》（香港：天地圖書有限公司，2004），頁13-23。
b. 李澤厚：《歷史本體論》（香港：商務印書館有限公司，2002），頁21-29。
19 徐友漁：《形形色色的造反——紅衛兵精神素質的形成及演變》（香港：中文大學出版社，1999），頁18-19。
20 朱學勤：〈革命〉，《南方周末》，1999年12月29日，版38。
21 搜狐主持人、嚴歌苓：〈嚴歌苓作客搜狐聊天實錄〉，http:book.sohu.com/20060703/n244067887.shtml，2006年7月3日。
22 嚴歌苓：《扶桑》（臺北：聯經出版事業公司，1996），頁5。
23 張愛玲：〈傾城之戀〉，《傾城之戀》（臺北：皇冠出版社，1985），頁203-251。

** 全文2020年5月完成修訂，原刊於《文學論衡》（2008年10月）。

親密與疏離

——嚴歌苓〈老人魚〉解讀

摘要

〈老人魚〉為嚴歌苓以祖孫為題之短篇小說。論文透過三方面剖析這一作品。首先揭示主角穗子由當初親近外公而最後疏遠的感情關係。接著探討兒童視角下政治與人性的關係。最後指出外公如何從虛構中建立自我，而這種想像的自我與作為穗子外公的身分又如何密不可分。

一、從美人魚到老人魚

漢斯・安徒生（Hans Christian Andersen）的人魚童話，家傳戶曉。美人魚為愛情犧牲，多年來感動不少讀者。人魚公主與王子邂逅，最後化成泡影消失，故事淒美動人。[1] 嚴歌苓的短篇小說〈老人魚〉[2]，寫的不是美人魚，而是老人魚：

> 「那是一種奇怪的魚，……牠們沒有鱗，大大的眼睛占據半個臉，有個鼻尖和下撇的嘴唇。這使牠們看去像長了人面、長了壞脾氣、好心眼的老人之面。」（頁33）

老人魚的故事，少了讓人疼惜的美麗小人魚，卻多了讓人嫌棄的怪異老人魚。淒美不再，但那獨特姿態，同樣觸動人心。

〈老人魚〉收於《穗子物語》，內容敘述外公和孫女穗子的關係。通篇從穗子的角度，看自己和外公如何由親近變得疏離。外公的老年生命形態，更是筆觸所在。嚴歌苓對老年男性的關注，早自〈審醜〉[3]、〈少女小魚〉[4] 已見端倪，後來的〈老囚〉[5]、〈花兒與少年〉[6]、〈屋有閣樓〉[7] 及《第九個寡婦》[8] 等亦見發揮。其中〈審醜〉及〈老囚〉，同著墨於老年男性邋遢外形以及祖孫相處。〈老囚〉的孫女最初嫌棄外公，後來變得親近。〈審醜〉的爺爺卻直至老死，孫兒小臭兒也避而不見。〈老人魚〉的穗子，最後同樣置外公於不顧，所不同的是，穗子比小臭兒更具自省能力。在故事中，穗子以兒童敘事者身分，細述外公的遭遇，而通過這種表述，曲折完成了對外公的另類懷想。

嚴歌苓曾經表示自己是會開玩笑的人，身處中國，面對災難，如果事事認真，痛苦會難以忍受；像父親一下子變成人民公敵，只能以玩笑態度面對，這是生存之法。[9]〈老人魚〉的外公，同樣以玩笑應付災難，只不過，在別人眼中，他自身是更大笑話而已。

二、親密與疏離

故事並沒有交代外公的姓名，他一出場，即以穗子外公身分出現。外公是老兵，五十年代，在組織安排下，娶了穗子的守寡外婆。穗子是外婆和亡夫的外孫女。血緣關係闕如，卻無礙外公疼愛穗子。穗子幼時亦愛親近他。這種親密無間，對照穗子與親生父母的疏離，更形突出：

> 「她（筆者按：指穗子母親）心酸地想，穗子要是跟自己也能耍耍性子、撒撒嬌多好。穗子跟外公在一塊時，從來不乖巧，但誰都能看出一老一少的親密無間，是一對真正的祖孫。」（頁12）

在日常生活中，外公對穗子照顧得無微不至。穗子年紀小，更事事依賴他。故事敘述者，即把敘事涵蓋時間拉長，而有以下觀察：

> 「被穗子稱為外公的老頭，血緣上同她毫無關係。不過那是後話，現在穗子還小，還天真蒙昧，外公對於她，是靠山，是膽子。是一匹老座騎，是一個暖水袋……外公便自己給穗子焐被窩。」（頁6）

敘述者從兒童感受事物方式出發，以具體事物如老坐騎、暖水袋等來說明穗子對外公的依賴。然而，「後話」的提示，預示了二人關係的變化。正如安塞爾姆・斯特勞斯（Anselm L. Strauss）所指出，人的價值觀會隨著學習不斷變化，行為亦因而改變。[10] 穗子逐漸成長，認識到成人世界的價值標準時，原本親密的祖孫關係，開始受到衝擊。老人原被視為替孫女出頭的架勢，陡然降格為惹人訕笑的粗鄙舉動：

> 「外公隔三差五的吶喊終於鎮壓了所有孩子。包括省委首長的兒子們。外公喊著要『下了你的大胯，掏了你的眼！……死你一個我夠本，死你兩個我賺一個！……』開始穗子不懂外公的話，後來懂了便非常難為情。」（頁5）

戲劇化的叫嚷吶喊，與外在環境的不協調，成了孫女眼中讓人難堪的鬧劇。

其實穗子幼時，與外公相處，曾非常合拍。一老一小，構成的是以下和諧畫面：

> 「這樣我們就有了外公的大致形象：一個個子不高但身材精幹的六十歲老頭，邁著微瘸的雄赳赳步伐，頭不斷地搖，信不過你或乾脆否定你。他背上背著兩歲半的穗子，胸口上別了十多枚功勳章。穗子的上衣兜裡裝滿了炒米花，她乘騎著外公邊走邊吃。」（頁4）

「老怪物」和「小怪物」，是別人眼裡對祖孫的印象，原是絕配組合，卻因後者認知改變，發生變化。穗子逐漸意識到外公的行為與外在世界並不協調。舉止行為「怪誕」的外公，成了穗子不滿的對象。內心的不滿以童稚語言表達出來，直接傷了外公的心：

「過後她不跟外公講話，一講就朝他白眼：『我不要你做我外公！我不要你講話！我不要你管我！不要你做我家長！』」（頁5）

井上勝也、長嶋紀一曾指出老年人性格特徵為：腦筋頑固、智力衰退、控制力減弱、難以適應社會、以異常手法對付問題。[11] 外公也不無上述特點，而在為幼小穗子應付外來挑釁時，異常性情尤其發揮得「淋漓盡致」。外公突兀的態度行為，最後讓孫女有了嫌棄理由。然而，故事敘述者在說明了穗子童年時對外公的怨懟後，又不忘補述她長大後的回顧反省。穗子成年後最不堪回首的是自己經常否定外公的身分。她意識到孩子也可以非常殘酷，懂得戳人痛處。可見，敘述者在表述外公讓人嫌棄之餘，同時留下回轉空間。穗子的愧疚隱然成為對外公行為的重新肯定。同樣地，以下片段，看似張揚外公惡行，但字裡行間，流露了祖孫連心一面：

「母親拿出香噴噴的手帕，手很重、動作很嫌棄地為穗子擦淚。穗子臉蛋上的皮肉不斷給扯老遠，再彈回。外公的確不及母親、父親高雅，這認識讓穗子心碎。外公用體溫為她焐被窩，外公背著她去上學，不時往路面上吐口唾沫，這些理虧的實情都讓穗子痛心，為外公失去穗子的合理性而痛心。……當然，母親最具說服力的理由是外公的歷史疑案以及偽功勳章。……她不再嫌棄女兒，而是對女兒噁心了。」（頁29）

表面證據確鑿，母親對外公的指陳，讓人無法反駁。面對母親的振振有辭，穗子在無法不承認外公理虧之餘，卻為之「心碎」、

「痛心」。其中隱藏的，未嘗不是因壓抑而扭曲的親情關係。童稚敏感，其實早已讓穗子覺察到母親「高雅」行為背後隱藏的嫌棄噁心。一連串本為親暱的動作，在帶有動畫效果的演繹下，凸顯出母愛的欠缺包容，對比外公對穗子的完全投入與付出，更見外公的情真意篤。熊秉真曾於專著指出，孩子思想概念裡，成人性格往往讓人非議，而非想像般完美、理想或值得尊崇。[12] 在穗子心目中，成人世界也並不理想完美。童稚目光，有別於成人之餘，觀照世界的角度，自亦有獨特之處。

三、兒童視角下政治與人性的糾葛

嚴歌苓雖旅外多年，但不少作品仍緊扣中國的人事。政治與人性糾葛，更是她筆下常見題材。早如〈我不是精靈〉[13]、《人寰》[14]，後如《一個女人的史詩》[15]、《小姨多鶴》[16] 等，均為典型例子。收入《穗子物語》的多篇小說亦然，而同樣不能忽視的則是兒童視角演繹方式。〈老人魚〉裡的穗子，便以兒童對事物的獨特感知，察看成人世界。在這種有別於成人觀照的角度下，政治與人性的紛紛擾擾也得到不同維度的反思。王文玲對兒童視角特點有以下看法：

> 「在兒童眼裡沒有私有的觀念，沒有對金錢崇拜、對權力的渴望、沒有虛偽，而這一切都存在於成人文化之中。」[17]

如此分析雖不無道理，卻可說是理想化的意念投射。即如論者班馬所言，不少低幼作品，均有迴避醜惡、淡化矛盾之嫌。[18] 其實，兒童視角也可以較為複雜形式出現。〈老人魚〉的穗子，即跨過單純的童真概念，為我們展示政治主導下，人心的勢利多變。

心理學家讓・皮亞傑（Jean Piaget）指出，兒童往往不用理智運算，而用直觀掌握概念。[19] 他們常常要靠形象的直觀才能理解抽象概念及超出自身經驗的字詞意義。[20] 穗子即以這種兒童直觀方式觀察外在世界。穗子身處政治運動不斷，複雜多變時代，卻直接在思維裡把事情簡單化：

> 「外婆去世不久，外面發生大事了。人們一夜之間翻了臉……。」（頁6）

抽象異常的現象，穗子可能無法一下子明白，但直觀方式，讓她發現了事情的急劇轉變。「大事」、「一夜」、「翻了臉」，是她較能掌握的概念。她便藉著這些概念認識身邊的人事變化。政治運動千絲萬縷，人性扭曲、人心變節、親情不牢靠等，從兒童視角看去，卻被簡化為表面現象。在孩子心目中，巨大社會變化，恍如孩童間的吵吵鬧鬧。這種兒童玩耍的戲擬，提供的未嘗不是可堪玩味的思考空間：嚴肅的政治運動，抽絲剝繭後，基本邏輯可能只是遊戲一場。夢境的荒誕、不真實，反而成為現實的活生生寫照：

> 「他們把外公攔在門內。隨便外公說什麼，他們唯一的反應就是相互對視一眼。他們要外公明白，人之間的關係不一定從陌生進展為熟識，從熟識向陌生，同樣是正常進展。這段經歷在穗子多年後來看，就像一個怪異的夢，所有人都在那天成了生人。」（頁25-26）

以上一段，同樣是從穗子的視角去察看外公與其他人關係的急劇變化。在政治運動中，人與人長久以來建立的關係受到嚴峻考驗。一夜間，熟人可變得完全陌生。外公便一下子從「老英雄」，變成「老白匪」。對於這種戲劇化轉變，穗子多年後回首，只覺像場怪異的夢。其中的深層意義，並非年幼的她所可掌握，但政治運動中常見的急劇人際變化，仍然透過這種兒童視角具體呈現。

再看穗子以「交頭接耳」來詮釋成人世界中陰謀的外在形象：

> 「母親說話時，有一種交頭接耳的模樣，讓穗子想到了世界上一切交頭接耳的人們。人們交頭接耳，就挑出穗子爸的種種不是來。穗子認為那位抄家頭頭此刻一定在某處和誰交頭接耳，嘁嘁喳喳得非常熱鬧。然後他們就會朝外公來了。穗子當時並不懂他們朝外公來的憑據，但她肯定那些人正為外公的事交頭接耳。」（頁13）

「交頭接耳」四字在故事中多次出現，提供了直觀感受的具體畫面。實在的形象背後，指向成年人別具用心的心理運作。穗子運用具象感受方式，表述成人世界中謀取己利，傷害別人的種種行為。如從兒童理解層面來說，接著「交頭接耳」出現的，便是人與人之間的傷害。這種簡單直接的兒童邏輯，透視了政治中出賣、傾軋等複雜人性糾葛，輾轉帶出的，正是政治運動核心潛藏的荒謬乖異。讓・皮亞傑（Jean Piaget）曾指出幼童思維的特徵是常常說出肯定的話，卻不用事實證明。[21] 兒童這種直觀武斷，與政治運動中欠缺理性、邏輯，一味訴諸主觀情緒喜惡的現象，正有共通之處。政治「幼稚無常」一面，從而得到反映。

四、從虛構建立的自我身分

一般來說，自我觀是指個人對自我價值的感受，是對一己能力的肯定。[22] 個人在社會扮演的角色，是自我概念的基礎。隨著年齡增長，人失去了以前擔任的社會角色，但又未能適應或融入新角色。角色的混淆或喪失，會使自我尊嚴受損。[23]

在〈老人魚〉中，外公以穗子外公自居，而為了保護穗子，又經常自稱為退役英雄。換言之，兩種角色中，後者往往以服務前者為目的。老英雄的身分，使本來被視為「老怪物」的外公得以徹底「翻身」：

> 「等穗子報上名之後，阿姨們就改變了對外公的最初印象，她們崇拜起這位戰功赫赫的老英雄來了，所有軍功章把老頭兒的衣服墜垮了……。」（頁4）

有了這一身分，外公所向披靡，震懾了所有欺負小孫女的人，也同時掩護了政治運動中受牽連的穗子父母。其實，外公對付他人的激烈行為，無不是為了穗子。保護孫女，向孫女領功，成了他人生重要寄託：

> 「穗子這時站在女孩們的群落之外。她見外公的目光在白色濃眉下朝她眨動一下。那是居功邀賞的目光，意思是，怎麼樣？我配做你外公吧？」（頁24）

查爾斯．庫利（Charles Horton Cooley）認為人往往通過自己在別人心目中想像的形象來建構自我。[24] 外公也是根據別人的期望來建構自我。戰場上的英雄，是他為自己打造的形象，更是他為外公身分添加的無形力量。問題是，這種自我建構，含有造假成份，最後被拆穿時，他連外公身分也一併失落了。這種真真假假過程中，最後帶出的仍是親情的勢利弔詭。

外公的老英雄身分被揭穿後，穗子明白形勢轉異，即改向父母靠攏。本來堅持留在外公身邊，不肯與父母妥協的穗子，寫信向父母求饒，表達親近之意：

> 「她在那個夏天給父母寫了信，說她非常想他們，還說那次傷母親的心，她一直為此不安。」（頁26）

一番周折，穗子終捨外公而去。多年後回憶往事，她以冷靜態度審視外公的虛構身分：

> 「偶爾想到，她就想到外公外披掛一堆不相干的金屬徽章，一拍胸脯拍得『叮噹』作響，一想到這個形象，她就緊張、懊悔。假如外公不那麼徹底的文盲，他就不會那樣愚弄人和他自己。穗子緊張是為了外公，他險些就隱藏下來了，少拋頭露面一些，外公或許不會引起人們的注意，人們也就不會太拿他當真，去翻他的老底。」（頁33）

這裡涉及的並非道德的對錯而是作偽技巧的優劣。外公為自己製造身分時紕漏百出。穗子意識到外公不再是靠山，選擇離去。未能成功編造自我身分也就注定外公無法立足於當時政治環境。由「老紅軍」淪落為「老白匪」，外公作為穗子外公的角色自然同時受到衝擊。

男性以工作能力證明存在意義為男權社會一貫特色。外公即以「輝煌戰功」確立自我價值。然而，在力有不逮下，他反而扮演了與社會期望相違的惹笑角色。所謂老兵的英勇，煞有介事地展現在一場場為孫女出頭的小兒爭鬥中，貽笑大方之餘，觸發的可能只是人們不忍的憐憫情緒：

> 「外公到托兒所鬧事，為外孫女做主時卻非常籠統，從來不指名道姓。外公在此時嗓音並不宏亮，但有一種獨特的殺氣；那是戰場上拼光了，只剩幾條命要拼出去迎接一場白刃戰時出來的嗓音。總之穗子就記得老兵此刻有一種垂死的勇敢，罵街不再是罵街，而是壯烈、嘶啞的最後吶喊。」（頁4-5）

戰場上老兵拼死的廝殺，錯置在與孩童鬥爭的環境中。戲劇化場面背後，外公能力闕如而又不合世情的悲涼、自我價值身分的成疑，躍然紙上。

徐麗君、蔡文輝在《老年社會學——理論與實務》中指出老年人對其他年齡組別成員的依賴。除了經濟方面，心理上的依賴也很顯著。只是，老年人這一需要經常受到忽略。[25] 在〈老人魚〉中，外公對穗子心理的依賴清晰可見。依賴表現為雙方互為需要時，便能以親密形態展現：

> 「她不認錯，外公就講出那句最狠的話來：『我管不了你，我馬上送你回你父母那裡。』這話一講出來，祖孫兩人都傷心傷得木訥，會沉默許多天。」（頁23）

然而，個人成長、外在環境改變，使穗子不再親近外公。後者卻依然故我，心裡沒有放下孫兒。單行依賴，雙方欠缺交會的感情落差，引發的只是故事結束時，孤獨的外公再次作出虛構想像：

> 「他想恢復殘廢津貼，標著有關或無關的人吵鬧，說他的外孫女穗子是個了得人物，不信去打聽打聽，她就在某大首長手下，跟某大首長一打招呼，你們這些王八羔子就得拉出去斃掉……。」（頁33）

五、結語——男性英雄神話的解構

獨立、感情不依賴、具能力特長是社會對男性刻板角色的要求。在嚴歌苓的女性書寫中，這種雄赳赳傳統男性形象，卻不時受到挑戰。〈老人魚〉的外公，即演示了另類男性形象。當血緣被視為理所當然的家族表徵時，外公卻一心只繫於非自身血脈的穗子。他晚年的人生意義，全建立在與穗子親情上。保護孫女，向孫女邀功，在別人面前吹捧孫女成為外公生活主要內容。為了保護她，他更自我捏造戰爭英雄的身分。然而，處事方式不合時宜、身世虛構破綻百出，使他備受質疑，最後更讓他失去相依為命的孫女。外公向我們展示了潦倒失敗的男性形象。男性英雄神話不再，在敘述者表面冷靜無情的敘述背後，卻曲折地透過兒童視角，傳達外公對親情的堅守執著。這種無視環境，對感情的一意堅持，自身或已彌足顯示男性超越世俗框囿後綻放的生命異彩。

◆注釋

1 安徒生著、葉君健譯：〈海的女兒〉，《海的女兒》（上海：上海譯文出版社，1978），頁112-152。
2 嚴歌苓：〈老人魚〉，《穗子物語》（臺北：三民書局，2005），頁1-34。
3 嚴歌苓：〈審醜〉，《少女小漁》（臺北：爾雅出版社，1993），頁79-99。
4 嚴歌苓：〈少女小漁〉，《少女小漁》（臺北：爾雅出版社，1993），頁25-53。
5 嚴歌苓：〈老囚〉，《風箏歌》（臺北：時報文化出版公司，1999），頁30-52。
6 嚴歌苓：〈花兒與少年〉，《密語者》（臺北：三民書局，2004），頁1-159。
7 嚴歌苓：〈屋有閣樓〉，《倒淌河》（臺北：三民書局，1996），頁25-44。
8 嚴歌苓：《第九個寡婦》（臺北：九歌出版社，2006），頁5-362。
9 方素素：〈高人一等的說故事家——嚴歌苓〉，《出版情報》，160期，2001年8月，頁36-37。
10 Anselm L. Strauss, *Mirrors and Masks: the Search for Identity* (New Brunswick: Transaction Publishers, 1997) 27.
11 井上勝也、長嶋紀一編，江麗臨等譯：《老年心理學》（上海：上海翻譯出版公司，1986），頁163-164。
12 熊秉真：《童年憶往：中國孩子的歷史》（臺北：麥田出版公司，2000），頁304-305。
13 嚴歌苓：〈我不是精靈〉，《少女小漁》（臺北：爾雅出版社，1993），頁153-193。
14 嚴歌苓：《人寰》（臺北：時報文化出版公司，1998），頁1-266。
15 嚴歌苓：《一個女人的史詩》（長沙：湖南文藝出版社，2006），頁1-258。
16 嚴歌苓：《小姨多鶴》（北京：作家出版社，2008），頁1-274。
17 王文玲：〈新時期兒童視角小說創作論〉，《東北師大學報》（哲學社會科學版），219期，2006年1月，頁100。
18 班馬：《中國兒童文學理論批評與構想》（武漢：湖北少年兒童出版社，1990），頁19。
19 讓・皮亞傑著，傅統先譯：《兒童的心理發展》（濟南：山東教育出版社，1982），頁52。
20 李丹、劉金花編：《兒童發展》（臺北：五南圖書出版公司，1989），頁215。
21 讓・皮亞傑著，傅統先譯：《兒童的心理發展》（濟南：山東教育出版社，1982），頁49、51。
22 Mary Ann Lamanna and Agnes Riedmann, *Marriages and Families: Making Choices in a Diverse Society* (Belmont: Wadsworth Publishing Company, 1997) 94.
23 Nancy R. Hooyman and H. Asuman Kiyak, *Social Gerontology: A Multidisciplinary Perspective* (Boston: Pearson, 2005) 202-204.
24 Charles Horton Cooley, *On Self and Social Organization* (Chicago: The University of Chicago Press, 1998) 164.
25 徐麗君、蔡文輝：《老年社會學——理論與實務》（臺北：巨流圖書公司，1985），頁89。

** 全文2020年5月完成修訂，原刊於《世界華文文學論壇》（2009年2期）。

沒有名字的人

——嚴歌苓《人寰》試論

摘要

本文探討嚴歌苓長篇小說《人寰》。論文研究焦點為「敘述者父親」這一角色。「敘述者父親」一生不如意，更因自覺對他人虧欠，不斷陷入心靈掙扎中。他的遭遇與感受，由他的女兒加以縷述。女兒從情感角度，審視父親的行為。她的觀察，凸顯了政治運動背後，一個無名知識分子難能可貴的良知良能。

一、人寰的故事

嚴歌苓以「人寰」命名自己的小說，多少透露了作品的意涵。《人寰》寫的就是世間事，糾纏不清的人際矛盾。[1] 小說以女性敘述者為主軸，帶出以下角色關係：敘述者父親與賀一騎義氣中又帶著不義的友誼、敘述者與賀一騎多年的曖昧感情、敘述者與洋人上司舒茨的愛戀互動。各段關係互為表裡，一段催生一段之餘，又赫然成為另一的映照。經過多年觀察及人生體驗，敘述者借助外語，掩飾內心顧忌，細碎地鋪陳不同的生活片段。讀者可自行重組內容，發掘一個個人寰故事。

《人寰》容易引人注意的角色自然要數賀一騎。陽剛氣概，成了極易討好的特徵。然而，一向在作品中關注弱小的嚴歌苓，並沒有改變一貫作風。敘述者父親，一個在故事中連名字也沒有的人，更成為重要書寫對象。透過敘述者的縷述，這一半生抬不起頭，以弱勢姿態出現的人，同樣在故事中得到深刻演繹。

二、操控全局的敘述者

嚴歌苓闡釋故事的魅力，常為評者津津樂道。[2] 從敘述角度來看，嚴歌苓尤善於經營長篇小說。一如前作《扶桑》[3]，看似只是清季飄洋過海的中國妓女老調故事，但因敘事抒情蘊藉，產生懾人感染力，足以把題材深化，牽動另一層思考。《人寰》故事的開展，同樣有賴敘述的獨特演繹。故事敘述者四十五歲，從中國移居美國，擁有博士學位。她接受心理治療，多次與心理醫生會面，以「說出來」（Talk Out）方式，斷斷續續憶述幾十年來的事。其中，親密中又帶著功利的曖昧人際關係，為談話重點所在。

在「說出來」的治療過程中，心理醫師扮演的只是聆聽者角色，而敘述者雖以心理病人身分出現，卻非被動。敘述者不斷透過語言，重組往事。她會不時停下，對自我記憶內容表示懷疑，但更多時候，她仍是相當肯定自身的看法。富歷練的中年女性身分，亦使她的看法顯得成熟及具說服力。此外，性格敏感、觀察細膩以及對三位男性角色的熟悉，都有助她的敘述。社會認可的男性英雄形象，不再是唯一衡量標準。對像自己父親這般偏離標準的人，敘述者便改變觀察角度，深入挖掘人性，提供另類詮釋。

「說出來」的心理治療分多次進行，敘述顯得零散、瑣碎，但無礙故事的完整。讀者仍有足夠線索重組人物關係以及內容情節。治療過程中，敘述者是用英語與心理醫師交談。非母語的表述，不僅沒有造成溝通障礙，反更讓她覺得放心自在。藏隱中文背後的道德忌諱，在外語掩飾下，得以解禁。這種自我思想解放，從女性主義角度來看，無疑更有助凸顯角色的性別意識。此外，傳統中國女性一向較男性缺乏發言空間，在《人寰》中，女性卻是唯一發言人。記敘之外，敘述者更屢屢從自身觀察出發，表達個人獨特見解。三段關係，完全透過她的感知與敘述，才得以呈現。她最後決定終止心理治療，敘述亦戛然而止，一再顯示自身對局面控制在握。[4]

三、沒有名字的人——弱勢的男人

（一）敘述者與父親

敘述者父親，是敘述者的重要敘述對象。骨肉連心，血脈相通，成為敘述者能清楚了解親父內心世界的根由。兩人在對方身上，均能找到和自身相似的性情行為。

「他意外地看著他女兒，看眼淚在她眼中迅速漲滿。被嚇壞，被委屈的女孩又成了他認清他自己的一面鏡子，折射了他自身又一層陌生。……我爸爸終於發現我歪著兩隻腳，同他一模一樣：忍受別人，忍受自己。」（頁135）

「我要做個正常的人。正常的人，之於我，是除卻我父親播種在我身心中的一切：易感、良知、奴性。」（頁210）

敘述者不厭其煩一再闡述與親父近似，並帶出後者易於感恩的性格傾向。這種個性最後卻成了困擾後者的情感牢籠。他因為良心受責，情緒一直無法紓解。女兒則成了親父心事代言人，細說後者一輩子未能放下的心底夢魘。女兒的身分，對父親的了解，使她更能從情感角度，審視父親。

（二）不是作家的作家——英雄背後的男人

敘述者父親，除寫作外，別無所長，生命卻在「出賣」寫作能力中消耗。在波譎雲詭的政治風潮下，文章一向易招禍患。出身「良好」的賀一騎，便處處為敘述者父親擋駕。報恩也好，交易也好，敘述者父親成了賀一騎幕後代筆；賀一騎則成了影響敘述者父親生命的人。因為賀一騎，敘述者父親才可保一家平安，才能躲過一波又一波政治運動。然而，也因為前者，後者性格受到扭曲，半生不稱意，心靈受到戕害，永遠背負沉重感情包袱。

故事中，敘述者父親沒名沒姓，但賀一騎名字本身已具氣勢。敘述者父親，從一開始，便體認到好友的氣概：

「他叫賀一騎。一個騎者，獨行俠。匹夫。」（頁2）

與敘述者父親一樣，賀一騎同樣經歷了變幻莫測的政治風潮。不同的是，無論得勢落難，後者均表現得理直氣壯。他的形象就如自身的壯碩身形一樣，突出而具氣度，完全不會像敘述者父親般退縮、卑小。敘述者便認為賀一騎顯得偉大，是由於自己父親起了襯托作用：

> 「賀叔叔本來不應該那樣強大，卻被我爸爸那卑小的一舉反襯出偉大來。」（頁85）

反過來說，敘述者父親也讓賀一騎比了下去，因而顯得卑屈退縮、缺乏氣勢。

出賣寫作能力抵償心債的方式，成了敘述者父親的精神重擔。他成為「隱形作家」，為人作嫁衣裳，作品完成後，作者欄上卻是別人名字。小說通篇，敘述者均沒有提及父親的姓名。這一敘述安排，除有助凸顯父親卑屈不顯眼外，亦配合他的隱形作家身分。他表面上心甘情願作為不留名的創作者，但心底從未忘記自己苦心經營的作品。朗讀會上不能自控，一再失態，正反映出不能化解的內心糾結：

> 「我爸爸看見他的一筆一劃在賀叔叔的手裡握著。我爸爸和大家一塊鼓掌，笑容癱瘓了。……他看著賀叔叔正派、紅潤的臉，稿紙上的濃墨滲到了背面。我爸爸不知自己到底怎麼了。彷彿是感到哪兒傷了，他一動不動，以知覺去摸索那隱密的一股疼痛。……一處或兩處，我爸爸獨自闖出幾聲笑來。他知道自己在語句中埋伏了什麼，因此他早早進入了期盼。……笑過，爸爸感到強烈的無趣。他駝起背，兩隻手裝在風衣口袋裡，腳仍是掌心對掌心，輕微顛

> 晃。」（頁55-56）

失意無奈，透過肢體動作的不安表達出來。敘述者描述細緻，語調感傷，把父親內斂性格表露無遺。敘述者父女二人不能消解的內心矛盾是：賀一騎看上去如此正直。敘述背後隱含的疑問則是：人性的複雜，是否所謂黑白分明的標準所能涵蓋釐清？敘述者父親心理嚴重失衡。一個只能靠寫作肯定自我的人，卻一直無法以自身名義發表作品，內心煎熬可想而知。讓敘述者父親更不能釋懷的是：他認定自身才華比不上賀一騎。以下對女兒的傾訴，足可說明他的心事：

> 「他說：好，寫得真好。一副神情都是緬懷。他回到初次讀它的時刻，初次見到那張英氣勃勃的臉。他又說：寫得比我好。……其實我幫他寫的並不好。那個三部曲，我是沒有寫好。我沒辦法寫得好。……他自己寫會好很多。會留下來的。」（頁138-139）

賀一騎雖以他人代筆，但本身並非不具寫作能力。從賀一騎執筆的《紫槐》來看，敘述者父親即以寫作人的敏銳觸角，指出作品散發獨特風格。文如其人，「英氣勃勃」的人與作品，是敘述者父親自愧不如，無法面對的心理困局。

（三）一巴掌搧出的懺悔

敘述者父親的心結矛盾，最後卻戲劇化地以一巴掌的具體動作呈現。賀一騎一度落難，成了政治舞臺上的失勢者。是懲罰，也是示眾，這一失敗者跪在臺上，接受公開審判。敘述者父親也赫然以對立姿態，站在審判者行列。然而，所謂審判最終見證的只是敘述者父親更強烈的自我譴責：

> 「那隻手從口袋的底部出發，從他自己也不能預估的暗地發動，它漸漸成形了一個動作，一個被叫作『摑耳光』的動作。……因為這隻手出發前的目的地並不明確，在完成旅程後，它頓時驚覺地回顧。我爸爸的整個意識開始回顧。他從來沒有打過人。恨暴力、恨人與人、動物與動物肉體間的暴烈接觸。認為沒有比它更低級的交流。」（頁78-79）

掌摑動作，不但沒讓敘述者父親解除多年心底鬱結，反使他走上心靈不歸路。剎那行為，換來沉重心理枷鎖。一巴掌造成了終生無法償還的人情虧欠，亦是自我人格低貶的印記。敘述者如此憶述：

> 「我對賀叔叔的同情佔滿了對父親的憐惜，任何人都不該被叛賣得這樣慘，不該承受這個形式的反目。賀叔叔的髮梢忽然一層灰白，面容也一層老態。留在他左頰上的，是我父親醜陋的手印。」（頁86）

醜陋手印不僅留在賀一騎臉上，更永留敘述者父親心底，讓後者餘生不斷疚悔。前面曾指出敘述者與父親性情相近，因此敘述者對掌摑的不以為然，也間接說明了父親自身同樣不會認同這種行為。易感的自我良知，成了敘述者父親不義行為的見證。故事中，敘述者絮絮不休的，正是父親這一良知。良知引發出敘述者父親內心的懺悔掙扎。論者劉再復及林崗指出，良知是使人懺悔的基本因素。[5] 至於陳思和則著眼情緒因素，從感情痛苦和靈魂內在折磨，揭示懺悔的特質。[6] 敘述者父親也由於良知自審，無限悔疚，受盡感情苦痛以及靈魂折磨。

以下兩段敘述，更再一次從命定的性格遺傳，說明敘述者父親注定長受痛苦折磨：

> 「齊整的髮型使他酷似一個人，我的祖父。就是同一個人：同樣的懦弱和善良，同樣清澈的良知。他從來不願頭面整潔是他要避開那個酷似，要逃脫一種天定。……那善良是永不可實現的，良知卻要永遠裁判。」（頁143）

> 「我爸爸在四十五年前通過我媽媽給予我的這個『我』，可不那麼容易掙破，逃離。無法停止做『我』，無法破除我爸爸，我祖父的給予。那奴性。那廉價的感恩之心，一文不值的永久懺悔。」（頁212-213）

遺傳不能改變，良知永遠扮演審判角色。自我懺悔，是敘述者父親不能逆轉的命運。

（四）沉重的記憶——補償再補償

希臘神話中，西西弗斯（Sisyphus）推石上山，周而復始，永不能休。[7] 敘述者父親為了補償一巴掌的背叛，亦承擔了還之不盡的心債：

> 「他若沒有這個機會來贖回他那一記耳光，他不可能去寧靜地死。他心中那罪與罰的概念純樸、孩子氣到了極點。他的良知也簡單、脆弱到了極點。……他五十歲了，我的老父親。他日夜在趕啊趕啊，祇怕自己餘下的時間不夠服

完他心靈上這場刑。」（頁193）

為了償還心靈虧欠，敘述者父親再次為賀一騎代筆。與以前不同的是，他年紀更為老邁，體力更不如前。長期內心抑壓，永無休止伏案寫作，只換來了虛弱病體。長期為別人創作的結果，是沒有了自身名義的作品。他逐漸意識到自我身分隱含的弔詭：

「我有什麼作品啊？一個人管自己叫作家總得有作品吧？」（頁245）

他安慰女兒，也安慰自己，說替賀一騎寫完了，剩下幾年，仍可以自身名義發表作品。可是，從敘述者的敘述來看，這似乎只是聊以自解而已。故事發展至此，已近尾聲。敘述者在未有交代父親的結局下，決定停止心理治療，憶述亦因而中斷。輾轉暗示的，或未嘗不是敘述者父親最終仍未能如願。

然而，無論敘述者父親最後是否能作出補償，那一巴掌記憶，已足展示一定意義。薇拉・施瓦切（Vera Schwarcz）曾以博物館以外的燈光為題，指出個人追思的重要。博物館炫目地展覽及企圖重現歷史事實之際，一種更複雜的內心愧疚往往已悄悄藏於個人記憶之中。[8] 這種私人片段回憶，正是朱迪思・米勒（Judith Miller）一直強調，可以更真實、更具體地反映歷史真相的關鍵。敘述者父親的個人記憶，以點滴累積形式，絕不抽象的細緻形態，帶出大歷史以外，容易為人忽略或遺忘的感情角落。[9]

四、結論——懺悔的意義

敘述者父親是沒有「自己」作品的人，一生就在好友賀一騎反襯對照下，黯淡無光。他個性本就卑怯，加上自覺欠了朋友情義，心靈虧負，更抬不起頭來。他沉默寡言，內心世界的呈現，完全由女兒這一敘述者代言，而妻子更經常戲劇化地一再為他出頭。語言往往是表達心靈的工具，亦是自我肯定的方式。敘述者父親的內歛少言，未嘗不可看作為無法肯定自我的象徵表述。敘述者的獨特視角，無疑更可讓我們從另一角度，重新審視如此卑屈的人物背後負載的社會、文化意義。

敵我矛盾，勢不兩立是故事發生年代的政治運動特色。批判者與被打倒者壁壘分明，界線難越，那怕風雲變幻，下一刻雙方位置又顛倒過來。必須與階級敵人劃清界線，成為宣示正確政治立場的表態手法。在這種政治氣候下，敘述者父親也曾抓緊機會，在一度落難的賀一騎面前扮演批鬥者角色。不同於那些理直氣壯的批鬥者的是，敘述者父親付出了沉重的心理代價——餘生的懺悔。這種恆久懺悔，繼而不斷補償可讓我們得到一定反思。中國知識分子向來缺乏懺悔意識，雖不乏反省，但往往只會訴諸所謂理性，把責任推給他人。[10] 巴金《隨想錄》[11] 系列所以引起廣泛注意，未嘗不是因為作者能直面一己過失。

敘述者父親的懺悔可說是對文革這類運動的迂迴批判。當政治運動把人性簡單化，以一種非此即彼，批鬥者與被批鬥者對立模式顯示時，敘述者父親卻沒有好好遵照指示，以昂首闊步、義正詞嚴的所謂標準姿態執行揪鬥任務：

> 「我見我爸爸踏上木梯階，根本沒感覺到自己踩空一步。他步伐的連貫性和手腳的協調性都出現了梗阻與變態。笨拙而難堪，加上袖口上完全不合宜的紅袖章，我父親那麼嚴肅冷峻地在開大家一個玩笑。他走到賀叔叔旁邊。走得太近了，好像要劫法場。」（頁78）

舉動的笨拙、態度的曖昧，把本來打擊敵人的行動示範完全走掉樣子。除了暴露敘述者父親心底的潛在意願外，亦間接質疑了運動本身的所謂準繩。既然敵我界線不能截然劃分，那麼對階級敵人的肆意打擊便顯得缺乏理據。在政治大前提下，當人性讓位於「階級性」時，敘述者父親易感的良知，卻讓人得到啟發。良知的自我審判，成了人性行為的最後監察。因為良知，敘述者父親才會對賀一騎感到虧欠，才會不斷代筆。批鬥者與被鬥者的立場，從而顯得模糊。政治運動的整治神話，由是受到戳破。

另一值得注意的是，《人寰》再次顯露了嚴歌苓同情弱者的慣見寫作傾向。敘述通篇，可見敘述者對弱勢父親的同情。故事另外兩個重要角色當然是賀一騎及舒茨。賀一騎的英雄形象，前面已作交代；至於舒茨，身為大學教授，且掌握系裡用人權力，自然亦具社會認可身分地位。在這兩人映襯下，敘述者父親更顯得黯然失色。敘述者父親便自覺處處不如賀一騎。然而，由於敘述者能深入觀察，父親卑怯性格中呈現的人性良知反更受到關注。引發的良知，使敘述者父親不斷懺悔與補償，生命反由此更現光輝。[12]

對於賀一騎及舒茨，敘述不斷指出兩人權力背後隱藏的人性私慾，並以這種私慾的呈現來戳破所謂的男性氣概。敘述者對於賀一騎的戀慕，最後以「我愛的是神話中的賀叔叔」（頁254）作結，言外之意未嘗不是：賀叔叔的英雄形象只是源於敘述者個人想像。對於賀一騎與她父親的關係，敘述者則以「生物概念的相互寄生」、「相互的開發利用，相互投資」（頁75）來形容。換言之，兩人的友誼充滿功利色彩。至於她與舒茨的關係，亦同樣反映出相互依存的實利計算。她最後選擇離去，結束這段不倫之戀，多少可看出她的情感及心理取向。

其實，無論是《扶桑》的扶桑或〈少女小漁〉[13]的小漁，均可讓我們一睹嚴歌苓對人性的看法。小漁的善良，明顯突出，不容置疑。至於扶桑，不以苦為苦，因而能從苦難中展現人性光輝。妓女的卑賤身分，無礙這種人性光芒的演繹，更迫使我們不得不調整視野，從慣有對高貴、卑賤的思想概念中解放出來。[14]在《人寰》中，敘述者父親一生不稱意，但內心的善良，持久的懺悔，可使我們對強者與弱者的定義，重新反省。從慣有觀念來看，敘述者父親的弱者身分顯而易見，敘述者卻讓我們體認到他那受忽略的性格優點。他異於一般人的克己看法也值得我們一再三思。首先，賀一騎的政治成就普遍為人認同，他卻認為賀一騎被政治任務羈絆，才沒有好好發揮寫作潛力。文人相輕，他卻具有賞識別人的能力和胸襟。其次，他雖曾廁身鬥人行列，卻從未像別人般享受過批鬥帶來的私慾快感。他更為此受盡心靈折磨。別人至死不悔改，把責任推卸給別人或政治形勢時，他卻勇於承擔過錯，作出補償，而無視這種補償對一己構成的傷害。敘述者以具洞察力而富感情之筆觸，如此描述父親之自苦：

> 「他已用盡了才華，祇靠還願或還債的單純願望在拼湊字句。每一筆劃都生生被擠壓出來，偶爾擠壓出一兩個好句子，他念念不忘，以它們鼓舞自己，去繼續擠壓自己直至他或作品完結。一寫八年，那一巴掌殘留在他人格上的污漬，他祇能這樣去揩。」（頁231-232）

彩筆收回，江淹猶可停筆；敘述者父親，才華已盡，人漸老去，仍癡癡替人寫作償還心債，正是字裡行間彰顯的悲劇無奈感。文革書寫，不少集中表現被鬥者的苦況以及批鬥者的意氣風發。《人寰》敘述者的回憶敘事，卻著重描寫批鬥者的心理困境。從良知出發，懺悔背後帶出了寂寂無聞的中國知識分子彌足珍貴的人性價值。[15]

◆注釋

1 嚴歌苓：《人寰》（臺北：時報文化出版公司，1998），頁1-266。
2 a. 柳珊：〈闡釋者的魅力——論嚴歌苓小說創作〉，《當代作家評論》，1999年1期（總91期），1999年，頁38-45。
b. 李仕芬：〈敘述者的心事——抒情敘述下的《扶桑》故事〉，《論衡》，5卷1期，2003年，頁62-72。
3 嚴歌苓：《扶桑》（臺北：聯經出版事業公司，1996），頁1-278。
4 高小剛曾撰文討論「說出來」的西方心理治療方式。論文除指出這種方式是時下海外華人創作的潮流外，亦對《人寰》「說出來」的敘述方式有所探討。
5 高小剛：〈「說出來」和「弄出來」——評兩種海外華人小說語言〉，《世界華文文學論壇》，2002年1期（總38期），2002年3月，頁60-62。
劉再復、林崗曾指出：「懺悔實質上就是內心展開的靈魂對話和人性衝突。一方面堅持自我的原則，行動出於純粹的個人利益或欲望，出於個人的愛好；另一方面良知又在內心把我們從自我迷失中喚起，使我們產生反省和對更高的原則有所領悟。……只有既存在著道德心又存在著功利心的生物，才會懺悔。人的選擇和決定往往聽從本我的快樂原則，而良知則從相反的方向發出告戒，對選擇與決定給予反思和忠告，於是形成原則之間的對話。如果在最後的選擇關頭，經過長久的內心焦慮和搏鬥，覺得應該履行良知的責任並為從前的行為而自責，便會出現懺悔，認為自己是有罪的。」
劉再復、林崗：《罪與文學：關於文學懺悔意識與靈魂維度的考察》（香港：牛津大學出版社，2002），頁135-157。
6 陳思和對懺悔有以下看法：「懺悔是一種對以往鑄成的錯誤，甚至罪惡的深刻認識，常帶有強烈的情緒因素。因為懺悔者所面對的是無可挽回的既成錯誤，懺悔必然伴隨著感情上的痛苦和靈魂的內在折磨。它是對自身惡行之頑劣性的無可奈何的認可，因此又更多的帶有主觀上的自我譴責」。
陳思和：〈中國新文學發展中的懺悔意識〉，《陳思和自選集》（廣西：廣西師範大學出版社，1997），頁99。
7 卡繆（Albert Camus）曾重新詮釋西西弗斯的神話。西西弗斯不能休止地推石上山的行為往往被視為無意義的苦刑。卡繆從另一角度出發，指出其中隱含的積極意義；並進而推論西西弗斯是快樂的。《人寰》的敘述者父親，為一時的行為失當，終生懺悔，不斷補償，自然說不上快樂；然而，也正好讓我們從中發現人性的光輝。
Albert Camus, *The Myth of Sisyphus*, trans. Justin O'Brien (London: Hamish Hamilton, 1955) 96-99.
8 Vera Schwarcz, *Bridge Across Broken Time: Chinese and Jewish Cultural Memory* (New Haven and London: Yale UP, 1998) 121.
9 Judith Miller, *One, by one, by one: Facing the Holocaust* (New York: Simon and Schuster, 1990) 286-287.
10 陳思和：〈中國新文學發展中的懺悔意識〉，《陳思和自選集》（廣西：廣西師範大學出版社，1997），頁98-99。
11 巴金：《巴金隨想錄》合訂本（香港：三聯書店，1998），頁1-153、1-145、1-171、1-147、1-210。
12 劉小楓對於如何突破卑微人生的看法，亦有助我們的了解：「不管是負疚、恥感的意向，還是補贖的意向，在總的心理意向性上，罪感引起的是人的無力自助的心向，是生命自感卑鄙、渺小、可悲的心向，同時，它也是一種渴求的意念，蘄求新的生命的誕生，渴慕在自身之外、超逾於自身之上，真實的生命力量降臨。罪感表明，生命意向渴望從自身的非存在的狀態中超拔出來，從原生命的無意義性和自然狀態中超拔出來，從人的不可避免的卑鄙渺小中超拔出來。」敘述者父親從來沒有像一些人般，順從自己心理的自然防衛機制，把責任推卸給別人。他清楚意識到自己的罪咎，真心懺悔，故能從卑微渺小的人生中超拔出來。
劉小楓：《拯救與逍遙》（臺北：風雲時代出版公司，1990），頁217。

13 嚴歌苓：〈少女小漁〉，《少女小漁》（臺北：爾雅出版社，1993），頁25-53。

14 李仕芬：〈扶桑與克里斯的愛情神話——嚴歌苓的《扶桑》故事〉，《人文中國學報》，總10期，2004年5月，頁105-122。

15 重視樂感而缺乏罪感，是中國文化的特色。朱學勤由此進一步指出，控訴別人對自己不公，而不會控訴自己對人不公，成了慣有模式。他對真正的作家有以下期許：「沒有懺悔意識的作家，是沒有良心壓力的作家，也就是從不知理想人格為何物的作家。從前他們沒有理想人格的內在壓力，當然就無從抵抗外在壓力。……沒有理想人格的內在壓力，當然就迷走於補償性的外向控訴，卻躲避內向懺悔，躲避嚴酷的靈魂拷問。」敘述者父親這一沒有作品的「作家」，卻勇於接受靈魂拷問，反躬自省，不斷懺悔，而毋負知識分子該有的人格使命。
朱學勤：〈我們需要一場靈魂拷問〉，《書林》，1988年10期（總71期），1988年10月，頁10。

** 全文2020年5月完成修訂，原刊於《蘇東論壇》（2006年9月）。

拖著長辮的中國男人

——嚴歌苓的〈橙血〉

摘要

嚴歌苓小說〈橙血〉，敘述19世紀華人黃阿賢流落異域的故事。黃阿賢一直於洋人果園服務，與僱主瑪麗相處幾十年。本文主要探討原本相親融洽的主僕關係，如何因黃阿賢對自我國族身分的反思受到衝擊。從這種由相親而演變成對抗的關係，我們可以看到中、西民族根深蒂固，無法解開的思想糾結。小說如何呈現西方人內心無法容納異族的民族偏見，為論文討論重點。

嚴歌苓的〈橙血〉[1]初刊於《聯合文學》時，附載了劉錦培設計的插圖。外形圓圓的橙，設計成鎖頭般，裡面一道欄柵，關上茫然的眼睛。這是與橙有關的故事，講述人的命運如何被套牢在鮮潤多汁如血的橙上。這是頭上拖著長辮，流落異鄉的中國男人的一生故事。[2]

一、他被選中了

中國清季，十四歲中國男孩黃阿賢，遠赴海外謀生。他以靈巧手藝，吸引了洋人僱主女兒瑪麗的注意。瑪麗四十歲，患有小兒痲痺症，不良於行。她留他在身邊，施捨恩惠。他成了忠心耿耿的僕人，照顧她，服務她的果園。[3]

故事開始，舉止「優雅」的瑪麗已七十歲。她與阿賢相處了整整三十年，彼此好像沒有隔膜，即使其他僕人，笨鈍如法蒂瑪，也明白主人對阿賢特別眷顧。可是，這種特別關愛，是否就能掩飾其時西方人潛藏的民族優越感，以及中國人被擺佈、控制的命運？

二、檸檬柚與中國人的命運

貫串全篇小說的，除了橙之外，還有檸檬柚。故事肇始，即以檸檬柚隱喻角色的生命形態。瑪麗借助檸檬柚的芳香，製造清新氣味。老年陳舊氣味，在果香掩飾下，彷彿消失得無影無蹤：

> 「檸檬柚的芳香與她睡眠中的呼吸形成吐納循環。她感到自己不像其他老年女人那樣不得已地發出輕微的糜爛氣味。她甚至感到自己的體嗅像少女一樣新鮮。」（頁99）

同時，柚子身上，隱約折射出中國人帶著「酸楚和苦澀」的異鄉人生路：

> 「果皮的色澤、光澤、質地使瑪麗感到它猶如帶細緻毛孔的皮膚。東方的皮膚。那些微妙的毛孔泌出一股微妙的帶酸楚和苦澀的清香薰染著瑪麗周圍的空氣。」（頁99）

中國人似乎注定成為被動陪襯角色。阿賢的生命，恰如檸檬柚一樣，本身酸澀，卻為人散發清香。在瑪麗看來，這一酷似中國人皮膚的柚子，放在不成比例的高腳水晶果盤上，更有隨時跌出盤外的危機。一切似在預示阿賢以後如何意欲擺脱瑪麗安排那種所謂的高雅生活。

三、西方人心目中的中國人

中國與西方國家的差異，自是不爭的事實。面對這種差異，一些西方人總是從思想以至行動上採取防禦以至攻擊姿態。無數「東方學者」共同努力下，西方對中國的偏見不斷延展加強。中國人看來性格可笑，文化卑下，是注定受西方人役使、改造的人種。[4]

表面來看，瑪麗不可謂不善待阿賢，除親手提拔外，更把他留在身邊多年。阿賢一直以來，均符合這西方女人心目中的中國人形象：

> 「阿賢有副無力的笑容。它使他原本溫良的一雙小眼睛成了兩條細縫，構成瑪麗和其他白種人心目中最理想的中國容貌。」（頁99）

敘述者更順帶指出，除了瑪麗，即使其他洋人，對中國亦有相同刻板印象。[5]

為了符合瑪麗理想的中國人形象，雖然早已改朝換代，剃髮易服不再，阿賢仍然束著髮辮。瑪麗由此可以緬懷「美好」的古老年代。「典雅的絲綢衣飾」、「俊美的髮辮」——阿賢是瑪麗一手「考證」、「收藏保護」的「珍奇化石」（頁100）。他成為眾人爭相拍攝對象。瑪麗則倍感「自豪」（頁100），一切都在她計劃及默許下進行。他為她所創造及擁有。從小說敘事策略可見，作者並沒有忘記身為中國人的民族傷痛，因而表面客觀敘事，內裡隱含批判。字裡行間，一再強調的仍是西方人思想的局限，以及把中國人物化的傾向。[6]

四、中國人心目中優雅的西方人

在當時某些西方人心目中，中國人為落後、野蠻民族。西方人則以日耳曼（Nordics）優良血統自居，而防止優良血統受污染，成為民族政策重要方向。[7] 在這種自認血統優良情結下，西方人往往自覺地擺出高貴姿態。從看人與被看的權力分配理論來說，阿賢自是被看，即沒有權力一方。[8] 從地位低下角度回看瑪麗，他不能不察覺她的優美嫻雅：

> 「他持續著這個無力的微笑，看著瑪麗一聲不響地吞噬橙果，薄極的嘴唇緊抿，表現出最佳的上流社會吃相。」（頁99-100）

可是，隱藏背後的獨特「中國觀照」，反使敘述者能以批判的潛臺詞，呈現出表面優雅背後隱含的造作、刻意。敘述者強調的是，瑪麗的高雅舉止，潛藏著控制他人的企圖。就像「我親愛的孩子」的表述，表面無比親切，卻是她不滿阿賢時充作訓示之用。一次阿賢勸阻瑪麗貶斥銀好，即遭教訓：

> 「在『不要』前面加『請』，你忘了，我親愛的孩子。」（頁106）

> 瑪麗用那上流社會的「克制」方式，一直「壓迫他」。（頁106）

阿賢清楚明白瑪麗慣以客套說話回絕別人。當她與中國商人洽商，一句話裡起碼有三個客套詞時，阿賢便清楚知道她在回絕。眾人大惑不解時，她依然一臉坦然：

> 「瑪麗聖母一樣高貴、仁慈地笑了笑說：對不起，我沒有解釋自己的習慣。」（頁102）

五、從覺醒到反抗

三十年來，阿賢默默跟隨瑪麗，一一按照指示行事。接觸中國人後，他才觸動了民族情懷，恍然意識到生命的錯失。中國果商到橙園欲購血橙，瑪麗高姿態斷然拒絕，阿賢罕有頂撞，更與她慪氣。果商臨走時對阿賢拋下的話：「你看上去像中國人，原來不是」（頁102），隱含的批判、責難與諷刺，除使阿賢飽嘗被同胞唾棄之痛外，更使他意識到自身不能更易的國族身分。中國女人銀好的出現，更使他產生更大醒覺。相對於缺乏生命力的瑪麗，銀好為活生生的女性。她銳利、直接，使阿賢初與她對話，即覺察到自身髮辮的不合時宜。這種不合時宜，帶出的更是他在別人心目中，恰似為供人賞玩的古董玩物：

> 「女人說：人家都說，洋人到這個名氣好大的橙園來，是要同你這根辮子照相！」（頁103）

而銀好的女性身分，似乎同樣喚起了阿賢潛藏的男性本能：

> 「兩人的口氣漸漸有了種奇特的親昵。那種親近男女間拌嘴、嗔怨所致的親昵。阿賢忽然意識到他大半輩子錯過了甚麼；」（頁103）

從此以後，他越發意識到瑪麗如何利用所謂中國良知控制他。他清楚明白瑪麗所謂優雅的語言裡，包藏著迫人就範的要脅。這種對自身處境的反思、覺醒，導致了他進一步反抗。偽裝跌倒，藉機逃避再成為拍攝對象的行為，便完全與一向恭順服從的忠僕形象背道而馳。拒絕成為被攝對象，可說是對一直以來不受尊重，讓人任意觀賞取樂的反抗。最後，他決定離開果園，更是對生命長期被封閉的徹底叛逆。

六、反抗失敗？

果園上兩次遇上中國人，觸發了阿賢對自我國族身分的反省，尤其是與銀好的碰面，更使他對自身處境得到更深認知。阿賢與銀好相處雖短暫，但個人內心深處的需要已然喚醒。他清楚意識到幾十年來所謂上等生活，反使自身生命有所缺失。走出果園，追尋銀好下落，正是把思想覺醒付諸行動的表現。尋找銀好的行動雖落空，但過程中，他依然能透過心底企盼，作出自我反思：

> 「他的確錯過了很多。天將黑時下起雨來，阿賢希望能看見那條土路上跑來銀好戴斗笠的身影。雨把黃昏下亮了，阿賢等得渾身濕透，辮子越來越沉。」（頁105）

雨水並沒有令天色沉重起來，反而「滌淨」一切，讓黃昏明亮起來。一切是否暗示過了半輩子的阿賢，經過心靈滌淨，也有澄明清朗的一天？「辮子越來越沉」是否象徵說明了他背負的沉重壓力？中國男性的髮辮，隱含了太多西方對古老中國的揣測設定，反映的是白人自詡的民族優越感。中國只是他們一廂情願下構築的想像假設。

故事結束，阿賢決意離開果園，出走前夕，卻戲劇化地受到守衛槍擊。眾人最後見到的，是躺在血泊，剪掉了辮子的他。沒有了長辮特徵，他再不是洋人心目中的中國人，不能再稱職地扮演讓人觀賞的玩物角色。他就像瑪麗心目中一般蠢俗華人一樣，應被拒諸門外。這一盛產「優良」種子的果園，是洋人自絕於外，排斥異己的象徵地域。

無論阿賢被槍擊是否意外，值得思索的是，他的受傷或死亡，正正呼應著果園排斥異己的潛藏規律。改變了的阿賢，不再符合洋人瑪麗的「賞玩」條件，因此命運也恰如其他亂闖果園的人一樣，被名正言順擊殺。沒有了辮子的阿賢，和外來闖入者並無不同，因此下場亦復相似。

七、中國人的長辮，西方人的情結

嚴歌苓移居美國後，寫作每每以海外華人為題。曾獲文學獎的長篇小說《扶桑》，便敘寫了華人流寓海外的故事。這部小說敘述了百多年前中國女子扶桑，從家鄉被拐賣至美國舊金山為妓的經歷。因為時代設定於清季，那些漂洋過海的中國男性頭上也一律留著長辮。在中國人飽受異族壓迫的環境下，長辮也象徵地負載了民族種種苦痛。[9]《扶桑》附記中，嚴歌苓如此表達對中國人留辮的感受：

> 「別人沒有辮子，因此他們對自己的辮子始終有著最敏銳、脆弱的感知。在美國人以剪辮子做為欺凌、侮辱方式時，他們感到的疼痛是超乎肉體的。再有，美國警察在逮捕中國人後總以革去辮子來給予精神上的懲罰。這種象徵性的懲罰使被捕的人甚至不能徹底回歸於自己的同類。因此，辮子簡直就成了露於肉體之外的，最先感知冷暖、痛癢的一束赤裸裸的神經！」[10]

在其時美國人心目中，這些渡海而來的黃皮膚、小眼睛中國人，除了構成生活、經濟威脅外，更是對民族的污染。[11] 在這種混雜著不解、蔑視而又恐懼的複雜情緒下，中國人頑強的生命力，往往被質疑誤解。種族主義肆虐下，與他族截然不同的髮辮，更被看成為低劣人種的標記，而對中國人長辮惡意戲弄，則成了西方人顯示民族實力、優越感的手法。《扶桑》中，即有敘及中國人的髮辮，更有華人被洋人惡作劇揪住辮子的描寫。

《扶桑》時代早已過去，中國男性長辮難能再現於以海外華人為題的當代作品中。嚴歌苓卻始終沒有放棄對髮辮的情結。在這篇敘述時代橫跨清末與現代的〈橙血〉中，嚴歌苓仍然不忘藉著男性長辮，對中國人身分再作一次民族反思。

民國成立以後，海內外華人，毋須他人動手，早已自己革掉辮子。時移世易，屢惹洋人訕笑、動怒的「豬尾巴」（Pig Tale），竟然成為某些洋人趨之若鶩、彌足珍貴的古董玩意。不過，要注意的是，這種表面取向的轉變，並沒有改變其時洋人的實質思維。前後態度的不同更加凸顯了洋人對中國人根深蒂固的排斥。在〈橙血〉中，男主角阿賢一直束著不合時宜的髮辮，為的只是滿足洋人僱主瑪麗及其諸親友好的喜好及想像。[12] 對這些洋人來說，中國人扮演充當的只是布景板角色。瑪麗一手調教、擺弄的中國人阿賢，是她隨時向人炫耀，私人珍藏的玩物。

此外，值得玩味再三的是瑪麗與阿賢的相互關係。表面上，她是施恩者，多年來，因為她悉心栽培，他才能過著安穩的生活；但從另一角度看，她除了日常生活倚賴他外，更需要他在精神上慰藉。殘疾的她，幾十年來，孤獨蟄居果園，靠著他開墾耕耘，才可過著舒適生活。這一切依賴，似乎又不為她承認。在他跟前，她只是擺出施恩及支配者的倨傲姿態。然而，高高在上的姿態背後，隱藏的又是怎樣的脆弱心靈？企圖踏盡異族尊嚴的洋人心靈深處，是否也隱藏著同樣的種族盲點？

◆注釋

1 嚴歌苓：〈橙血〉，《聯合文學》，14卷12期，1998年10月，頁98-106。

2 早於19世紀，已有中國人移居美國。由於種族及種種實際利益關係，這些華裔移民，每每受到壓迫。1882年制定的排華法案（Exclusion Law），標誌美國本土排斥華人的立場與行動。中國人受到的歧視與排斥，亦因此成為不少文學創作題材。嚴歌苓旅居美國多年，思想上同樣受到各方面衝擊。她的〈橙血〉，便書寫了華僑黃阿賢的故事。黃阿賢受美國僱主瑪麗「眷顧厚待」，兩人相處多年。阿賢叛逆前的忠僕形象，大概可以滿足西方人心目中努力打造的模範族裔（Model Minority）形象。不過，要強調的是，嚴歌苓表面鋪陳瑪麗對阿賢禮待，逐步要拆解的卻是禮待背後潛藏的思想控制。自以為優越高雅的白人心靈深處，隱藏的往往只是難以言宣的軟弱與自私。

a. Shirley Geok-lin Lim, *Asian American Literature: An Anthology* (Chicago: NTC/. Contemporary Publishing Group, 2000) 1, 123.

b. Stuart Creighton Miller, *The Unwelcome Immigrant: The American Image of the Chinese, 1785-1882* (Berkeley: University of California Press, 1969) 3-15, 191-204.

3 在種族歧視、民族主義影響下，早期僑居美國的中國男性，職業經常受到限制。他們往往只能從事較女性化的工作，如當洗衣店工人、餐館侍應、廚師等。王阿賢即以靈巧手藝及忠誠態度，贏得洋人僱主的歡心，一再反映的自是趙健秀等研究者引以為恥那種馴服、女性化的中國男性形象。

Frank Chin, “Confessions of the Chinatown Cowboy, ” *Asian America* Vol. 4, No. 3 (Fall, 1972) 67-69.

4 西方人對中國人的偏見，反映在他們把中國人過於簡化以致刻板化的觀點中。《東方主義》（*Orientalism*）一書，便清楚指出不少東方學專家銳意打造的，是一符合及滿足西方統治文化的「東方」。

a. Edward Said, *Orientalism* (New York: Vintage Books, 1979) 224.

b. Robert McClellan, *The Heathen Chinee: A Study of American Attitudes Toward China, 1890-1905* (Ohio: Ohio State University Press, 1971) 13 (introduction), 26, 85-86, 89-90, 94.

c. William Franking Wu, *The Yellow Peril: Chinese Americans In American Fiction, 1850-1940*, diss. University of Michigan, 1979 (Ann Arbor: University Microfilms International, 1981) 9-10.

5 1918年，美國人拍攝了有關中國人的影片《殘花淚》（*Broken Blossoms*）。男主角由洋人演員扮演華人。他們把那洋人男演員稍作裝扮，穿上唐裝，便當成中國人。在整齣戲中，那男演員經常把身體傴僂起來，瞇起眼睛，全無神氣似的。這樣的設計安排，正正反映出外國人心目中的華人刻板形象。

Broken Blossoms, dir. D.W. Griffith, 1918.

6 嚴歌苓往往喜歡透過小說敘事表達情感。譬如在長篇小說《扶桑》中，敘述者便以華人身分出現，帶出強烈的民族情緒。在這種主觀觀照下，西方人對中國人描述的偏頗、謬誤更被放大、凸顯。

7 a. Lothrop Stoddard, *The Rising Tide of Color: Against White World-Supremacy* (New York: Blue Ribbon Books, 1920) 251-258.

b. 伊萊恩・金（Elaine Kim）指出，一些中美文學作品，強調中西差異，目的無非是希望透過這種差異，凸顯西方人在體力、精神、道德等方面的優勝。

Elaine H. Kim, *Asian American Literature: An Introduction to the Writings and Their Social Context* (Philadelphia: Temple University Press, 1982) 18-19.

8 薩特（Jean-Paul Satre）曾提出看人與被看的相互關係。看人行為是主動的，而被看者則是別人佔有的對象，是被動的。

薩特著，陳宣良等譯：《存在與虛無》（北京：三聯書店，1987），頁467-553。

9 鄒容在《革命軍》中，從國民革命出發，指出中國男性因拖著長辮，在國外受到嘲笑侮辱。

臺北市四川同鄉會四川叢書編輯委員會編：《鄒容及其革命軍》（臺北：臺北市四川同鄉會，1977），頁31-32。

10 嚴歌苓：〈主流與邊緣（代序）〉，《扶桑》（臺北：聯經出版事業公司，1996），頁2。

11 a. Robert McClellan, *The Heathen Chinee: A Study of American Attitudes Toward China, 1890-1905* (Ohio: Ohio State University Press, 1971) 228-231.

b. Arnold Genthe, *Genthe's Photographs of San Francisco's Old Chinatown* (Selection and Text by John Kuo Wei Tchen) (New York: Dover Publications, 1984) 7-9.

12 王蒙指出一些作品表述中國人形象時，總喜歡迎合西方讀者口味，偏於奇特、古怪、貧窮、愚昧等方面。〈橙血〉主角洋人瑪麗和她的諸親好友，同樣免不掉這種「西方口味」，因此給王阿賢保留了一條被視為象徵古老中國、不合時宜的長辮。

王蒙：〈小說與電影中的中國與中國人〉，《文藝研究》，121期，1999年5月，頁48。

** 全文2020年5月完成修訂，原刊於《華文文學》（2002年4期）、《文訊》（2002年10月）。

女性觀照下的賭徒

——析嚴歌苓《媽閣是座城》

摘要

嚴歌苓長篇小說《媽閣是座城》以澳門賭徒為敘述對象。本文嘗試指出小說如何從女性觀照入手，表述賭徒的心態及行為。論文在前言及結語中交代作品的女性敘述角度及創作風格。故事的命名意義及城市藏污納垢的特質則在第二節說明。接著第三節以賭徒命運為題，帶出賭博的不歸路特質。女主角梅曉鷗，如何藉著「疊碼仔」身分，在賭場深入觀察身邊男性賭客，為論述聚焦所在。女性情感的介入，亦為其中涉及範疇。最後第四節以賭徒身邊女性為研析對象，指出她們如何扮演保護、救贖以至催生賭慾等角色。

一、前言——女性的觀照

2014年，嚴歌苓出版以澳門賭場為背景的《媽閣是座城》[1]。這部長篇小說敘述「疊碼仔」[2] 梅曉鷗的故事。嚴歌苓筆下女性，向來漂亮，梅曉鷗亦不例外。這樣外貌柔美的女主角，進出賭場，當上「血淋淋」（頁42）、「血腥」（頁82）的博彩中介人，自亦較易引發戲劇想像。故事以2008至2012年間梅曉鷗與賭徒史奇瀾及段凱文的周旋為主軸，而透過她的回顧，梅家先祖梅大榕、男友盧晉桐等的狂賭也一一得到縷述。梅曉鷗對自身及他人的觀察省思，可說貫串全書，形成了獨特的女性觀照。不少研究指出，現實生活中，賭徒多為男性，而中國男性嗜賭，更非罕見。[3]《媽閣是座城》通過梅曉鷗的女性視角，近距離審視男性賭博時的動作神態及心理狀況，揭示個人如何迷失於賭海之中。女性的細膩敏感，也為故事敘述帶上強烈情感色彩。

二、從「媽閣是座城」命名說起

媽閣原稱媽祖閣，本為澳門歷史悠久的神廟，與普濟禪院、蓮峰廟等，均反映了澳門傳統信仰風俗。媽祖閣供奉的天后（媽祖或娘媽是福建、廣東潮汕、臺灣等地對天后的稱呼），相傳能助人消災解難，為航海保護神。澳門臨海，明代開始發展，葡人初至，便以「媽閣」指稱澳門。[4] 嚴歌苓在小說選題時不用現今通行名稱「澳門」，而用媽閣，可見藝術審美的考量。媽閣之名除反映中國傳統宗教文化外，也可引起女性神祇福蔭眾生的聯想。母性的救贖力量，因而得以凸顯。《媽閣是座城》幾位女性，由梅吳娘開始，以至梅曉鷗、陳小小、余家英等，無不曾扮演替男性欠債善後的角色。女性在故事中的重要意義，也從媽閣這一與性別相關的名稱得到呼應。至於行政劃分上，澳門被歸類為城，小說標題亦特別指稱其為城，多少反映了作者對城市意義的關注。城市高速發展為當代社會重要特徵，這樣固然提供了物質生活的舒適及方便，但亦容易使人墮入物慾橫流的人性陷阱中。[5] 嚴歌苓即致力表述賭城人慾失控一面。在她心目中，「媽閣是座城」說的就是「罪惡的城市」。[6] 小城雖然藏污納垢，但也發揮了容納萬物的特質。梅曉鷗每天進出賭場，周旋賭客間，同樣有包容污垢的能力。這一能力，成為生存之道。嚴歌苓多年前出版的長篇小說《一個女人的史詩》，已曾以「勃發著髒兮兮的活力」、「藏污納垢」卻又「生生不息」來為小城特質定位。[7] 或者正是這種正反互為作用的曖昧，再催生了以賭城賭徒為敘述對象的《媽閣是座城》。

三、賭博的不歸路——賭徒的命運

（一）中國男性嗜賭歷史，大海象徵意義

早於1997年發表的短篇小說〈拉斯維加斯的謎語〉，嚴歌苓已展現循規蹈矩的男主角走入拉斯維加斯賭城後，因迷上吃老虎角子機而行為驟變。[8] 相隔十七年，《媽閣是座城》這一新作更進一步發掘賭徒的心理及行為。男性角色傾家蕩產狂賭，一再體現作者對炎黃子孫嗜賭的看法。[9] 可留意的是，這些宛如賭命的男性，其中的梅大榕與其他角色並不同代。梅大榕是梅曉鷗前五代祖輩，比起段凱文及史奇瀾等，在小說中所佔篇幅雖不多，但賭徒形象非常突出。嚴歌苓一向擅長把小說背景設於較遠年代。在這種遠離當前現實的歷史環境中，角色與情節的想像空間往往更能讓她發揮。[10] 梅大榕一生大起大落，非常戲劇化。回鄉船

上，他一下子輸掉辛苦賺來的金錢後，便光身投海自盡。在梅曉鷗看去，先祖事蹟不啻為後世賭徒的故事序曲。沉迷賭博，成了不能磨滅的中國男性特徵。梅大榕之後，隔了幾代，同樣可經盧晉桐以至下一代延續下去：

> 「原來梅大榕那敗壞的血脈拐了無數彎子，最後還是通過梅曉鷗伸到兒子身上……也許都不是；作為炎黃子孫本身就有惡賭的潛伏期，大部份男人身心中都沉睡著一個賭徒，嗅到銅錢腥氣，就會把那賭徒從千年百年的沉睡中喚醒。」（頁418-419）

> 「他（筆者按：指盧晉桐）對錢的激情，對橫財的渴望不是他一個人的；幾輩人、幾十輩人都窮夠了，積存起那麼多渴望，在他身上大發作。他是在替那幾十輩人搏，替幾十輩人走火入魔，一舉替他們脫貧。甚至替梅曉鷗的祖先梅大榕實現妄想。」（頁56-57）

這裡並非強調家族成員的生理血緣關係，而是從民族的層面看。中國男性嗜賭，是全篇小說不斷帶出的信息。貪慾無盡，投身博彩，成為炎黃子孫心底信仰。窮夠了以致走火入魔，批判的是賭徒心理的偏差；前赴後繼企圖實現妄想，戳破的是世代自我矇騙的贏錢幻象。一代接一代，賭徒不肯走出賭局，最後也就由命定的悲劇結局把他們扣連一起：

> 「梅家五代之後的女性傳人梅曉鷗看見媽閣海灘上時而打撈起一個前豪傑時，就會覺得鹹水泡發的豪傑們長得都一個樣，都是她阿祖梅大榕的模樣。」（頁8）

敘述以嘲諷口吻，把自投或被投海中的賭徒稱作「豪傑」。這些所謂「豪傑」，最後只不過成了給海水發泡的腫脹屍體。不同賭徒，命運如一，昭示的仍是沉溺賭局的不歸路。大海成為串連他們的媒介，在故事中以「大胃口」（頁414）姿態出現，能把東西瞬間吞噬，為毀滅賭徒的象徵。足堪玩味的是，段凱文一度失踪，再在澳門賭場現身，敘述卻說他閃入「偽造沙灘」（頁300），跳進「偽造的海水」（頁300），喻示的同樣是他日後鋌而走險，以身試法的不歸路。其實，段凱文被捕前，高築債臺早已令他束手無策，這時大海即反映他的內心陰霾：「海裡熱火朝天地翻騰著他的心事」（頁246）。此外，澳門為迎立更多外來賭客，填海為地，「在海洋生命的屍骨上矗立起高聳龐大」（頁300）的新賭場，輾轉指向的似乎仍是賭徒無法不葬身賭海的隱喻。王立在論文中指出，中國與西方對海的傳統觀念不同。西方人讚嘆海的博大深邃，喜加親近，而中國人卻視海為畏途，心存恐懼。[11] 在《媽閣是座城》中，賭徒為海水吞噬毀滅的意象，也可說是循著這一畏海心理現象建構而成。

（二）賭徒與賭博的細節交代

嚴歌苓一向鍾情書寫女性角色，小漁、扶桑、阿尕、王葡萄、多鶴、小環、田蘇菲等，個個形象鮮明突出。[12] 在這些以女性為敘述對象的作品中，男性角色往往只能以較邊緣姿態出現。《媽閣是座城》雖仍以梅曉鷗為主要敘述對象，但男性角色如史奇瀾、段凱文等所佔份量同樣不輕。梅曉鷗扮演的是觀察者角色，除親自在賭廳直接得知這些賭客一舉一動外，又通過短信，獲得更多資訊。女性自身的立場，與這些男性互動時產生的情愫，亦使她多了不同的詮釋角度。值得玩味的更是，她一方面扮演提供博彩、住宿、交通服務的中介角色；另一方面卻又不時與客戶以暗盤賭博，因此也可被視為賭徒。賭徒看賭徒，除有過來人那種較深入體會外，也更可引發自身的省思。羅伯特・拉多塞尤（Robert Ladouceur）、卡羅琳・西爾萬（Caroline Sylvain）等指出，觀察賭博過程可讓人發現賭徒思維方式的錯誤，從而作出反省。[13] 梅曉鷗便是通過觀察來剖析賭博行為本身存在的種種謬誤。

對於沉迷賭博的定義，美國心理學會（American Psychiatric Association）列出九項鑑定標準。符合其中四項或以上，即可視為行為失調。九項標準分別為：1. 為了刺激，不斷增添賭本。2. 嘗試停止賭博時，情緒變得不穩定。3. 多次戒賭失敗。4. 腦中盡是賭博。5. 心情不好便賭博。6. 一直想贏回因博彩失去的金錢。7. 向別人隱瞞賭博惡習。8. 因賭博而影響及失去重要人際關係。9. 依賴別人清還賭債。[14]《媽閣是座城》中陸續登場的梅大榕、盧晉桐、史奇瀾、段凱文等，彷彿在為這些抽象定義作出具體個案演出。藝術渲染下，角色設定亦趨向於較極端表現方式。出千、削手指、大海溺沒等自我表演，便不時為這些賭徒的經典悲劇命運作出注腳。

19、20世紀，不少華人遠赴美國舊金山當苦力。在他鄉寂寞歲月裡，賭博成為滿足娛樂、社交及情感需要的活動。其實遠渡太平洋的漫長旅程中，旅客以聚賭打發時間已非罕見。[15] 嚴歌苓受訪時指出，舊金山華人史記載了中國人為了謀生，離鄉別井的苦況。這些華工因為嗜賭，在回家船上已把賺來的錢輸光，最後只好折返當地重新苦幹。[16] 這樣一段華人賭博史，也成為梅大榕的人生寫照。他曾在回鄉途上把錢輸掉，而把聚妻一事耽誤十年。即使如此，仍無礙他視贏錢為人生「豐功偉業」（頁6）[17]：

> 「背朝天面朝地做苦力掙來的房屋田畝算什麼？了不得的人都是一眨眼掉進錢堆的。這一種財叫橫財，是命給的，

> 什麼比命厲害？」（頁6）

梅大榕最後因輸錢而把性命也送掉。妻子梅吳娘聽他吹噓賭史後，早已有以下認知：「在洞房裡那一刻就知道新郎會怎麼收場。」（頁6）

梅大榕在船上曾因防止自己賭博而把手指割傷，他的賭徒後輩盧晉桐更索性把手指剁掉。然而盧晉桐前後兩次斷指，仍無法改掉惡習。目擊者梅曉鷗早已意識到其中的虛妄不實：

> 「她攔都沒有攔盧晉桐。只是在那聲悶響發生的時候，她垂下頭、閉緊眼、咬住牙關。那截微微彎曲的中指落在地上，指尖指著蒼天。盧晉桐在自己的壯舉之後倒下來，連疼帶怕，倒在自己的血裡，順著斷指所指的方向看著天。天是典型的洛杉磯的天，一絲雲也沒有，她的後花園玫瑰瘋狂開放。此後的一個禮拜，房子就會換主。他是預支了房子的首付款去逛賭城的。」（頁64）

有如通俗劇般一再上演的斷指場面，對梅曉鷗來說，不僅缺乏「煽情」作用，更讓她學懂從中抽離。敘述也因而以不動聲色，一派冷靜語氣呈現劇中人的「壯舉」。高空無雲，玫瑰盛放既為客觀場景敘述，更襯托出潛藏的瘋狂賭性。[18] 在盧晉桐身上，賭徒種種慣見習性無所遁形。賭徒總是緊記贏錢而忘記輸掉經驗。梅曉鷗見證的正是賭癮發作，無法安靜下來的盧晉桐：

> 「盧晉桐為贏來的五十萬繞著臥室打轉，這麼好的事讓他難以消化，必須轉幾圈。他曾經輸掉了若干五十萬都在此刻從他記憶中被一筆勾銷了。」（頁50）

賭場追尋盧晉桐過程中，梅曉鷗更以身體感官體味賭徒聚賭時散發的敗壞氣息：

> 「不洗漱的口腔、潰爛得快壞死的牙周發出的氣味。不管那幾個男人生活習慣衛生標準有多大差異，此刻口腔裡發出的是同樣的壞疽惡臭，再加上他們胃腸裡消化不良的食物渣子，加上恐懼和興奮使他們熱汗、冷汗迭出，不斷發酵又不加以洗浴……一群活著的人，都快招蒼蠅了。」（頁53）

研究指出，賭博提供了官能刺激，讓賭徒亢奮，失去時間觀念，漠視生理需要。他們會腎上腺素上升、心跳加速、手心出汗，精神持續緊張，興奮時更會不吃不睡不拉。[19]《媽閣是座城》即以這種生理變化，說明賭客的癡迷。陷入迷狂狀態的賭客，雖為活體，卻猶如死人般，發出腐臭壞死氣味。那種難聞味道，便曾引發當時懷有身孕的梅曉鷗不適嘔吐。因為激素變化，女性懷孕初期常會嘔吐。梅曉鷗卻順勢把自身這一生理現象歸咎於賭徒發出的身體氣味，喻示的未嘗不是腹中胎兒對賭徒的排斥。「新生命」對比「活死人」，賭徒腐朽敗壞的生命特徵，由是得以彰顯。再如段凱文賭博時的緊張，小說同樣以冷汗混雜熱汗，椅座盡濕作出具體形容。推展延伸，可說明的是，非僅段凱文飽受心理煎熬，身旁眾人皆盡受影響。與段凱文背後對賭的疊碼仔固然面色轉青，其他人情緒同樣受到牽動：

> 「又是一聲『哄』！段凱文翻出一張九，又翻出一張九，注押在『莊』上。荷倌翻出一個八，第二張卻是個十。一百來顆心臟都經歷了一趟過山車，『哄！』是這樣不由自

> 主出來的。和局了。段表示要歇口氣。一百多個人陪著他歇氣，都累壞了。」（頁284）

敘述要表達的是一集體狂熱狀態。不僅圍在賭桌旁的賭客如是，即使守在遠處的梅曉鷗，也隨著賭局心情起伏。她以追求懸念心態看段凱文輸贏，表面置身其外實仍身處其中，同樣是造成賭博集體狂熱者之一。米哈伊爾・巴赫金（Mikhail Bakhtin）曾提出狂歡理論，並以之分析費奧多爾・陀思妥耶夫斯基（Fyodor Dostoyevsky）的作品。《媽閣是座城》展現的賭博場面也未嘗不可以此種狂歡理論說明。賭場本身恍如狂歡廣場，賭客在其中恣意玩樂，縱情狂歡，表現迥異平日，人與人之間再無社會階層差距。上述的集體狂熱可說正好反映此一狂歡特色，它表現在賭徒及圍觀者的同喜同悲，同聲同氣上。再看賭博過程本身，也可說是狂歡氛圍的具體呈現。賭徒每次投注，均有驟然改變命運的可能。敘述便經常把焦點對準其中，仔細刻劃賭徒財富大起大落，瞬間變化。狂歡理論的脫冕與加冕，說的是社會原來階層或秩序的反轉改變，亦反映在賭徒因輸贏而引起的身分變化上。段凱文由成功社會才俊，淪為束手就擒的階下囚，恰為典型例子。其實，《媽閣是座城》的賭徒染上賭癮後，性格、生活均異於往昔，背離社會慣性期望，而這正是狂歡理論強調脫離常軌的特點。可惜的是，米哈伊爾・巴赫金（Mikhail Bakhtin）所演繹的狂歡精神背後，往往背負著反霸權，追求自由民主的理想，而在嚴歌苓筆下，賭徒徒負失控違法，毀人自毀的惡名，卻無挑戰權威，思想革新正向一面。[20]

埃倫・蘭格（Ellen Langer）提出的「控制假象」（Illusion of Control），為解釋賭慾重要理論，指人把本來只靠運氣或機會決定之事，誤以為可通過某些行為改變結果。[21] 賭徒賭博時，便常認為可憑己力操控賭賽。在《媽閣是座城》中，梅曉鷗同樣歸納出賭徒把偶然當作必然的思想盲點：

> 「無非贏了幾手，便自認為找到了感覺，看出了路數，接下去把偶然的贏當成必然，把必然的輸當成偶然。想想吧，一個顛倒了偶然和必然的人會有甚麼結局？就是必然的犧牲品。」（頁260）

初時贏錢，引發賭慾，[22] 最終卻連場敗北，為有關賭博心理基本共識，亦為《媽閣是座城》詮釋賭徒心理依據。自以為控制在握的思考方式則進一步驅使賭徒最後走向敗局。埃倫・蘭格（Ellen Langer）指出，人往往習慣以往昔技術解決當前問題。[23] 面對本來只依獨立或然率運作的賭局，只要為賭徒提供誘因，便會讓他們以為可憑自身技術戰勝。《媽閣是座城》的賭徒無不因一度贏錢，而以為可以相同手法致勝。在這種錯覺下，賭徒普遍以為自己可看出賭局路數：

> 「賭徒把『路子』當信仰，苦苦朝拜它，吃它不知多少虧也無怨無悔……他們都虔誠地把賭檯上電子顯示屏出現的或紅或藍（紅莊藍閒）的連接當作路子。」（頁205）

史奇瀾固然如是，史奇瀾表弟同樣如是。段凱文為了增運，更迷信地把三個壺嘴直沖荷倌。賭徒受賭博狂熱影響，變得缺乏理智，由是凸顯。[24] 問題卻是，賭徒一陷入這種癡迷狀態，便難以抽離，就如段凱文一貫以為賭局背後一定有可揭開的「謎底」（頁284）。弔詭的是，賭局本身的設計正是覷準人好奇心理：「它偶爾讓你在絕對的不可捉摸中相對地捉摸到一點甚麼」

（頁268）。亟欲參透其中玄機成了賭徒無法解除的心理魔障。一坐上賭桌，固然難以離開，即使離開，只會重回。盧晉桐搜索枯腸，解開保險箱密碼，為的仍是取錢再賭。段凱文非法動用公司資金，無非也是為籌措賭本，「向老媽閣殺將回去」（頁137）。史奇瀾表弟一時按下賭博意欲，卻在下一刻改變主意。贏錢固為誘因，輸錢同引人再賭。[25]《媽閣是座城》赫然見證的便是賭徒為要追回所輸金錢而更令債臺高築。作者以橋墩為贏局，橋身為輸局作比喻，指出橋身越長，只會令橋墩無法負荷。輸贏拉鋸中，輸局永遠最後佔上風：

> 「表弟在贏了二十萬的支撐下，下了一大注，五十萬，輸了。再押，再輸。輸了七八局，他不敢押大了，押了五萬，卻贏了。五萬的贏局又支撐他押十萬，十萬全軍覆沒……」（頁271）

以上敘述枝節盡去，只聚焦賭局本身輸贏的銀碼，並以節奏短促語句帶出，說明的正是賭局本身變化的迅速及無法掌控。最後段落以省略號作結，同樣喻示了這種局面仍會持續下去，一再指向的仍是賭徒為輸贏牽引及最終敗北之命運。

羅納德・帕瓦科（Ronald M. Pavalko）指出，問題賭徒往往聰敏、勤奮、富魄力、喜歡接受挑戰。[26]然而，這種本來正面的性格特徵表現在賭博上，反而強化了當事人認為可憑己力控制賭局的信念。段凱文，史奇瀾以至其表弟等，無不曾為社會認可成功人士。他們各具能力，當初均憑努力打拼，才取得事業成就。這方面小說敘述皆一一交代，以對比他們以後因賭博而淪落的事實。[27]這些曾被視為卓越之人，其能力及膽色用在賭桌上，卻越易墮入「控制假象」（Illusion of Control）的窠臼裡。他們原比一般人具經濟能力，賭本上落大時，刺激亦大，最終造成的債務也同樣龐大。一幕幕豪賭場面激發的人性表現，正是嚴歌苓致力書寫的內容。為了配合這些豪客身分，現實中澳門的銀河、凱旋門等高檔賭場貴賓廳，紛紛被挪入作為實景鋪墊。「夜色中妖冶起來的老媽閣」（頁86），正是作者要為熾熱賭風營造的背景氛圍，也就在此種異地異色遮掩及催生下，才能產生一個又一個敘述者心目中「慢性潰爛」（頁86）似地生存的賭徒：

> 「異國他鄉的徹底陌生就是他們的啞劇面具，一抹煞白上固定著傻笑，啞劇大師的喜劇都是悲劇。」（頁152）

敘述帶出的是，在賭博的世界裡，喜劇也只不過是悲劇化身。對於梅曉鷗來說，賭徒有「統一的賭徒風度」（頁249），即同樣「無恥」（頁256）。倒模般的樣板表情，最後推向的是相同的乖蹇命運。就如當初得體出色，堅執自信的段凱文，最後也變得一派潦倒，志氣盡失。敘述便曾透過梅曉鷗的感受，前後期對照，帶出段凱文的淪落：

> 「手心濕冷鬆軟……你要握就握，你要扔下就扔下，都由你做主……再來看看他的臉吧，不再是浮腫，而是癡肥……他身上一件所有中老年中國男人都有的淺灰色夾克……比他所需的尺碼大了不少……正如他初次出現時的一切合宜，眼下他渾身的湊合。」（頁376）

以上段落，寫的是段凱文因逃避賭債，失蹤後再現身時外貌衣著的改變。落魄形象除凸顯了今不如昔外，也未嘗不是為他日後以身試法，出千被捕的狼狽下場先作鋪墊。

其實，賭徒的悲劇結局，同樣反映在龐大的債務窘境上。他們總是「拆東牆補西牆」（頁135）地償還債款，卻因越賭越輸，債臺越築越高，最終無法清還。史奇瀾以自己比作生蛋母雞的自畫漫畫，便形象化地表達了債務人無能應付債主需索的悲涼：

> 「一隻母雞蹲在草窩裡，旁邊放著三四隻蛋，從各方向伸過來抓蛋的手起碼有幾十隻，一隻手直接伸進母雞屁股，去摳那個即將臨盆的蛋，血順著那手流出來。」（頁166）

現實生活上，賭徒或會被放債人以非法方式追討債款。恫嚇、暴力並非罕見。在《媽閣是座城》中，梅曉鷗的疊碼仔身分，常使她成為債權人。這個債權人，收債方式卻異常溫和。這與她的性別身分，「多情」形象不無關係。這樣的女性情愫，反映在她收回段凱文欠債時的迂迴曲折，也表現在她免除史奇瀾債務的決定上。

四、賭徒背後的女性角色

（一）從梅吳娘到梅曉鷗——女性對男性的救贖

《媽閣是座城》全書以梅家人是指梅家女人的敘述開展故事。梅家男人「不作數」（頁1）的說法，除為小說奠定了以梅曉鷗為主線的敘事方向外，更預示了男性因好賭而在家族史上難佔席位的事實。梅大榕固因賭而投海喪生，他與梅吳娘所生的三個男嬰也是一出生，便給捏死。及時拯救下來的梅亞農，則被捏壞了嗓子。那如小旦般的假嗓，正好象徵說明男性性徵的模糊，也隱約解釋了梅亞農日後沒有染上嗜賭惡習的原因。梅吳娘有別於與傳統，重女輕男。她殺死剛生下的兒子，只因深知男性難以去掉賭博劣根性。連連戕殺親兒，看來不可思議，但敘述強調的正是女性對男性嗜賭的深痛惡絕及束手無策。梅吳娘如是，五代之後的梅曉鷗如是，同樣要以結束親生骨肉生命的大痛來表達自身的絕望：「世上還有比殺自己的孩子更絕望的女人嗎？」（頁59）梅吳娘為了遏止梅亞農對賭博萌發的好奇、興趣，以滾熱媒爐通條燒灼一己手掌，藉激烈行為作出規諫。梅曉鷗也以火燒鈔票勸戒兒子。米哈伊爾・巴赫金（Mikhail Bakhtin）指出，火焰有兩重意義：既毀滅又更新世界。[28] 如此來看，兩個女人以上舉動，可說是通過火這一象徵意象，讓兒子去除賭慾，重獲新生。總括而言，兩人均扮演讓兒子遠離賭博的救贖角色。然而，隔了五代，時移世易，梅曉鷗這角色卻顯得更為複雜。男友嗜賭、疊碼仔生涯、女性本身對感情敏感，在在讓她不能以單純情緒面對眼前的賭博人生：

> 「她用史奇瀾這樣的人報復盧晉桐，也報復自己：一個為十萬塊錢就委身的自己。她看著史奇瀾們一個個晝夜廝殺、彈盡糧絕，感到了報復的快感。之後，再輪到梅曉鷗發婦人之仁，來憐愛他們。她的憐愛藏在憤恨、鄙夷和內疚中，連她自己都辨認不出哪是哪。只有老史是例外的。他是她害的，她總是避不開這個病態念頭。」（頁111）

一方面她就像梅吳娘一樣，對賭博深痛惡絕，但另一方面卻又投身博彩行業，終日與賭徒為伍。大地之母的善與惡均彷彿體現在她身上。她不時誘人去賭，自己更是對賭者，卻又會勸止他人賭博。這種矛盾，更從她的不斷反思中表達出來。她一面觀察賭客的著魔狂熱，一面分析箇中動機因由。她與這些人不同的是，她比他們清醒。她清楚知道他們的病態，亦預測到他們的下場。這樣一種女性自覺，可說貫串全書，成了小説敘述基本立場。立場主觀，事情來龍去脈清楚，使她在表述自身與他們的故事時，不斷加入批評、嘲諷。挖苦的口吻，小説中通篇皆是，構成了敘述主要基調：

> 「曉鷗一動不動，看他還有臉胡扯。他贏了四十多萬肯回到房間裡來？已經沒甚麼可供他敗的家，他還在敗。」（頁72）

> 「他史奇瀾有一筆巨大的財富注定藏在千萬張賭桌的幾億張紙牌裡。那可是他史奇瀾的財，可不能讓別人贏去。」（頁73）

女主角儼如這些男性賭徒的代言人，而代言背後，卻內藏譏刺，表達了負面看法。嚴歌苓作品中，女性往往均於惡劣環境下展現柔韌生命力，扶桑與王葡萄便為典型例子。梅曉鷗也同樣能在藏污納垢的環境下生存及保持清醒。「梅曉鷗」名字本身，本可讓人有梅花、清晨、海鷗等美麗聯想。女主角卻有以下形象低落的自我解讀：

> 「海鷗是最髒最賤的東西，吃垃圾，吃爛的臭的剩的……梅曉鷗從來不避諱一個事實：自己跟鷗鳥一樣，是下三濫喂肥的。」（頁13）

其實大自然的海鷗毛色吸引，姿形美健，是富觀賞價值的海鳥，這正好折射説明女主角外形的美麗可觀。沒錯，海鷗除以魚蝦及昆蟲等為食，也吃垃圾中之剩食及動物屍體，然而，這正可清除廢物，保持生態平衡。此外，牠們也能作為海上航行的提示者。航海者可根據其飛行習性，預知風暴來臨。[29] 梅曉鷗在故事中便不時扮演這種平衡、指引角色，就如她那「下水道」（頁42、43、57）的自喻。下水道雖然骯髒，卻往往能讓人根據流進內裡之物，判斷世界受害程度。這種先於他人對災難警覺，正是自救救人先決條件。梅曉鷗與扶桑、王葡萄同樣長得漂亮獨特，同樣能在艱苦環境下頑強生存。不同的是，後二者是以直觀，而非分析方式體驗事物；而前者則是不斷回顧及反思，剖析自身以及他人的心態行為。扶桑、葡萄以善良女性形象，體現救贖他人的本質。梅曉鷗也同樣扶助史奇瀾及親兒，只不過，因從事行業使然，自然難讓她擺脫誘人賭博的陰暗一面。

（二）從陳小小到余家英——賭徒妻子對丈夫的捍衛

病態賭徒因賭債而使親人受傷害牽連，早已不容贅言。[30]《媽閣是座城》中，賭徒的妻子或愛侶，受傷害之餘，卻無礙她們扮演保護或救贖角色。梅吳娘早看清事實，努力打拼自己的一片天，亦因為撐起家業，才能延續梅氏一族。梅曉鷗最後無視盧晉桐斷指決心，帶著兒子抽身而退，而正是這種決絕，才使盧晉桐停止賭博。同樣地，妻子陳小小攜子遠去，也令「老爛仔」（頁196）史奇瀾戒掉賭癮。在梅曉鷗視角下，陳小小母雞護駕姿態一早浮現：

> 「現在陣線變了，她要打出丈夫的衛士風範。她的丈夫自從欠債以來一直被這個瘦小的母雞護在翅翼下。」（頁97）

瘦小身形，不成比例地在巨債風暴中充當保護者角色，形象清晰可見。妻子的維護，史奇瀾同樣能清楚感受到，因而不無得意。

即使在陳小小離開後，史奇瀾也不斷得到梅曉鷗庇護。梅曉鷗彷彿扮演暫代角色，替補陳小小在丈夫身邊的短暫缺席。

再看余家英對丈夫段凱文，更是袒護縱容。追逼段凱文歸還欠債時，梅曉鷗便見到余家英如何成了衛士，替丈夫衝鋒陷陣，向對手還擊。至於與陳小小一樣為丈夫上陣叫囂的余家英，不但不肯承認丈夫的惡習，[31] 更把責任推卸到梅曉鷗身上，而澳門這一誘發劣根性的城市同樣受到責難。小說敘述者梳理余家英的話後，變成了以下表述：

> 「本來劣根安分守己，誰讓你誘發它們？用媽閣這座城市的千萬張賭臺，用這個看上去文雅秀氣的女子……人本來是有犯罪潛能的，這不能怪人，怪只怪誘發他們犯罪的機會，余家英揭露的，就是提供給人犯罪犯錯誤機會的女人。」（頁255）

陳小小為丈夫支撐欠債一段日子後，離家出走。余家英對丈夫卻永不言棄，即使在病榻上依然百般維護。陳小小最後仍能與丈夫異國重聚，余家英卻只有以中風後的失衡動作、歪斜臉容迎來丈夫出千被補的下場。敘述者這樣交代：

> 「怎麼說段凱文都是個優秀男人，假如世界上沒有一座叫媽閣的城市的話。」（頁233）

問題是，媽閣卻確實存在，並以深邃賭海形象呈現，而藏納污垢量之大，足讓潛進者無法逃離：

> 「媽閣的賭界是一片海，遠比媽閣周邊真正的海要深，更

易於藏污納垢，潛進去容易，打撈上來萬難。」（頁396-397）

一個接一個的「段凱文」，前赴後繼，跳進了這片無邊苦海，身邊的女性可又能「打撈」幾個上來？《媽閣是座城》結尾，梅曉鷗為了不讓兒子染指賭博，遷居溫哥華。離開，因明知身處這樣的城市永遠無法擺脫誘惑。人的劣根性不容挑起，為故事敘述者最終的體會及認知。余平論文中指出，渴望進城又最後離開，是「民族意象原型」，亦是中國現代作家筆下常見母題。[32] 進城，因追求原先所缺；離開，因幻想破滅，終無所得。《媽閣是座城》的賭徒，進入澳門或拉斯維加斯，是由於心底蟄伏慾望，以為會實現橫財夢。然而，人的貪念那能輕易滿足？在故事敘述下，長賭必輸為博彩行為自然定律，離開賭城也成為必然命運。盧晉桐回到中國、段凱文被押出境、史奇瀾移居溫哥華，正符合進城後離開的民族意象原型。弔詭的是，身邊女性在男性進城離城過程中，除了扮演受害、勸誡以及救助角色外，有時又不免起了催生賭慾的微妙作用。

五、結語——嚴歌苓的女性創作風格

女性敘述視角一直是嚴歌苓小說的重要標誌，《媽閣是座城》同樣貫徹了這一寫作特色。女主角梅曉鷗一方面是閱歷豐富的敘述者，能清晰表述賭徒的外在行為及內心世界；另一方面，情感的投入又使她的敘述充滿主觀色彩。「想錢想瘋了」、「發財要快啊」（頁147）等語句，在小說裡俯拾皆是，正是以調侃口吻，表達對賭博的不以為然。敘述者在小說中不斷介入，絮絮不休，形成帶有強烈貶抑意識的女性演述方式。男性賭徒的不智與可笑，成了批判重點。其中以「蒙古症兒童」（頁22）比擬幼稚的賭徒，正是敘述者個人感覺的投射。此外，女性的想像亦不斷介入故事之中。梅曉鷗以疊碼仔身分周旋於男性賭客間，卻又不時與他們產生情感糾葛。雖然現實往往與想像有所出入，卻無礙她一次又一次地擬想、建構與這些人可能會有的情境對話。通過這種以一己所思所感為主導的演述，女性的主體意識也同時建立，再一次延續及體現的，仍是嚴歌苓一貫以來的女性創作風格。

◆注釋

1 嚴歌苓：《媽閣是座城》（北京：人民文學出版社，2014），頁1-426。

2 「疊碼仔」是博彩中介人的俗稱，對博彩業引入客源起了重要作用。博彩中介人在澳門法例定義下是指：「在娛樂場推介幸運博彩者，其工作係給予博彩者各種便利，尤其是有關交通運輸、住宿、餐飲及消遣等，而收取由一承批公司支付之佣金或其他報酬。」從文學詮釋角度來看，梅曉鷗這一「疊碼仔」在《媽閣是座城》中扮演的角色，比以上定義顯得更為複雜豐富。以上博彩中介人定義是據澳門博彩監察協調局所刊之第16/2001號法律條文。http://www.dicj.gov.mo/web/cn/legislation/FortunaAzar/lei_01_016.html，2014年8月26日。

3 綜合下列資料，可見中國人賭博歷史源遠流長。中國文化看來有利於賭博，中國人較西方人似更易沉迷其中。從性別來看，賭徒又多為男性。

a. American Psychiatric Association, *Diagnostic and Statistical Manual of Mental Disorders*, Fifth Edition (Arlington, VA: American Psychiatric Association, 2013) 587-588.

b. Anise M. S. Wu et al., "Chinese Attitudes, Norms, Behavioral Control and Gambling Involvement in Macao," *Journal of Gambling Studies* Vol. 29, No. 4 (Dec 2013): 749-750.

c. Tian P. S. Oei et al., "Validation of the Chinese Version of the Gambling Related Cognitions Scale (GRCS-C)," *Journal of Gambling Studies* Vol. 23 No. 3 (Sep 2007): 310-311.

d. A. Blaszczynski et al., "Problem Gambling Within a Chinese Speaking Community," *Journal of Gambling Studies* Vol. 14, No. 4 (1998): 361-362.

e. Lorne Tepperman et al., *The Dostoevsky Effect: Problem Gambling and the Origins of Addiction* (Don Mills, Ont: Oxford University Press, 2013) 221-222.

f. 涂文學：《賭博的歷史》（北京：中國文史出版社，2006），頁7-220。

g. 劉伯驥：《美國華僑史》（續編）（臺北：黎明文化事業公司，1981），頁625-632。

4 a. 章文欽：《澳門歷史文化》（北京：中華書局，1999），頁416-430。

b. 徐曉望：〈從航海之神到好運之神——澳門媽祖信仰之變遷〉，《澳門媽祖文化研究》（徐曉望、陳衍德著，澳門：澳門基金會，1998），頁168-171。

c. 陳致平編：《澳門年鑑》（2013年）（澳門：澳門特別行政區政府新聞局，2013），頁349。

5 張嵐：〈城／鄉雙重文化空間中的女性寫作〉，《湖北大學學報》，38卷2期，2011年3月，頁72。

6 嚴歌苓曾指出：「為什麼起《媽閣是座城》這個名字，我覺得它是一個罪惡的城市。」內容轉引自搜狐讀書李倩對嚴歌苓的訪問。http://book.sohu.com/20140126/n394219074.shtml，2014年7月12日。

7 嚴歌苓：《一個女人的史詩》（長沙：湖南文藝出版社，2006），頁1。

8 嚴歌苓：〈拉斯維加斯的謎語〉，《上海文學》，1997年2月，頁4-15。

9 嚴歌苓曾表達對中國人嗜賭的看法：「直到今天我還看到一些中國人一旦有了錢，甚至沒有錢的也都到澳門去賭博。我覺得我們中國人的血液裡面的賭性是非常神秘的」。內容轉引自搜狐讀書李倩對嚴歌苓的訪問。http://book.sohu.com/20140126/n394219074.shtml，2014年7月12日。

10 嚴歌苓自己則有這樣的看法：「寫過去的故事我比較放鬆，寫當代的故事比較緊張。因為每一個人都比我更熟悉中國的當代生活，我回國一次最多一個月，必須去打聽體驗，而我的讀者是實實在在就生活在其中的，每個人都可以裁判我」。內容轉引自搜狐讀書李倩對嚴歌苓的訪問。http://book.sohu.com/20140126/n394219074.shtml，2014年7月12日

11 王立：〈中西方旅遊觀芻議——從海意象傳說及相關母題談起〉，《十堰大學學報》（社科版），1995年1期，頁24-28。

12 a. 小漁為〈少女小漁〉之女主角。
嚴歌苓：〈少女小漁〉，《少女小漁》（臺北：爾雅出版社，1993），頁25-53。
b. 扶桑為《扶桑》之女主角。
嚴歌苓：《扶桑》（臺北：聯經出版事業公司，1996），頁1-278。
c. 阿尕為〈倒淌河〉之女主角。
嚴歌苓：〈倒淌河〉，《倒淌河》（臺北：三民書局，1996），頁201-292。
d. 王葡萄為《第九個寡婦》之女主角。
嚴歌苓：《第九個寡婦》（臺北：九歌出版社，2006），頁5-362。
e. 多鶴、小環均為《小姨多鶴》之女性角色。
嚴歌苓：《小姨多鶴》（北京：作家出版社，2008），頁1-274。
f. 田蘇菲為《一個女人的史詩》之女主角。
嚴歌苓：《一個女人的史詩》（長沙：湖南文藝出版社，2006），頁1-258。

13 Robert Ladouceur et al., *Understanding and Treating the Pathological Gambler* (Chichester: John Wiley & Sons, 2002) 98.

14 American Psychiatric Association, *Diagnostic and Statistical Manual of Mental Disorders*, Fifth Edition (Arlington, VA: American Psychiatric Association, 2013) 585.

15 潮龍起：〈危險的愉悅：早期美國華僑賭博問題研究（1850-1943年）〉，《華僑華人歷史研究》，2期，2010年6月，頁42、44-45。

16 a. 參搜狐讀書李倩訪問嚴歌苓的內容。http://book.sohu.com/20140126/n394219074.shtml，2014年7月12日。
b. 潮龍起也指出，早期華埠賭風熾熱，不少華僑對博彩致富深信不疑，有些更因為輸掉家財，無法回國，最後客死他鄉。
潮龍起：〈危險的愉悅：早期美國華僑賭博問題研究（1850-1943年）〉，《華僑華人歷史研究》，2期，2010年6月，頁42，47。

17 羅伯特·卡斯特（Robert Custer）等指出，對一些賭徒來說，著意的是贏錢背後的意義，如別人的艷羨、讚賞或恭維等。
Robert Custer, and Harry Milt, *When Luck Runs Out: Help for Compulsive Gamblers and Their Families* (New York: Facts on File, 1985) 23.

18 嚴歌苓在演講中指出，這麼多中國成功企業家在澳門賭博「翻船」，著實魔幻。賭徒突然人間蒸發或一再剁掉手指的行為，看來不可思議。其實正是這種不可思議，才能帶出賭博行為背後潛藏的瘋狂人性。
嚴歌苓：「從讀書人到寫書人」，香港書展「名作家講座系列」，2014年7月18日。

19 a. Ronald M. Pavalko, Problem Gambling and Its Treatment: An Introduction (Springfield, Illinois: Charles C Thomas, 2001) 20.
b. Robert Custer, and Harry Milt, When Luck Runs Out: Help for Compulsive Gamblers and Their Families (New York: Facts on File, 1985) 23-24.
c. Henry R. Lesieur, "Compulsive Gambling,"Society Vol. 29, No. 4 (May/Jun 1992): 43-44.

20 錢中文編，白春仁、顧亞鈴譯：《巴赫金全集》第五卷（石家莊：河北教育出版社，1998），頁160-173。

21 Ellen J. Langer, "The Illusion of Control," *Journal of Personality and Social Psychology*, Vol. 32, No. 2 (1975): 311.

22 a. Robert Ladouceur et al., *Understanding and Treating the Pathological Gambler* (Chichester: John Wiley & Sons, 2002) 19.
b. Deborah Davis et al., "Illusory Personal Control as a Determinant of Bet Size and Type in Casino Craps Games," *Journal of Applied Social Psychology* Vol. 30, No. 6 (2000): 1228.

23 Ellen J. Langer, "The Illusion of Control," *Journal of Personality and Social Psychology*, Vol. 32, No. 2 (1975): 313.

24 a. 德博拉·戴維斯（Deborah Davis）等指出，賭徒會藉著各種迷信舉動增添勝算，如擲骰前先把骰子放在額上搓，或跟骰子講話等。
Deborah Davis et al., "Illusory Personal Control as a Determinant of Bet Size and Type in Casino Craps Games," *Journal of Applied Social Psychology* Vol. 30, No. 6 (2000): 1224-1225.
b 涂憶劬等指出，中國賭徒比西方賭徒更迷信，更易墮入「控制假象」（illusion of control）之迷思。
Vivienne Y. K. Tao et al., "Development of an Indigenous Inventory GMAB (Gambling Motives, Attitudes and Behaviors) for Chinese Gamblers: An Exploratory Study," *Journal of Gambling Studies* Vol. 27, No. 1 (2011): 99-100.

25 a. 羅伯特・拉多塞尤（Robert Ladouceur）等指出，賭徒往往會把自己屢次輸錢視為即將得勝的先兆。他們不相信自己會長輸，認為輸掉多局後，自然在下一局會勝出。
Robert Ladouceur et al., *Understanding and Treating the Pathological Gambler* (Chichester: John Wiley & Sons, 2002) 10.
b. 亨利・勒西厄（Henry R. Lesieur）指出，賭徒輸得越來越多時，還錢方案會變得越來越少，最終他們會以為繼續賭下去是補回欠債唯一選擇。
Henry R. Lesieur, "Introduction," *The Chase: Career of the Compulsive Gambler* (Cambridge: Schenkman, 1984) 17-18.
c. 德博拉・戴維斯（Deborah Davis）等指出，賭徒認為不會只輸不贏。
Deborah Davis et al., "Illusory Personal Control as a Determinant of Bet Size and Type in Casino Craps Games," *Journal of Applied Social Psychology* Vol. 30, No. 6 (2000): 1224.

26 Ronald M. Pavalko, *Problem Gambling and Its Treatment: An Introduction* (Springfield, Illinois: Charles C Thomas, 2001) 27.

27 高茂春指出，現實生活中，跨境賭博人士以老闆為代表之富者佔較大比例。高茂春：〈我國跨境賭博活動的特點分析〉，《北京人民警察學院學報》，4期，2011年7月，頁90。

28 錢中文編，白春仁、顧亞鈴譯：《巴赫金全集》第五卷（石家莊：河北教育出版社，1998），頁166。

29 有關海鷗的資料，參下列各書。
a. 楊嵐等：《雲南鳥類誌》（昆明：雲南科技出版社，1995），頁392。
b. 顏重威：《詩經裡的鳥類》（臺中：鄉宇文化公司，2004），頁97。
c. 劉小如等：《臺灣鳥類誌》（中）（臺北：農委會林務局，2010），頁279。
d. 王建南：《鳥類趣談》（南昌：江西人民出版社，1983），頁105-107。
e. 《藝文類聚》卷92有以下引錄說明：「南越志曰，江鷗，一名海鷗，在漲海中，隨潮上下，常以三月風至，乃還洲嶼，頗知風雲，若群飛至岸，渡海者以此為候」。參（唐）歐陽詢撰，汪紹楹校：《藝文類聚》（第三冊）（上海：上海古籍出版社，1982），頁1607。

30 a. Robert Custer, and Harry Milt, *When Luck Runs Out: Help for Compulsive Gamblers and Their Families* (New York: Facts on File, 1985) 122.
b. Henry R. Lesieur, "Compulsive Gambling," *Society* Vol. 29, No. 4 (May/Jun 1992): 46-47.

31 人為了逃避焦慮及恐懼，常會否認面前無法解決的問題。不承認丈夫沉迷賭博，正是賭徒妻子常見的心理防禦機制。
Robert Custer, and Harry Milt, *When Luck Runs Out: Help for Compulsive Gamblers and Their Families* (New York: Facts on File, 1985) 123-124.

32 余平：〈「城」之論〉，《內江師範學院學報》，19卷3期，2004年，頁79。

** 全文2020年5月完成修訂，原刊於《澳門研究》（2014年3期）。

講故事與聽故事

——嚴歌苓〈老囚〉試論

摘要

論文從講故事與聽故事的互動關係，分析嚴歌苓小說〈老囚〉，重點放在男主角與外孫女相處細節上。論文從故事敘述分析入手，嘗試揭示爺孫二人本來疏離的關係如何得以調整。故事敘述如何有助於自我建構以及由此衍生的象徵意義，均為論及範疇。

嚴歌苓1958年生於中國上海，後移居美國。中國的經驗和反思，成就了她一系列創作。政治與人性的交纏錯雜是她筆下重要題材。《人寰》[1]、〈我不是精靈〉[2]等小說，敘述的便是人性如何被政治環境所扭曲、摧毀。〈老囚〉[3]同樣涉及相類題材，只是被囚半生的主角姥爺，完全沒有政治犯該有的「風度」。他固然沒有《人寰》中賀一騎的懾人氣勢，亦沒有〈我不是精靈〉裡韓凌的藝術才華。那完全不起眼，平庸的行事作風，不調和地與政治交錯混雜，使他的一生變得「莫名其妙」。本文探討的是親人與姥爺重聚後內心產生的矛盾，而這些心理糾葛又如何通過故事敘述得以化解。

一、別久不成悲——冷靜敘述下的重逢

〈老囚〉的主角姥爺，一向平凡，卻仍然逃不過被政治洪流淹沒的命運，政治犯帽子一戴，除換來長期囚禁外，更改寫了一家人的命運。因為姥爺的政治犯身分，親人受到牽連而嘗盡苦楚。姥爺被囚多年後終於獲釋，心底受創的家人又如何面對？他們內心抗拒及委屈之餘，卻由於血緣牽絆而無法不接納他。在這種心理矛盾下，本應充滿溫馨，親情洋溢的相逢，變成了弔詭局面。姥爺孫女是故事的客觀敘述者。在孫女冷靜迫視下，姥爺女兒對父親的陌生清楚顯露：

> 「媽不承認她不記得姥爺的模樣，她說起碼姥爺的大個頭會讓她一眼認出來。」（頁30）

縱使不承認，敘述者母親最後還是沒法認出父親來。父親一聲召喚，更成了親情的錯置演繹：

> 「老頭喚出了媽的乳名。媽臉上出現了輕微的噁心和過度的失望。」（頁31）

血脈相連未能超越人性對老醜的自然反應。敘述者再一次以旁觀者身分，描述姥爺外形的不堪入目：

> 「穿一身黑不黑、藍不藍的棉襖棉褲，黑暗的臉色，又瘦又矮。……這老頭猥瑣透了，不是那種敢做敢為敢狂王法的模樣，也沒有政治犯的自以為是、不以己悲的偉岸。」（頁31）

姥爺既不符合敘述者母親的主觀臆想，更表現不出政治犯所謂的氣度風采。他只是不折不扣，缺乏個性的邋遢老頭。如此情況下，本應賺人熱淚的劫後重逢，赫然變為迎合人倫標準的不得已表演：

> 「姥爺哭了一下，媽也哭了一下，這場合不哭多不近情理。」（頁31）

如此身不由己的重聚，最後更走向了雙方不得不湊合的共同生活。姥爺出獄後雖與女兒、女婿及外孫一起，卻成了外來者，與親人關係疏離。他在家中逐漸取得的定位僅為——家人跑腿：

> 「不久姥爺就成了我們家很有用的一個人。我們都抓他的差，叫他買早點，跑郵局寄包裹，或拿掛號信。也請他去中藥房抓藥，抓回來煎也是他的事」（頁31）

供差遣的小角色並未能消除大家的隔膜，而姥爺順勢搜括零錢的習慣，更讓人不以為然：

> 「媽給他多大個鈔票他都不找回零錢。弟弟大聲嘀咕：『八十歲的人了，他搜刮那麼多錢幹什麼？』我也納悶姥爺拿錢去做了什麼。三十年做囚犯，該習慣沒錢的日子了。」（頁31）

小說發展下去，姥爺與親人的疏離關係，卻因姥爺向孫女述說經歷而有所突破改變。

二、講故事與聽故事——從敘事中建立的關係

孫女在電影院看見姥爺後，向姥爺查問。姥爺因而講述了獄中驚險經歷：自女兒八歲起，姥爺成為政治犯，給關了起來，與家人不得見面。女兒長大後當上演員。姥爺一次從別人口中，得悉女兒參演電影在場部上映。姥爺甘願冒著生命危險，千辛萬苦，也要觀看。

孫女小說開始即扮演敘述者角色。她與其他家人一樣，心底同樣積壓對姥爺的憤懣：

> 「我們家的每一個人都希望過：不要有這樣一個姥爺。沒有這樣一個姥爺，我們的日子會合理些。」（頁51）

她明白母親厭惡姥爺，亦因為有了這種認知，才能在敘述中清楚揭示母親心底的掙扎。然而，聽過姥爺自述冒險經歷後，孫女有了不同體會。

孫女扮演的聆聽者角色，非常值得注意。姥爺得以述説往事，是因為有了聆聽對象。孫女追問，才讓他可以完整地重現昔日「壯舉」，揭露對親情執著而萌生的勇氣。好的聆聽者，是使敘事得以延續的重要因素。當別人用心細聽，敘事者才能確認自我身分，發揮敘事力量，創造一己故事，重寫自我人生。[4] 姥爺一生不起眼，卻迭遭政治禍延，那本不堪述説的監禁生涯，由於孫女用心細聽，才得以整述發揮。生活內容繁複零碎，人人都可根據片段組成故事。聽眾重要，是因為能直接影響敘述者講述的內容。換句話説，敘述者在組合故事情節時，往往會根據受眾反應而有所調節。從互動角度來看，聽眾自然亦會因應故事內容而態度有所改變。孫女樂於聆聽，使姥爺可以順理成章重述親情滿溢的故事。對話過程中，雙方感情亦逐漸建立。孫女本來對姥爺冷淡，聽了後者講述後，態度即產生變化。開始時，孫女認定姥爺撒謊，於是流露罪證在握的促狹神情：

> 「『撒謊吧？姥爺？』我陰險地說。……我臉上出現捉贓抓姦的笑容。」（頁32）

但隨著故事展開，孫女情緒受到牽引，態度逐漸軟化。二人説到緊張處，更同氣連聲，不約而同：

> 「停下腳步，相互瞪著眼，似乎誰也不認識誰。我一聲不吭，呼吸也壓得很緊，生怕驚動姥爺故事中那個哨兵。」（頁46）

姥爺的身體狀況也開始受到孫女關注：

「姥爺喘得不輕。八十歲的姥爺了。」（頁47）

二人關係的微妙變化，從其他家人眼中同樣得到證實：

「弟弟晃蕩到廚房門口，把自己在門框上靠穩，不動了。他想知道是什麼讓我（筆者按：指孫女）和姥爺突然間這麼合得來。」（頁39）

連姥爺的女兒，也隱約發現二人關係密切，並不尋常：

「媽伸個頭在樓梯口，見我們便說：『我這就要出去找警察報案：我家丟了兩個人！』」（頁50）

而孫女最後也直接表明與姥爺越形親近[5]：

「祇有我在喚『姥爺』時，心裡多了一份真切。」（頁52）

姥爺亦一直留意孫女的反應，開始講述時，便因要吸引她留下而不斷調整故事內容。當孫女質疑姥爺在勞改營三十年沒看過電影，他即作出以下回應：

「『怎麼沒有電影？』姥爺扯起一臉皺紋，鄙夷我的孤陋寡聞：『場部一個月映一兩個新片子！』『你們勞改犯也能去？』他給問住了。見我要走，他忙說：『你媽演的電影，我就在那裡頭看的！』」（頁33）

以後姥爺一路講述故事，一路察看孫女反應：

「姥爺把最後一個盤子擦乾，看看我，猜我是不是聽得下去……見我等著，姥爺又續著故事講下去。」（頁34-35）

逐漸地，孫女投入了故事，祖孫二人更在一問一答間，相互呼應，隱然結成一伙：

「我插嘴：『一里路就是跑也要好幾分鐘吧？』『敢跑？一跑你就講不清了，』姥爺說：『一跑肯定槍子先喊住你！』……我說：『他還不算太王八蛋。』姥爺說：『就算好人啦。那種人，報德報怨都快。』」（頁41-43）

故事敘述者是姥爺，但假若沒有孫女參與，故事亦難以發展。這是互為因果的過程。[6] 簡單來說，是祖孫共同建構故事改變了雙方關係。二人也因交流而感情有所增益。

三、故事是個人的自我建構

講故事對疏導感情的作用早為論者所確認。詹姆斯・彭尼貝克（James W. Pennebaker）指出：講述創傷經驗，有助觀照事物及了解自我，創傷會加速治癒。[7] 劉小楓對於敘事與個人心靈的關係，亦有以下看法：

「敘事改變了人的存在時間和空間的感覺。當人們感覺自己的生命若有若無時，當一個人覺得自己的生活變得破碎不堪時，當我們的生活想像遭到挫傷時，敘事讓人重新找回自己的生命感覺，重返自己的生活想像空間，甚至重新拾回被生活中的無常抹去的自我。」[8]

姥爺重掌失去已久的敘述權利，通過敘事重新找回自我的生命感覺。他被囚禁多年，完全受他人操控。孫女兒這一敘述者，便曾以聽來點滴，匯聚成姥爺「不明所以」的一生：

> 「我和弟弟從來不知姥爺犯的甚麼法，衹知道他是政治犯，夠資格挨槍斃的。後來不知怎麼他案情的重大性就給忽略了，死刑也延緩了。一緩三十年。」（頁30）

犯案至要被判死刑，但犯了甚麼罪，別人卻說不出所以然。既然案情嚴重，但隨時可被忽略，拖拉延緩。標準何在？在這種無常政治邏輯下，自我自然受到打壓。姥爺因孫女詰問，找到敘述機會，建構了一己故事。他運用語言，成功為自己找到生命出路。要注意的是，故事的講述方式或取向，決定了生活經驗截取的片段。[9] 故事並非純粹如錄像般記事。即使同一人，講述相同內容，每回講述，都是新的經驗。切入不同，言語有異，效果亦有別。故事本身可說充滿個性，呈現的是講述者的獨特感受。語言本身非僅為模擬現實，而是創造現實。[10] 亨利・克洛斯（Henry T. Close）指出，故事著重的並非邏輯及解說，而是心靈中讓我們充滿生氣、成長及改變的部份。[11] 通過敘述自我經驗，生命可以產生新的可能。[12]

姥爺從來就不顯眼，即使當了三十年政治犯，也完全沒有政治犯該有「氣勢」。諷刺的是，姥爺恢復名譽後，越發顯得寂寂無聞：

> 「姥爺在八九年被徹底平反了，被恢復了名譽。他這下可真成了個無名無份的人。不然罪名也可以算個名份吧。」（頁52）

這一向來不受注意的人，卻用語言方式，建構了自我的故事。姥爺成了真正的主角，在故事中的一舉一動，備受關注。他選擇喜歡的情節，自由組合，而在細節敘述過程中，成功建立起一己獨特形象。他有自身的原則、堅持、勇氣。故事不僅改寫了他原本在孫女心目中的形象，最重要的是，他找到自我的價值——三十年禁閉歲月中，可堪懷念或追求的人生意義。

四、敘述的力量——故事的象徵意義

吉爾・弗里德曼（Jill Freedman）及吉恩・庫姆斯（Gene Combs）指出，後現代主義不講求事物普遍規律，而著重事物獨有象徵意義。[13] 姥爺的故事，也可以從這種後現代觀點切入。與其他政治犯不同，姥爺從不向人訴說牢獄之苦，有時甚至強調外面有的，裡面也有。後來，與孫女對話，他詳細訴說的，也並非抽象的情感內容。他通過說故事，把對親情的執著及勇氣表達出來。故事背後隱藏的，是獨特的生命觀照。這種自我建構的內容，毋須與現實吻合，亦毋須合乎邏輯規律。更值探究，為故事隱含的象徵意義。孫女投入姥爺的演述時，側重的便是這一象徵意義。因此，當姥爺女兒直指姥爺所述不實，孫女即表示：

> 「我狠狠地要求媽，不准她把實話講給姥爺。讓老人到死時仍保持這誤會；讓他認為他為女兒曾做過的一個壯舉。『其實那部電影上的是不是妳；他看見的是不是妳，都無所謂！』」（頁51-52）

「壯舉」的意義，在於它是姥爺心目中的自我肯定——一種為親情而不惜犯險的勇敢形象建構。「壯舉」內容情節與現實是否吻合無須考究，重要的是當事人如何堅守親情，抵抗被政治無理剝奪的人倫關係。姥爺以細緻敘述，獨有故事，打破政治強制下生活的千篇一律。從象徵意義來看，這是對無理剝削的個人反抗，亦是素來被視作逆來順受者，在政治大潮流下的吶喊姿態。當政治把人從形式上隔絕於親情之外，這樣為了一睹女兒戲中影像而不惜冒死犯險的故事，在娓娓敘述話語帶動下，成就了敘述者一生難得的英勇事蹟。

此外，姥爺的「壯舉」是以講故事方式表達，而故事本身的特性，更提供了讓人較易接受的想像空間。亨利・克洛斯（Henry T. Close）指出，故事往往比客觀陳述更為可靠。故事以隱喻形式呈現，有自身獨特的藝術準則。隱喻讓人貼近真實，不同於訴諸權威的邏輯。邏輯只會引起反抗或被動接受，而隱喻讓人認同講述者之餘，更可以想像方式建構世界。[14] 孫女在聆聽姥爺故事過程中，與姥爺產生了親近感覺，便不能不歸功於故事的力量。然而，我們不必就此認定孫女與姥爺理解的故事完全相同。故事引人入勝，是因為具有想像空間。孫女自有獨特的感受。當姥爺在自我敘述中「出生入死」時，孫女產生的是以下想法：

> 「姥爺去看電影中扮演次要角色的媽媽，因為媽在銀幕上是和悅的，是真實的，姥爺能從銀幕上的媽的笑容裡，看見八九歲的她——他最後鎖進眼簾和心腑的女兒形象。」（頁52）

孫女的體會，為姥爺敘述的故事提供了另一演繹空間。其實，即使同一人，每次聆聽故事，均可產生新的想法。歸根究底，這正是故事敘述的重要意義。

◆注釋

1 嚴歌苓：《人寰》（臺北：時報文化出版公司，1998），頁1-266。
2 嚴歌苓：〈我不是精靈〉，《少女小漁》（臺北：爾雅出版社，1993），頁153-193。
3 嚴歌苓：〈老囚〉，《風箏歌》（臺北：時報文化出版公司，1999），頁30-52。
4 a. 尤娜、楊廣學：《象徵與敘事：現象學心理治療》（濟南：山東人民出版社，2006），頁130-131。
b. Jill Freedman, and Gene Combs, *Narrative Therapy: The Social Construction of Preferred Realities* (New York: W. W. Norton, 1996) 44, 46.
5 詹姆斯・彭尼貝克（James W. Pennebaker）指出，在逆境時，我們會想向別人訴說自身遭遇，而這種內心感受的表達，使雙方關係更形密切。
James W. Pennebaker, *Opening Up: The Healing Power of Confiding in Others* (New York: W. Morrow, 1990) 124.
6 James W. Pennebaker, *Opening Up: The Healing Power of Confiding in Others* (New York: W. Morrow, 1990) 124.
7 James W. Pennebaker, *Opening Up: The Healing Power of Confiding in Others* (New York: W. Morrow, 1990) 37-40.
8 劉小楓：〈引子：敘事與倫理〉，《沉重的肉身——現代性倫理的敘事緯語》（香港：牛津大學出版社，1998）頁12。
9 Michael White, "Family Therapy Training and Supervision in a World of Experience and Narrative" *Experience, Contradiction, Narrative & Imagination: Selected Papers of David Epston & Michael White 1989-1991*, ed. David Epton and Michael White (Northfield: Dulwich Centre, 1992) 80-91.
10 周志建：〈從故事中找到生命的出口〉，《故事與心理治療》（亨利・克羅斯著，劉小菁譯，臺北：張老師文化事業公司，2002），頁13。
11 Henry T. Close, *Metaphor in Psychotherapy: Clinical Applications of Stories and Allegories* (Atascadero: Impact, 1998) 4.
12 周志建：〈從故事中找到生命的出口〉，《故事與心理治療》（亨利・克羅斯著，劉小菁譯，臺北：張老師文化事業公司，2002），頁13。
13 Jill Freedman, and Gene Combs, *Narrative Therapy: The Social Construction of Preferred Realities* (New York: W. W. Norton, 1996) 21-22.
14 a. Henry T. Close, *Metaphor in Psychotherapy: Clinical Applications of Stories and Allegories* (Atascadero: Impact, 1998) 16-17.
b. 班雅明著，林志明譯：〈說故事的人：有關尼可拉・萊斯可夫作品的思索〉，《說故事的人》（臺北：臺北攝影工作室，1998），頁27。

** 全文2020年5月完成修訂，原刊於《論衡》6卷1期（2011年）。

男性敘述下的女性傳奇

——讀嚴歌苓〈倒淌河〉

摘要

本文以男性敘述下的女性傳奇為題，剖析嚴歌苓小說〈倒淌河〉。論文探討作者如何通過男主角何夏的敘述，凸顯阿尕這一女性角色。阿尕的神秘、醜與美及對何夏的深情等，均為論文研析範疇。其中，何夏的男性敘述者身分，阿尕被敘述的命運，以及兩者互動下帶出的意義，更為其中討論重點。

一、女作家的女性故事

嚴歌苓的小說，無論是早期《綠血》、《雌性的土地》到後來《第九個寡婦》、《一個女人的史詩》等，均可發現女性的強烈聲音。[1] 這些小說，常見對女性人物的美好描寫。作者從不諱言自己的女性身分，一直為女性發言，而藉同性之便，更能以細膩及自我建構的想像方式，塑造出至情至性的女性角色。〈倒淌河〉[2] 這一短篇，最叫人回味的，仍是從黑暗蠻荒中走來，最後又消失得無影無蹤的女主角——阿尕。

嚴歌苓對女性角色的情有獨鍾，可見對小漁及扶桑等的描寫刻劃。[3] 在作者情深纏綣下，這些角色突破了環境對人性的限制，表現出女性最大柔韌，為人性提升作出良好示範。〈倒淌河〉的阿尕，再次體現了嚴歌苓這一敘述傾向。阿尕堅執的愛，貫串全書，成為可貴人格的演繹。她忽而出現又消失，彷彿成了男性身歷的傳奇，讓人無法追蹤之餘，又留下不可磨滅的印象。

二、男性敘述下的女性傳奇

男性看人，女性被看的兩性關係，是女性主義恆常挑戰的課題。應用到文本敘述策略上，如何扭轉女性被敘述的命運，掌握發言權，是女性主義作家努力奮進的方向。在〈倒淌河〉中，男主角何夏敘述自己如何走向蠻荒，其中又添加了水利工作從失敗到成功的經歷。這樣的情節內容，自易被歸類為男性冒險歷奇。然而，在作者巧妙安排下，女主角阿尕，同樣成為故事重心。文本中被敘述的命運，並沒有掩蓋阿尕的光芒。她成了傳奇，向我們再一次印證作者對筆下女性人物的偏愛。

男主角何夏的不斷追憶、反省，帶出女主角阿尕原始純樸、感情真摯的性格特色。一條倒淌河，象徵男主角命運起伏之餘，同樣為女主角生命寫照：

> 「我萬萬沒想到會有這樣一條河，它高貴雍容，神秘地逆流。」（頁205）

倒淌的河，除喻示男主角如何從文明退回原始世界外，也同時改寫了男、女主角命運。兩人初次相遇，即在河邊，糾纏不清的關係亦由此開展。從二人相處來看，男主角何夏明顯位處主導。阿尕的情有獨鍾，成為何夏可以肆意妄為的倚杖。何夏身為故事敘述者，本來正好帶出其強勢地位，然而，在作者安排下，他的憶述，反而更凸顯阿尕這一女性角色。阿尕雖是被敘述，卻並未影響她在故事裡的重要位置。通過男主角的觀察與描寫，她的深情得到深刻演繹，而那不可解的神秘力量，越發增添她的傳奇色彩。

三、何夏觀照下的阿尕

（一）黑色，美麗的顏色——阿尕的醜與美

何夏走到倒淌河岸這種落後地區，遇上阿尕。在所謂文明人的審美眼光打量下，阿尕被界定為「醜女孩」（頁203）。何夏更恣意打擊她的自信，屢屢表示嫌棄。對比另一女性角色明麗肌膚的嫩白，阿尕粗黑的蠻荒特質更顯突兀。黑色成了落後，沒有文化的標誌。隨著與阿尕相處，何夏卻逐漸調整自身看法：

「我要想把阿尕看成美人兒，那她就是。我願意她迷人可愛，她就迷人。什麼東西，只要願意，你就可以信以為真。」（頁267）

為了討何夏歡心，阿尕不惜承受肉體痛苦，在河裡用棕刷猛力洗刷。阿尕願意為愛人承擔苦痛的精神，使何夏改變了原有看法，重新體認美麗的內涵意義：

「我一步一步，一點一點，看清她，頭一次認識到黑色所具有的華麗。……一份古老的、悲壯的貞潔就在我身後。我嫌棄過它，因此我哪裡配享有它。」（頁270）

人的高尚情操，突破膚淺皮相局限，化成力量，提升了審美層次。一向以文明進步自居的何夏，在阿尕精神感召下，不得不自慚形穢。

（二）阿尕的神秘力量

男尊女卑刻板兩性關係，以至其他二元對立模式，是傳統父系社會常見特色。埃萊娜・西蘇（Helene Cixous）與卡特琳・克萊門特（Catherine Clement）曾列舉各種相對關係，譬如主動（Activity）／被動（Passity）、太陽（Sun）／月亮（Moon）、文化（Culture）／自然（Nature）、日（Day）／夜（Night）、父親（Father）／母親（Mother）、理性（Logos）／情感（Pathos）等等。[4] 延伸下去，兩性性格特徵很容易便被簡化類推為互為對立，就如林樹明於《女性主義文學批評在中國》一書所列例子：社會／自然、理性／直覺、精神／肉體、宗教／巫術、施虐／受虐、明確／混亂、粗魯／文雅。[5] 各種相對關係帶出的相異特徵本沒有優劣之分，但在父權制度影響下，由此衍生附會的兩性特徵，往往帶著男性優勢印記。所謂自然、直覺、肉體、巫術等女性特徵，成了現代社會所輕視或低貶的特質。

在〈倒淌河〉中，何夏與阿尕分別演示了上述一些男性及女性特徵。何夏亦享盡男權社會優勢。阿尕對何夏的愛戀，一度成為何夏可以肆意發揮自身男性優勢的憑藉。然而，隨著故事發展，何夏逐漸領略到對方潛藏的精神力量。一直為男權社會輕蔑的女性特質如直覺、巫術等，體現在阿尕身上，並非無稽幻想，反成可驗證的神秘力量。何夏在阿尕面前，處處以文明啟導者自居，但一遇危機，每每因後者營救才能脫險。阿尕憑著直覺、本能，預知災難。神秘的預言能力，並沒有導向荒誕層面，而只是進一步説明她對愛的堅執。雖明知會受傷，但無礙她拼死保護愛人的決心：

> 「她心裡已經有數：這一切不過是與她神秘的預感漸漸吻合。她知道有個女子將跳上去，像隻孵卵的猛禽那樣衰弱而凶狠地張開膀子。一個披頭散髮的美麗肉體，隔開一群黑色的圍獵者。她知道，那肉體將是她。」（頁279）

男性扮演拯救者的慣見英雄救美故事，由此主客易位。母性潛藏的神秘能力，成為逆轉契機。女性變成了拯救落難英雄的主角。迫近的圍獵者，激發出女性的意志力量。阿尕為保護所愛，義無反顧以一己弱小身軀，阻擋外來猛烈攻擊。黑色肉體，再一次凝聚及展示耀眼光華。承受苦難無疑能提升生命意義及價值。[6] 阿尕為了心上人，一力承擔苦難，引發出個人魅力，成就了美麗光彩。以下敘述，正好説明阿尕早已預知苦難：

「她閉上眼，看見一個骨瘦如柴、衣衫污穢的女人，背著孩子，拄著木棍，一步一瘸地在雪地上走。這個殘疾的女人就是她。她看見了自己多年後的形象。這種神秘的先覺，只有她自己知道」（頁270）

禿姑娘也一再告誡她，只不過阿尕仍以命定為由，堅決為所愛勇闖虎穴。此外，小說其他細節，亦不時強調阿尕神秘的直覺能力。何夏便推想阿尕明白他的說話，是由於不可解釋的自然本能：

「她對他的話多半靠猜。誰知道呢，恐怕聽懂他的話靠的並不是聽覺。」（頁220）

即如對素未謀面的情敵明麗，阿尕一下子便能感應對方存在：

「阿尕一眼就看見白晃晃的面孔。她的感覺先於眼睛，認出了這個漢族女人是誰。」（頁255）

至於啞謎般的身世，亦造就了阿尕神秘一面。從小與有特殊能力的禿姑娘為伴，阿尕本身自亦有著不可解的神秘特質。在何夏面前，阿尕曾以「女妖」自我比附，也在有意無意間，製造了特殊詭秘氛圍。最後，阿尕離開何夏，而無論何夏如何努力追尋，也無法再找到她。她身邊的人，都異口同聲表示沒有此人。她恍如謎一樣，從未存活過。

（三）何夏對阿尕的「需要」

故事中，何夏遇到挫折，退居草原。趣味索然的生活，在何夏遇上阿尕後，發生變化。阿尕成為他的生存動力，他的

「需要」。對何夏來說，「需要」就是「根本」，就是「生」，亦即「死」的對立。（頁208）從遇見阿尕開始，何夏找到生存憑藉：

> 「我希望她身上那些活東西給我一點，我摟得她死緊，為了得到她的氣，她的味兒，她動彈不已的一切。我背後就是那個死，因此我面對面抱住她，不放手也不敢回頭。我一回頭就會僵硬，冷掉，腐爛。」（頁203）

阿尕一直以來，均在扮演保護者角色。何夏卻一直不肯承認。一次，他還未弄清楚倒淌河水流狀況，即貿然投身河中測試，最後幸獲她相救，才得以脫險。然而，理智上他不容自己接受被拯救的位置角色：

> 「當然，我不承認是她把我打撈上岸的。雖然她的確在呼呼地喘，長髮上和全身的水淌在河灘上，淌成一條小溪。」（頁218）

這種情況，一如他抗拒與阿尕發生感情一樣。為了逃避日漸親密的關係，他經常在語言行為上攻擊她。打擊背後，所倚恃的不外仍是自以為是的文化優勢。換句話說，何夏雖身處落後地區，意識上卻不能擺脫以文明自矜的心理包袱。從另一角度來看，我們正好由此看清楚他其實無能擺脫與阿尕的關係，因而以貶抑對方來拒絕情感召喚。試看以下一段：

> 「我按捺不住了，跳下馬。……我抱住她的時候，突然又改變了主意。她躺在那裡，急切地看著垂頭喪氣的我。我

> 用很低很重的聲音說：去，你好歹去洗洗。她慢慢坐起來，又站起來。走了。」（頁268）

情慾難耐，欲迎還拒之間，一再說明的仍是何夏意識上如何努力把持自己，不由自我「墮落」的所謂文化倨傲。後來，在阿尕不顧一切付出後，他終於深受感動：

> 「這具僵屍在這裡瑟瑟發抖，淚水在他血腫的臉上亂流。我的阿尕，我的阿尕。」（頁280）

危難之中，對方捨命相救的忘我精神，讓他不由不受到感動而淚流滿臉。

四、結語

全篇小說一直以男主角的回憶為脈絡，帶出女主角在男主角生命中留下的深刻烙印。敘述是以男主角向大家講故事的方式呈現。這種個人經歷的演述，往往難以避免帶著憶述者當下的主觀想像、感情。阿尕這一女性角色得到情深演繹，卻正由於憶述者帶著強烈個人情緒。阿尕失去蹤影後，何夏開始懷疑阿尕是否確實存在過。從回憶的主觀角度來看，阿尕是否真有其人已非關鍵。重要的是，她的痕跡早已經由敘述者的回憶記存，並經由講故事方式，流傳下去。

任何文學創作，都得依靠語言敘述。敘述角度往往透露了作者的感情傾向。敘述者雖不同於作者，但作者的性別特徵仍會不時影響敘事者的視角和價值取向。[7] 嚴歌苓作品中，作者的女性身分顯而易見。她對女性人物的深情演述，往往成為作品重要特徵。〈倒淌河〉亦可說用了「性別置換」的敘述方式，表達出作者對女性價值的確認及傳揚[8]。在這篇小說中，作者的性別不同於敘述者。作者是女性，敘述者是男性。隨著這一看似客觀的男性敘述者的觀察、陳述，我們領略到的卻更是女主角可貴的情操。

表面來看，男主角的故事，恰如一重生故事。他在失意低落時，離開熟悉居地，走到落後地區生活，最後經過重重波折，有所成就地回歸。阿尕這一女性角色則恰如其份地扮演了輔助者角色。從男主女從的傳統父權角度來看，何夏與阿尕正好反映了兩性關係的典型模式。在何夏面前，阿尕顯得地位低微，加上不惜犧牲也要保護對方，而最後又悄然引退，在在都指向所謂的傳統婦德。然而，正如前面討論所指出，因為作者的敘事手法，我們反更易為阿尕這一角色吸引。她雖處於被敘述位置，言行卻令敘述者不得不自我反思。她以自身苦難迫使別人改變視野，提升個人情操。男主角的精神世界因此受到衝擊而延展拓闊。

◆注釋

1 a. 嚴歌苓：《綠血》（北京：解放軍文藝出版社，1986），頁1-486。
b. 嚴歌苓：《雌性的土地》（臺北：爾雅出版社，1993），頁1-486。
c. 嚴歌苓：《第九個寡婦》（臺北：九歌出版社，2006），頁5-362。
d. 嚴歌苓：《一個女人的史詩》（長沙：湖南文藝出版社，2006），頁1-258。

2 嚴歌苓：〈倒淌河〉，《倒淌河》（臺北：三民書局，1996），頁201-292。

3 小漁及扶桑分別為〈少女小漁〉及《扶桑》的女主角。
a. 嚴歌苓：〈少女小漁〉，《少女小漁》（臺北：爾雅出版社，1993），頁25-53。
b. 嚴歌苓：《扶桑》（臺北：聯經出版事業公司，1996），頁1-278。

4 Helene Cixous, and Catherine Clement, *The Newly Born Woman*, trans. Betsy Wing (Minneapolis: University of Minnesota Press, 1986) 63-64.

5 林樹明：〈邁向性別詩學〉，《女性主義文學批評在中國》（貴陽：貴州人民出版社 1995），頁393-394。

6 Edith Hamilton, *The Greek Way* (New York: Time Incorporated, 1963) 211-213.

7 林樹明：〈「兩性共體」解析〉，《女性主義文學批評在中國》（貴陽：貴州人民出版社1995），頁380及384-385。

8 林樹明：〈「兩性共體」解析〉，《女性主義文學批評在中國》（貴陽：貴州人民出版社1995），頁384。

** 全文2020年5月完成修訂，原刊於《世界華文文學論壇》（2003年12月）。

錯失的青春歲月

——讀嚴歌苓〈我不是精靈〉

摘要

本文探討嚴歌苓短篇小說〈我不是精靈〉。這一作品藉著少女穗子的愛情及成長故事，演繹政治運動中受盡折磨的畫家韓凌的受創人生。論文首先剖析小說如何通過狗有情而人無情，帶出韓凌對人性的徹底失望；繼而解說穗子的青春活力，如何反襯韓凌錯失的歲月。論文最後則指出，穗子的「精靈」形象，自我構築的愛戀世界，如何觸動韓凌，讓他重拾藝術創作熱情。

一、年輕的敘述者

嚴歌苓小說的魅力，不能不歸功於敘述的力量。[1] 嚴歌苓喜用女性敘述者，〈我不是精靈〉[2] 的年輕女主角穗子，便同時是故事敘述者。她講述的，是自我的成長：

> 「那事過去十年了。許多人說我幾乎是一夜間長大的，從那事以後。」（頁153）

穗子經歷對年長男性的愛戀後，突然明白到真正的感情需要，毅然抽身，改選與自身年齡相若，性情相投的對象。從這一角度來看，穗子為故事重心所在。她不但是敘述者，而且在講述自我的故事；其他人的遭遇，彷彿只成了故事背景。論者王卉即把〈我不是精靈〉解讀成「女性的獨立和自我意識」的表現。[3] 本文希望把研究焦點轉移一下，從被敘述對象入手，集中探討男主角的經歷。遠較女主角年長的男主角韓淩，年輕時已是成名畫家，一場政治運動，卻推翻了他的成就。少年得意的畫作，一下子被貼上反動標籤。走過從「敵我矛盾」到「人民內部矛盾」的階段，畫家年華老去，更帶著一身傷殘疲累。年輕敘述者就為畫家演述這一錯失的歲月。

二、「莫名其妙」的歲月

通過穗子的追尋探索，韓淩被思想改造那段日子得到重整再現。敘述帶動下，年輕畫家受肆意侮辱、摧殘的場面，一幕幕重現讀者眼前。韓淩很早成名，被紅衛兵揪出遊街才二十七、八歲。

年輕畫家受到了從身體以至人性尊嚴的徹底羞辱。藝術家的手，赫然成為攻擊目標，手指給人放在腳下踹，最後全身嚴重受創：

> 「落掉三十公斤體重；頭被不負責任地剃過，又長出，變得深一色淺一色，參參差差；被打殘的手蜷著，被杵掉牙的嘴癟著」（頁162）

被囚期間，韓凌肉體備受蹂躪外，承受的精神打擊更不在話下。與文革中被揪鬥的其他知識分子一樣，他變成了「不可接觸者」。[4] 在人人自保下，妻子亦提出離婚。最後，連看望女兒的權利也給剝奪了。人人遠離的下場是無邊的寂寞。對年輕的韓凌來說，寂寞是最難以承受的痛苦。寂寞帶出了非僅為無人與伴的形體孤獨，更是被排斥放棄的心理苦痛。韓凌便曾因寂寞險些結束生命。

韓凌必須承受一切，是因受到反動指控：

> 「他的罪是曾在每幅畫裡都藏著一幅反動標語。」（頁161）

後來獲得平反，是由於指控者改變了詮釋角度：

> 「現在搞清了，他畫中莫名其妙的線條僅僅是莫名其妙的線條。」（頁161）

指控原來沒有客觀標準，內容可隨時改變，隱含的荒謬也就不言而喻。值得反思的是，無論如何，被控者早已受盡凌辱。指控內容可以任意轉換，已受摧殘的身心卻無法不留痕地全然康復。

三、人與狗

敘述者在記述韓凌獄中生活時，也帶出了韓凌與狗的感情。其時，友好至親，紛紛捨男主角而去。因受虐而外貌遽變，固然解釋了別人認不出他的原因，但人如何因政治形勢而變得冷漠無情，更是其中關鍵。敘述從人無情，帶出了狗有情。說狗有情，是說人無情。

遙遙相隔三年，無礙狗對韓凌親近之心。一飯之恩，讓牠銘記。儘管他早已被折磨得慘淡枯槁，無人敢近，亦讓人無法辨認，牠卻一下便認出了。棒打制止，阻礙不了牠親近；力量微弱，同樣改變不了牠誓死保護的決心：

> 「在狗類無表情的臉上，他看出它三年來對他真切、痛心的懷念；他相信它從未忘記過他，儘管他已被毀盡了原樣……他被木棒捅吃得不消了，它卻不懂，仍是固執地要挽留他。……它反身一口叼住了木棒，四爪生了根一樣定在那裡，憑另一條木棒怎樣朝它身上橫掃豎抽。……它終於倒下去，血從它嘴裡流出來。……它似乎已死去，身體扁扁地癱在地面上，而每當他喚，它便吃力地支起頭顱，盡量歡快地搖兩下尾巴。」（頁162-163）

嚴歌苓善用抒情描寫渲染氣氛的手法，[5] 在這一段中表露無遺。排句的特意運用，訴諸於細緻的表情動作，不住絮絮傾訴，迴盪的是人狗互相扶持，不願捨離的真摯感情。狗成為韓凌唯一感情依靠。只有從牠身上，他才感受到溫暖。然而，這樣一點感情依託，最後見證的是更大的精神失落。當他意識到狗被宰殺而僅剩下狗皮時，心靈受到巨大衝擊。他從此畫不出人來。這種畫不出人的心理障礙，是心理創傷的外在寫照，刻寫的是人不如狗的人性乖謬。

四、錯失的青春歲月——我不是精靈

小說情節推動下，女主角如何在感情摸索過程中，認清自我需要的往事一步步披露。穗子青春亮麗，敢愛敢言，充滿朝氣。相對來說，被敘述的韓淩則暮氣消沉，委靡不振。韓淩這種被敘述的身分，正好配合他那被動消極的性格。在一個敘述，一個被敘述；一個主動，一個被動的相對關係上，他彷彿成了青春少女成長背景的一道風景。他的存在，恍如為了見證少女的感情歷練。然而，只要我們把研究角度調整一下，未嘗不可從這種所謂被敘述的背景身分加深對韓淩生命的認識。透過與未受戕害的年輕生命比較，韓淩所受的傷害更加得以彰顯。青春不再，已逝歲月在少女朝氣蓬勃的生命映襯下，益顯無法挽回的沉重。

小說通篇，有不少片段比較穗子與韓淩性格行為的不同。穗子堅持畫人，說明對人抱持信心；韓淩不再畫人，顯示生命受挫後對人不存希望。穗子的敢作敢言，勇於改變盡見於她與父親關係上。最初她一廂情願，一直責怪父親離開媽媽。與韓淩交往後，她對感情有了新體會，便改變想法，向父親直接表明，不再干涉父母的事：

> 「你和媽的事，我全懂了，我不再干預。」（頁192）

意向表現清晰，絕無猶疑。一如她對韓淩，愛或不愛，態度明顯，縱然惹來背叛之嫌，亦不會退縮。對爸爸的詰問，她直截了當表明：

「我愛他，現在發現我也愛自己……。如果您想知道得更詳細些，你可以看我給他的那封信，我把整個變化過程都告訴他了。假如人們願意把那叫作背叛，就叫去吧。」（頁192）

相對來說，韓凌則顯得被動退縮。文革後，韓凌恢復了名譽，由不可接觸者成為極可接觸者。霎時間為他做媒說親者眾，畫作亦受推崇。他心裡明白這些人其實不懂他，更不懂他的畫，卻從不斷然拒絕。以下一段，穗子便以年輕觸覺，捕捉韓凌讓人抬捧，但內心無奈的神態：

「人們擁著他往小飯廳走時，他回頭朝我疲憊地笑笑。他仍是那副溫和而被動的樣子：接受人們的崇拜，卻毫不拿它當真。」（頁184）

對於與穗子的感情，他在接受與不接受間，遲疑不決，心底一直未能放下昔日傷痛。文革雖已過去，但對受創者造成的心理陰影並未就此消失。被挫傷的青春，正如那被毀手指一樣，永難修復。穗子擁有「完整無缺」的青春，可以坦然面對世界，要愛就愛，要斷就斷。韓凌則永遠帶著青春受創烙印，不能亦不敢再投入感情世界。穗子雖無法完全撫平他的心理創傷，卻成了傾訴對象，讓他可藉著語言表達內心抑壓：

「女人們追逐著我。追逐著我身外的一切；功名、財富……唯有你是不同的。我早死了這條心——愛誰或被誰

> 愛，說得再明白些：我看透了也恨透了人。我開始愛你，因為我不相信你是個人，你是個精靈。」（頁188）

青春純潔的她，最後被韓凌視作精靈。他為她收集花朵，最後落實成為書中三千種花卉圖案：

> 「全是變形誇張了的，誇張得那樣浪漫、大膽，真是美極了。」（頁192）

穗子再次激起韓凌的藝術想像及創造力。逝去歲月難以追回，美好人生過去就過去了；穗子這一精靈角色卻為他再一次演繹了青春的激情活力。小說中有不少篇幅敘述穗子自我構築的愛情世界。她對韓凌的戀慕，主要來自想像。看似義無反顧，勇往直前的愛戀，落實成了喃喃自語的情書。這些情書，不但注滿自我想像的深情，更連對方可能反應都在書寫者的想像及敘述範圍內：

> 「他笑。他不動聲色。他沉思默想。……那字跡真切地有了聲音一樣：『我是為著你悲慘的故事而走近了你……讓我負荷你不勝其累的苦難……我將無怨地替人們贖過，將承受你衝天的委屈。』……他頭也痛起來。……他的眼有一點濕潤。」（頁166-167）

這樣充滿感情創造力的年輕女主角，終於喚回男主角創作的生命力。穗子是否承認一己為精靈非關重要，重要的是，她是韓凌精神上的精靈——代表了遠離現實的純潔淨土，讓他受傷的生命得以療治棲止。

◆注釋

1 a. 柳珊：〈闡釋者的魅力——論嚴歌苓小說創作〉，《當代作家評論》，91期（1999年1期），頁38-45。
   b. 李仕芬：〈敘述者的心事——抒情敘述下的《扶桑》故事〉，《論衡》，5卷1期，2003年，頁62-72。
2 嚴歌苓：〈我不是精靈〉，《少女小漁》（臺北：爾雅出版社，1993），頁153-193。
3 王卉：〈在愛情和自我之間的選擇——解讀《我不是精靈》〉，《華文文學》，49期（2002年2期），頁44。
4 季羨林：《牛棚雜憶》（香港：三聯書店，1999），頁176。
5 李仕芬：〈敘述者的心事——抒情敘述下的《扶桑》故事〉，《論衡》，5卷1期，2003年，頁62-72。

** 全文2020年5月完成修訂，原刊於《香港文學》（2007年3月）。

審醜

——嚴歌苓〈審醜〉解讀

摘要

本文探討嚴歌苓短篇小說〈審醜〉。論文首先從醜與美的關係展開討論，指出近代理論，並沒有忽視醜的研究，而醜自有存在的重要美學意義。論文繼而從主角趙無定的觀察與敘述出發，帶出一拾荒老人的故事。當別人因老人老醜而輕蔑漠視時，趙無定卻長期探察老人的生活及情感世界，帶領我們從另一角度體味醜中之美。此外，趙無定與老人這一審醜對象情感交流後，亦引發了同情與自省。這種情感上的改變，使審醜的意義得到更深入演繹，達到人文關懷的層次。

一、醜與美——從審醜說起

近代美學，已注意及醜。走過專注於美，而逐漸意識到不能忽視醜，標誌著美學研究視野的拓闊。威廉．李斯托韋爾（William Francis Hare Listowel）在美學專著中，即肯定醜的存在意義，認為正好表現人格陰暗一面。[1] 葉朗論及中國美學源流時，同樣認同醜的價值。他甚至指出醜比美更適合表現艱難人生及胸中勃然不可磨滅之氣，表現出更大生命力量。[2] 這樣的美學研究趨向，反映的未嘗不是一種人文關懷。

嚴歌苓的小說一向關注弱小，在〈審醜〉[3] 中，即從醜的美學範疇出發，通過對醜的描寫，表達對生命的關懷。小說開首，即不忘宣示「高一層的審美，恰是審醜」（頁79）的基本前提。這個前提，奠定了故事內容的基本視野。投身藝術的敘述者趙無定，以累積的美學與人生經驗，為我們「審醜」。通過這一過程，敘述者引發了同情與自省，恰恰又提升了自我的人生美學境界。

二、童稚的審醜

〈審醜〉內容開展，主要依靠趙無定多年觀察。他從小即留意大清早便開始檢拾垃圾的老人。他以小孩的天真目光，迫使我們正視老人的存在。因為趙無定的好奇，成人世界裡已遭遺忘的老人[4]，才有「現身」可能：

> 「誰也不會像無定那樣無聊，去研究一個糟老漢，以及他一雙奇大的、一行走便相互搗亂的腳。誰也沒心思去留神

> 挪著這雙腳在幾隻垃圾箱間認真忙碌的形影有多麼滑稽和淒涼。」（頁83）

童稚目光，未被世俗污染，擺脫了對老者漠視的常有思維習慣。敘述內容卻非僅僅停留於表面，而是安排趙無定進一步觀察。滑稽與淒涼的表述，反映出老人動作背後那讓人難以化解的心靈沉痛。

趙無定不但對老人有以上觀察，而且注意到老人與孫兒小臭兒的關係，因而可說為老人以後的遭遇先作鋪墊：

> 「老頭低躬的身體和前伸的嘴使無定想起那類尊嚴都老沒了的老狗。老頭閉了眼，張開嘴，大聲地『啊嗚』一下，卻連糖的毫毛也沒去碰。小臭兒怔一怔，馬上笑得咯咯的。是那樣鬆心的笑；意外自己安然度過了預期的大難。」（頁85-86）

俯首甘為孺子牛，老人對孫兒的疼惜溺愛，溢於言表，與孫兒只顧己利行為，恰成明顯對照。童稚間的了解，成為趙無定看透小臭兒的憑藉。趙無定的觀察感知，預示了老人以後被遺棄的命運。

三、成年的審醜

趙無定在政治風雨下成長，二十七歲左右，成為父親任教的美術學院學生。這時老人為了應付孫兒苛索，接下美術學院裸體模特兒差事。成年的趙無定，在人體寫生課堂，目睹老人赤裸的身體：

> 「爬過網著深藍血管的小腿，膝蓋輪廓唬人的尖銳。然後是那雙大腿，皮膚飄蕩在骨架上。他目光略掉了那昏黯、渾沌、糟污污的一團，停在那小腹上。小腹上有細密精緻的摺縐，對於如此的一副空癟腔膛，這塊皮膚寬大得過分了。無定沒有去看他的臉，那張臉已朽了，似乎早該被他自己做為垃圾處理掉了。對於那張臉，『不幸』該是種讚美的形容。」（頁88）

醜陋的身體，如此赤裸裸地擺在眼前，讓趙無定無法逃避。他難以釋然，心情變得沉重。在這種心理負荷下，他無法完成畫作。醜陋的身體，反映出老人的過往，觸動了趙無定對人生的體會及聯想。老人一生淒苦坎坷，透過赤裸身體，毫無遮掩，呈現人前，讓人無法迴避。苦澀不幸，濃得化不開地凝聚在老人身上，以老醜形態表現出來。「醜」成了證實存在的唯一「質地」。[5] 趙無定無法以畫圖展現老人的醜；卻改以另一形式，即透過觀察與語言敘述，同樣把身體醜極而變得沉重的豐富意涵呈現。

四、醜中之美

中國儒家思想一直強調人的修養，這種內在修為可使醜中有美，換言之，即是以善良品格及心靈智慧，超越外形的醜。[6] 趙無定一方面極力描寫老人外形老醜，並顯示其貧困潦倒；另一方面又以親情表現其內心之美。這種對內心品性的強調，可說一如維克托・雨果（Victor Hugo）筆下對敲鐘人伽西莫多（Quasimodo）的推崇。這一西方小說角色讓人認同，便是由於醜陋外形下內藏善良性格。[7]

在〈審醜〉中，老人經常避見他人，獨自默默苦幹，往往為了孫兒，才不得不與人接觸。老人第一次直上趙無定家討公道，便是由於認定趙無定欺負小孫兒。最後為應付孫兒不斷苛索，老人更不惜一再當上裸體模特兒。要注意的是，本來老人並不願意把身體裸露人前，只是為了孫兒，才答應這樣的工作。老人後來向趙無定乞求差事時，更有以下表態：

> 「你不用說，我知道我現在老得就剩下渣兒了，走了樣了，沒法看了。你跟學校說說；要是給別人十塊，給我八塊就成。」（頁93）

老人自覺不中看，仍不惜向人自薦，凸顯的自是其中的悲哀、無奈。從審醜對象的角度來看，我們可以得到進一步啟發。審醜過程中，當對象為有生命個體時，我們應如何看待或處理其中可能涉及的互動關係？趙無定仍為美術學院學生時，面對老人赤裸身體所產生的強烈感覺，便是源於多年的生活觀察。他無法像其他學生一樣，把老人純粹當作寫生工具，而不涉及感情交流。這種心靈負荷，令他無法完成課堂練習。從另一角度看，他卻是最能體會醜內涵意義的人。審醜學說流行起來，老人變得越受歡迎。趙無定看著一幅幅以醜為題的畫作，感覺比其他人都來得直接、深刻：

> 「大的畫幅上，那醜濃烈、逼真得讓人噁心。」（頁94）

而在現實世界中，趙無定則延續了畫圖中對老人的觀察：

> 「晚秋，老頭又出現在灰色的風裡，顛顛簸簸追逐一塊在風中輕捷打旋的透明塑料膜。他對無定說，小臭兒有了鋼琴，也有了媳婦。他們交談的時間裡，無定突然發現不少

陽臺上出現了人。人陰沉地，默默地俯視著他們。準確些說，俯視老頭。每張臉都板硬，盛著或顯著或含蓄的噁心。」（頁94）

老頭讓人裸體畫像，讓孫兒有了「錚亮」（頁94）的家具、「錚亮」（頁94）的媳婦；然而，在趙無定目光下，老人面對的只是「灰色」黯淡的前景。風中笨拙地追逐塑料膜的卡通形象，映現的是老人的日常生活，帶出的則是他那「不錚亮」的一生。「不錚亮」的一生自然也包括最後被孫兒遺棄的下場。在故事中，老人一直默默努力工作，意識到別人厭棄時，亦只會盡量迴避。只有為了孫兒，他才會突破素來處事方式。老人由當初為小孫兒出頭，到最後被嫌棄，卻仍然在人前為他假造事親至孝形象，在在都說明對孫兒的疼愛維護，以及心底難以捨棄的親情冀盼。此外，趙無定母親為打發老人，曾送出冰糖，卻被老人視作大恩，時刻銘記，更一再說明老人單純的人際處事方式。簡單來說，老人醜陋外形背後，是對親情的無私與執著，意蘊深邃，成就了醜中之美。

五、由審醜引發的同情與自省

趙無定性格一向溫吞、缺乏幹勁，從來不會為一己爭取利益。他與妻子的相處，便盡顯他的消極湊合、退縮迴避。承認自我低能，即充份說明這種性格特徵：

「那都不影響他心裡死水一樣的平靜。她喊：『你低能！』死水便老老實實應道：『我低能！』『你屁本事沒有，全部能耐只讓你老婆孩子吃上口飯！』死水再如實

回應：『我全部能耐就只能讓老婆孩子吃上大白菜炒肉絲。』」（頁80）

如此「散淡」（頁93），心情恍如一潭死水，漣漪不興的人，卻因對老人多年觀察關注，牽動內心情感，最終引致自我改變。趙無定是故事中唯一能徹底審視老人的醜，引發同情的人。審醜過程中，他更產生自我投射，覺得自己和老人同樣為人輕視。妻子揶揄時，他的情緒立即受到影響：

「『跟樓下那垃圾老頭哥兒們去吧！你倆配，誰也不多沾誰的晦氣！』聽到這裡，他心裡發腐的平靜會動幾動。」（頁80）

為了維護老人，爭取更多利益，一向予奪由人的趙無定突破一貫低調作風，罕有地積極行動：

「無定為他爭取到的價碼是十五圓一小時。極散淡的一個無定不懂自己在討價還價時的激昂來自何處：對他自己的利益，他是一向任人宰割。」（頁93）

趙無定平常總任由妻子謾罵指摘，在涉及老人利益時，卻表現得異常堅持，一反平日的軟弱退縮。為了把酬金送上，他更親訪老人。最後雖只是得悉老人死訊，但在鄰人探詢下，仍不忘為老人圓謊，延續「孝子賢孫」的故事：

「老頭有個很好的孫子，孝敬，掙錢給爺爺花，混得特體面，要接爺爺一塊去住他的新公寓，要天天給爺爺包餃

> 子。但老頭不願去，老頭告訴街坊，天天餵他餃子的好日子他過不慣……『他真對他爺爺那樣好？』無定停了好大一會，說：『真的。』」（頁98-99）

一個虛托故事，與現實情節恰恰相反。一方面帶出了老人期望落空，以致藉著虛構故事實現夢想的無奈；另一方面也反映了趙無定能貼近審醜對象心靈，真正進入審醜世界。趙無定盡力為老人圓夢，即使所謂願望現實裡從未得以實現。

六、結語——審醜經驗

近代美學一個方向，即從醜的藝術中體會人生苦況。藝術理論只能抽象地闡釋老人身體典型的豐富意義：

> 「胸如何佝僂，肩如何抽聳著，兩胯如何前送，臉如何繁複，如何如何如何地，這具人體誇張、濃縮了勞苦謙卑的衰老，一種豐富的不幸。」（頁88-89）

趙無定則從多年人生體驗完成審美經驗。他以生活中對老人的審醜來完成審美歷程。他承認及正視醜的存在，沒有迴避，一路跟進老人的生活，把個入感情完全投入審醜過程中。其他美術學院學生，只會從藝術理論入手，而無視與審醜對象心靈上的距離。趙無定卻從情感出發，深一層發掘老人的醜指陳的意義：

> 「那是醜，是徹頭徹尾的醜，是宿命的醜。那醜醜得多麼悲慘，因為它絕對沒任何轉機和選擇地醜著。它只得那樣醜著，否則就什麼都不存在了。醜是唯一證實他存在的質

地。」（頁90-91）

他看出了切切實實的醜，更強烈感受到背後深刻含義。因能正視醜，才可從生活中闡釋其中意義。相對來説，其他人卻只把老人視為寫生對象，而單從表面外形予以描摹。衰敗身體像獨立存在似的，與寫生者不存在任何關係。老人恍惚沒有內在生命似的。

弔詭的是，因為審醜説的熱潮，老人忽然受「歡迎」起來。事實是，除了趙無定外，現實中並沒有人真正關心他。老人孫兒及孫媳婦、趙無定父母以至藝術學院學生等，無不嫌棄老人。藝術理論成了空話，沒有人真正從老人身上領略「勞苦謙卑的衰老」、「豐富的不幸」。藝術創作及鑒賞永遠停留在表面形相上。

趙無定是唯一能從老人身體以至畫圖上領略醜內涵意義的人。他看出這種醜展示的沉重人生。沉重得讓人承受不了，以至老人的死反而成為他人心靈的解脱：

> 「無定一點都沒有吃驚，反而鬆了口氣似的。這樣一個生命的消逝比它的存在更正常。這死讓一切嫌惡他的、憐憫他的、心痛他的人都鬆口氣。」（頁98）

趙無定通過深入觀察，從苦澀中體味人生，發揮醜的藝術，印證了美學家的見解，帶出醜可表現人格陰暗的一面。威廉・李斯托韋爾（William Francis Hare Listowel）指出，藝術及自然的醜，能引起不安以至痛苦。這種感情，和滿足混在一起，形成帶有痛苦的愉快。[8] 趙無定是否能達至痛苦而愉快的美學境界暫且不論，較為清晰的是，趙無定的觀察以至敘述，帶出了醜的存在。這樣的醜，讓人無法迴避外，更使人不得不反思醜與人生的關係，最後指向的，仍為深切的人文關懷。

◆注釋

1 William Francis Hare Listowel, *Modern Aesthetics: An Historial Introduction* (London: George Allen & Unwin Ltd, 1933) 194.
2 葉朗《中國美學史大綱》（上海：上海人民出版社，1985），頁128。
3 嚴歌苓：〈審醜〉，《少女小漁》（臺北：爾雅出版社，1993），頁79-99。
4 趙無定的母親便從來記不起「這個天天碰面的老頭」，有時甚至把老人倆爺孫看成「老小叫化子」。
嚴歌苓：〈審醜〉，《少女小漁》（臺北：爾雅出版社，1993），頁83。
5 a. 法國奧古斯特・羅丹（Auguste Rodin）的老妓雕像一向為人樂道，正是因老醜外形下，折射出豐富的人生內容。羅丹這一雕像，可啟發我們對〈審醜〉老人主角的了解。〈歐米哀爾〉，《羅丹雕像精選》（第一輯）（北京：外文出版社，1993年），第10幅圖片。
b. 蔣孔陽在〈說醜〉一文中，對於羅丹的老妓雕像有這樣的評價：「生活中的醜成為藝術中的美，不是醜變成了美，而是生活中的醜經過藝術的表現，變得更醜了。……羅丹在雕刻中深刻地揭示了歐米哀爾老年的這種醜，引起人們心靈的震顫，從而不能不驚嘆於他藝術表現的精美絕倫，不能不贊嘆他藝術的美。」
蔣孔陽：〈說醜〉，《文學評論》，1990年6期，頁37。
c. 熊秉明也表達了以下看法：「身體不再豐圓，肌肉組織開始鬆弛，皮層組織開始老化，脂肪開始沉積，然而生命的倔強鬥爭展開悲壯的場面。在人的肉體上，看見明麗燦爛，看見廣闊無窮，也看見苦澀慘澹，蒼茫沉鬱，看見生，也看見死，讀出肉體的歷史與神話，照見生命的底蘊和意義……。」
熊秉明：《關於羅丹——日記擇抄》（長沙：湖南美術出社社，1987年），頁101。
6 張法：《美學導論》（北京：中國人民大學出版社，1999年12月），頁112-113。
7 雨果：《巴黎聖母院》（北京：人民文學出版社，1982），頁3-574。
8 William Francis Hare Listowel, *Modern Aesthetics: An Historial Introduction* (London: George Allen & Unwin Ltd, 1933) 193.

** 全文2020年5月完成修訂，原刊於《中國海洋大學學報》（社會科學版）（2003年4期）。

扶桑與克里斯的愛情神話

——嚴歌苓的《扶桑》故事

摘要

本文剖析嚴歌苓小說《扶桑》。故事場景為19、20世紀的美國唐人街。表面上，《扶桑》鋪陳的只是流落他鄉的妓女與異族少年的浪漫故事。這一本來易落俗套的愛情傳奇，衝擊的卻是我們對中西文化的固有看法。女主角扶桑雖然社會地位卑下，卻一直全心全意演好自身角色。她表現的平和寬容、自足自適，改寫了一貫以來所謂強勢、弱勢的傳統固有觀念。

現今社會，男女關係日趨疏離、隨便，信誓旦旦、至死不渝的愛情越覺渺不可及。移居海外的華人作家嚴歌苓，卻一往情深地在《扶桑》[1]中編造「愛情神話」。表面上，這部以19世紀末為背景的長篇小說，敘述的只是浪漫傳奇，然而，傳奇背後反映了人心的美好追求。[2]神話固為現實中難能發生的奇蹟，但更讓我們嚮往的是其中締造的夢幻空間。透過詩化想像，現實世界種種缺失、局限以及遺憾，得以改寫或提升。神話安撫了人類現實中屢受挫敗的心靈，延展的是無盡希望。[3]

中國作家離開故土，受到異族文化衝擊，往往不敢或忘中國人異地的辛酸艱苦。晚清《女學生》、《苦社會》、《苦學生》等締結的悲情傳統，可說至今仍然主宰移民文學的寫作方向。[4]小說評審獎中獲得佳績的《扶桑》，同樣免不了被評者賦予苦難艱辛的移民文學標籤。[5]本文卻希望從「愛情神話」角度，剖析這一小說。女主角在感情與種族文化糾葛中，寄託了怎樣更深層、更高尚的情操？這種深邃而脫俗的情思，又如何突破種族、文化、人性種種局限，提供了理想以至幻想空間？女主角扶桑超脫的精神面貌，現實中或難能臻達，卻如此扣人心弦。如詩般刻意營造的敘述世界裡，提供了讀者思想上的激盪與超越。

一、扶桑、克里斯、妓女、愛情

從婚配到被賣，漂洋過海，唐人街為妓，扶桑不啻為男權社會中受盡壓迫的典型範例。可是，扶桑並沒有宿命地就此體現了該有的辛酸苦楚。表面上，扶桑逆來順受，往內發掘，卻可發現她是以更深邃的人生智慧，消解世間形相的折磨苦痛。她以自身的怡然平和、自足自適，包容別人，撫平一切。她成了落後怪異、邪惡叢生的唐人街奇葩。[6]「卑賤」的中國妓女形象暗暗消

解了。她顯得「高大」、「實惠」，讓人忘記只是「籠中待售的妓女」。（頁15及頁5）

小說開始，敘述者與女主角的對話：「你有個奇怪的名字：扶桑」（頁2），彷彿已暗示了扶桑與眾不同。再推敲「扶桑」本身詞意，指涉就更為豐富。從植物學來說，「扶桑」為一種紅花，容易植根生長。花開燦爛，生命力強韌。[7] 穿著紅色綢衣的扶桑，同樣顯示出非凡生命力。被擄漂洋過海，沿途多天，同船女孩，不是死去，也是皮黃骨瘦，扶桑卻不用「白粉紅粉」（頁46），依然一臉光潤。從船上不鬧絕食，被賣為娼，卻不逃跑，而誠心演好被安排角色，扶桑演繹了另類生命形態。男主角克里斯因戀慕而形成的敘述視角，更使這一獨特生命形態在讀者面前得以充份舒展。

洋人的身分，使克里斯難能不墮入「東方情調」的老套裡。東方主義角度下，讓人無法抵抗的神祕東方魅力，往往是西方人欲拒還迎的心理魔障。[8] 扶桑身處頹敗的唐人街，以固有的東方身分，同樣引起克里斯無限遐想：

> 「一切關於這雙腳的謠傳都在他眼前被證實了。真的有如此殘頹而俏麗的東西！」（頁10）

> 「克里斯再次確定，他從未見過這樣一系列女性動作。他看獃了。他不懂得這些動作何處藏有誘惑：如此新鮮、異樣的誘惑。」（頁11）

在施叔青小說《她名叫蝴蝶》中，洋人史密斯無法逃避東方妓女黃得雲的誘惑。[9]《扶桑》中，克里斯同樣抗拒不了扶桑的魅力。然而，與史密斯不同的是，克里斯並沒有以紅顏禍水警惕自己。「黃禍」（Yellow Peril）的恐懼，並沒有讓克里斯把一切簡單推演成東方致命誘惑。真心「傾慕」扶桑（頁15），使他能敞開胸襟，突破由種族、文化差異引致的思想褊狹，從新角度審視一貫被視為「卑賤」的東方妓女。民族文化相異引致的常見抗爭或嫌隙，因克里斯與扶桑的愛情，反成為相互吸引的原動力。故事的女性敘述者，一個第五代移民，更以自身與異族丈夫的關係，見證扶桑與克里斯因互異形成的迷戀、契合：

> 「你和克里斯對視而站立的這一刻，成了不被記載的永恆。如此的對視引起的戰慄從未平息；我記不清有多少個瞬間，我和丈夫深陷的灰眼睛相遇，我們戰慄了，對於彼此差異的迷戀，以及對於彼此企圖懂得的渴望使我倆間無論多親密無間的相處不作數了，戰慄中我們陷在陌生和新鮮中，陷在一種感覺的僵局中。」（頁40）

投入愛情讓克里斯得以用心、細緻地推敲扶桑的行為。妓女的卑微身分，受到重新審視。娼妓在社會中一向受歧視，地位低下。現代女性主義關懷下，嫖客的倨傲，妓女的辛酸，或許受到注意，卻並沒有徹底改變壓迫者與被辱者的關係。妓女依然是體現男權壓迫的典型範例。克里斯對扶桑與嫖客的觀察與剖析，卻使兩者一貫主從模式受到衝擊。所謂主動與被動、施辱與受辱，界線再無法涇渭分明：

> 「克里斯萬萬沒想到會是這樣。她的肌膚是海洋上最細的流沙，那樣隨波逐流。某一時刻它是無形的，化在海潮裡。他以為該有掙扎，該有痛苦的痕跡。而他看到的卻是和諧。不管那男人拖一條髮辮、蠟黃的、刺滿青色獸樣紋

身的脊梁如何令他憎惡，但那和諧是美麗的。……你以為海以它的洶湧在主宰流沙，那是錯的。沙是本體，它盛著無論多無垠、暴虐的海。儘管它無形，它被淹沒。……他感到眼淚乍然滾出眼眶，因為他看見她眼睛暈暈然竟是快樂。那最低下、最不受精神干涉的歡樂。」（頁60）

從扶桑與嫖客的互動，克里斯發現了扶桑恍如大地之母般的包容氣度。她以超然精神，創造了和諧自足的世界。正因為這種和諧自足，她才可以突破妓女一貫以來低賤、被動的思想拘禁，反過來成為精神上愉悅、支配一方。扶桑對於流血顯示的從容，更讓克里斯對「受難」概念，產生新的體會：

「克里斯懂得這雌性的周期血，但他仍被她對血的態度驚壞了。他不知道世上有這樣對於流血的從容。……他看見了你眼睛深處的生命力，似懂非懂地認識到你其實接受了苦難；不止接受，你是享受了它，你從這照理是巨大的痛苦中偷歡獲益。」（頁62-65）

二、克里斯在不同時期對扶桑的體認

《扶桑》另一點值得注意的是，敘述安排了克里斯不同時期的觀照，由此事情得到更全面透徹反映。自十二歲到七十五歲，克里斯從未停止過對扶桑思索。年輕時的活躍好奇、不容易受理智拘禁的熱情，首先驅使他一頭栽進充滿異國情調的唐人埠。謎一樣的東方妓女，成為獵奇對象。克里斯初遇扶桑，主要發掘後者的東方情調。隨著年齡心智成熟，他消解了內心困惑，逐漸體會到年輕時未能理解的層面。通過與扶桑相處，克里斯得以成長；而透過日漸成熟的克里斯的敘述，扶桑的面貌則得到更深入具體的呈現。[10]

由於白人身分，民族感情壓力，克里斯十五歲時不由自主地投入白人肆意襲擊唐人街華人的暴行。他身不由己，隨著大眾叫囂，惡意破壞。兩年後，十七歲，經過外地放逐後，他才有勇氣面對昔日的莽撞。對於盲從附眾，他如此自剖：

> 「那一大團人的手、足、身體、毛髮形成了一個整體，不由任何一個個體來控制始與末。那個整體的本能、情緒代替了他的，他根本無法從中獨立出來。假如這一大團人當時是去投海，而不是糟蹋一個女人，他便也跟著去投海。隨同這個整體去做最危險的事，也比單獨去做最安全的事顯得安全。」（頁232）

19世紀七、八十年代，美國反華情緒高漲。強烈逐華聲中，一些美國人以高加索（Caucasians）優良血統為傲，自詡擁有「高尚心靈」、「美麗肉體」，視華人為「低劣」人種。1876年7月，美國聯邦國會成立聯合特別委員會，調查中國移民問題。調查報告書中，供證者直指華人對美國社會構成威脅。黃禍論成為潮流。在如此情緒化的反華號召下，華人構成的危險往往被戲劇化地誇大或醜化。[11] 1882年，美國首個依種族不同而制定的排華法案通過，除限制華工移民當地及歸化外，更標誌了以法律條文打壓華人的措施。[12] 十五歲的克里斯同樣逃不了這種民族感情枷鎖。他與其他白人一樣，把對華人的不滿、憤怒發洩在惡意破壞華埠的行為上。集體強姦扶桑的行為，在褊狹的民族集體意識掩飾下，頓變得理直氣壯：

> 「誰能相信世上有那樣的憤怒，它捲起每一個個人，帶動到一個群體中去，按那群體的慣性去行為。每個人都身不由己；每人個都祇是一個小小的末梢肢體去實現這個群體的意志。每個人都逃不出群體對他的支配。十五歲的克里斯沒有逃脫這支配。他就那樣撲向了他。」（頁234）

十七歲的克里斯，不僅意識到群體壓力衍生的盲從附和、缺乏理智，更能鞭辟入裡，進一步探索盲目行為背後隱藏的怯懦不安、掩飾逃避：

> 「他也趁著那一毀到底的勇猛撕去他生性中的怯懦、多情、虛偽。事情做絕就不再需要去忍受那份太折磨人的困惑；……對於唐人區彼此戮殺又相依為命的關係的困惑。……企圖去理解，企圖去斷出正與邪祇能使他喪失心智。」（頁235）

其時西方人對中國人的描寫，往往盡為偏見下的刻板化印象。華人變得行事怪誕、狡詐荒謬。他們是洋人的代罪羔羊。社會的匱乏、罪惡，一一被歸罪於這些怪裡怪氣、誠信闕如的「支那佬」（Chinaman）。[13] 克里斯卻在經歷白人的暴虐風波後，不斷自我反省。一場暴行背後隱藏的，恰是西方人對中國人的潛藏恐懼與困惑不解。對於異族，沒法實際了解或調和其中差異，又沒有勇氣面對之餘，西方人只好把「事情做絕」來自我麻木，逃避內心不安。

扶桑沒有任何怨懟，反使十七歲的克里斯更加意識到自身的罪惡與卑微。扶桑的寬容，迫使克里斯不得不面對往昔的過失：

> 「她把她的厚誼變成寬容，她把寬容織成一張網，驀然間，他已逃不出去，成了終生的良心的俘虜。甚至她把他吐實情的機會也殲滅在這張包容一切的寬容之網裡。是是非非一網打盡。」（頁252-253）

扶桑恍如大地之母的寬容，讓對手產生了愧疚、反省。洋人迫害華人的永恆種族壓迫主題由是打開了新局面。道家的以柔制剛，[14] 體驗在扶桑身上，成為炎黃子孫克服外侮的不二法門。以下一段，克里斯發現扶桑下跪的美麗形態，便是明顯的象徵表達。一般而言，下跪總是卑怯一方，但從另一角度來看，從卑怯中顯出包容，才是更高精神層次所在：

> 「他偶然從淚水中看見她跪著的形態。那樣的曲扭形成的線條，竟會美麗。她跪著，再次寬容了世界。」（頁253）

到了六十歲，克里斯用悠悠數十載累積的人生智慧，為扶桑作了更圓熟的剖視：

> 「這是個最自由的身體，因為靈魂沒有統治它。靈魂和肉體的平等使許多概念，比如羞侮和受難，失去了亘古的定義。……受難不該是羞辱的，受難有它的高貴和聖潔。這些是克里斯在六十歲想到的，用了他幾乎一生才想到的。他想到她長辭般的微笑，衹有母性有這樣深厚的寬恕和滿足。」（頁105-106）

多年人生經驗，讓克里斯從扶桑身上，體驗到「受難」另一層深意。這種受難的光輝，以至母性的寬容，改寫了原本受盡歧視的華埠妓女精神面貌。當凌辱被視為精神提升而使對手不得不自我反思時，種族壓迫也就再無從對人構成威脅。

最後，克里斯以七十歲高齡智慧，再一次全面從雄性與雌性、強勢與弱勢關係上，為扶桑的下跪與寬容作出總結：

> 「原來寬容與下跪是不衝突的！他在七十歲這個失眠之夜突然悟到這點。在跪作為一個純生物姿態形成概念之前，在它有一切卑屈、恭順的奴性意味之前，它有著與其他所有姿態的平等。它有著自由的屬性。它可以意味慷慨地布施、寬容和悲憫。他想，那個跪著的扶桑之所以動人，是因為她體現了最遠古的雌性對於雄性的寬恕與悲憫；弱勢對強勢的慷慨的寬恕。」（頁254）

克里斯以一生見證扶桑的行事。從扶桑的寬容，他看見自身對人過於嚴格的要求。他自以為正直的一生是在妓女寬恕下茁長而成。從扶桑身上，他體驗到男強女弱那種傳統思想的解體。重新匡正想法後，平等、自由、卑屈等固有意涵也不得不重新改寫。受盡不同文、不同種壓迫的華人移民，循著這一詮釋方向，或許更能得到心靈的解脫及超越。

三、克里斯從扶桑身上體悟「自由」的意義

扶桑被拐賣至美國，離開國土，成為唐人街妓女，身體可說任人操控，失去自由。扶桑卻以獨特生命氣質，突破了表面的形骸拘禁，而使我們不得不重新審視，以至賦予「自由」這一概念新的意義。克里斯少年時，以騎士拯救者姿態出現，希望解放扶桑，還她自由。隨著成長，他逐漸體會到扶桑心中自有自由的天

空，非他人所可干預：

> 「他祇記得那是個美麗的形象。因為她心裡實際上有一片自由，絕不是解放和拯救所能給予的。絕不是任何人能收回或給予的。……而少年時的他卻不懂扶桑心裡的那片自由。他不懂連同他自己都在干涉這片自由。」（頁201）

19世紀七、八十代年開始，唐人街的罪惡，在洋人眼中不斷被渲染、強化。劉伯驥在《美國華僑史》中，即指出當時由於排華政客造謠，天花及痲瘋充斥華埠的消息，不脛而走。此外，辮髮令、空氣方尺令、煙賭兇殺等，在西報記者渲染下，更令人聞風色變。[15] 如此惡劣環境下，一般人對唐人街唯恐避之不及；然而，亦有人挺身而出，以拯救者自居。西洋女傳教士便紛紛以救助墮落風塵的中國姊妹為己任。表面上，她們的行為，與一意攻擊華人的洋人截然相反，但實際上，其中隱含的民族優越感，並無二致。露西・希拉塔（Lucie Cheng Hirata）即指出這些人視拯救中國女性為「白人女性負擔」（White Woman's Burden），「道德優越感」（Moral Superiority）才是行為背後原動力。[16]

《扶桑》便有描寫西洋女傳教士如何打救陷入水深火熱的中國姊妹。少女被救出後，給安置於特定地方，須按規律生活，一步不能逾越，偶然違規，即惹來苛責。藉著芝麻瑣事，女傳教士更把中外生活習慣的不同，無限提升擴大，推演為中國人不可饒恕的陋習以至劣根性。作者煞有介事的描寫，使種族歧視下的偽善得到表述。再看書中另一主角大勇對拯救扶桑的傳教士以及克里斯的冷眼旁觀，也使我們可從中國人角度，再一次審視民族差異引致的誤解。大勇其實已洞察先機，明白洋人所謂正義拯救行動之徒然。

正如之前所指，扶桑擁有一己自由，非他人可任意褫奪或賦予。克里斯累積多年人生閱歷，才洞悉其中奧秘。雖然克里斯並不像女傳教士般擺出捨我其誰的獨尊倨傲姿態，但小說字裡行間，反覆呈現的仍是他那強烈的自我：

> 「他的神色和這反覆的吟誦都讓我想起獻身者的悲壯和崇高。風將他濃密的淺黃頭髮拂向腦後，他寬大的額頭挺現出來。……彷彿與你扶桑的結合不是愛情、幸福那類膚淺的事，而是偉大的犧牲。抑或愛情到了這一步就沒多少人性了，就成了種教條、理想，衹能通過犧牲去實現。他拿你來成全他對於愛情理想的犧牲。」（頁268-269）

克里斯要以崇高理由為愛情護航，可見並未忘記與扶桑的種族鴻溝。能夠出世忘俗的愛情畢竟只是神話。

至於扶桑，本來擁有自由，卻因為愛情，有了心靈負擔。愛情導致痛苦的永恆魔障，同樣沒有放過扶桑：

> 「扶桑也就有了那麼點捉不住的傷心。沒人告訴過扶桑有愛這樣一個古老圈套。」（頁113）

> 「是那敏感。你感到肉體在他的接觸下敏感得發疼。那片任你沉浮的渾沌沒了，那片闊大的無意識潮一樣退去。痛苦升上來。你不知這痛苦是什麼，不知這痛苦便是代價，是對忠貞，對永久屬於所付的代價。」（頁190）

內心的自由與自足，本可讓扶桑任何環境下均能適然活下去，但愛情使她變得敏感脆弱。扶桑最後放棄愛情，選擇了垂死的大勇，完成媒妁下的婚姻，正是因承受不起愛情的「重」，承受不起愛情對心靈造成的負荷。克里斯終生思索，才恍然明白扶桑的心路歷程：

> 「在克里斯故世前，他想到了扶桑。……或許她意識到愛情是唯一的痛苦，是所有痛苦的源起。愛情是真正使她失去自由的東西。她肉體上那片無限的自由是被愛情侵擾了，於是她剪開了它，自己解放了自己。」（頁274）

扶桑棄愛，選擇心靈可以擔荷的婚姻責任及道義。扶桑和大勇的關係，充滿傳奇色彩，其中的偶合巧遇，完全符合命中注定型態。月老紅線一牽，任何人也逃不出命定姻緣。扶桑與大勇，遙遙千里，隔了萬水千山，仍是一次次遇合，走向婚姻門檻。婚禮雖在新郎帶著腳鐐，失去自由下進行，卻無礙二人在眾人見證下，完成人生大典。抒情敘述帶動下，大勇仍能以想像，展開對婚姻生活的美麗憧憬：

> 「大勇笑著欣賞新娘。他完全能想像她推磨、打柴、擔擔子的模樣。他看著一個下河槌衣，坐在門檻上剝豆等他回家的扶桑。」（頁272）

大勇叱吒唐人街多年，無畏無懼，作案無數，令洋人色變。他邪中帶正，經歷百折千回，與扶桑同樣成為唐人街傳奇。可是闖蕩多年的大勇，至死仍需婚姻保護。婚姻才可讓他馳騁想像，解除思想武裝，寄托長久以來的冀盼——中國人永難磨滅的家鄉夢。同樣地，扶桑也需要這樣的保護。對她來說，婚姻隔絕了愛情造成的心靈滋擾：

「她和即將被處死的大勇結婚便是把自己永遠地保護起來了。她沒有愛過大勇，無論活的，還是死的。她從此有了一個死去的、不再能干涉她的大勇來保護，以免她再被愛情侵擾、傷害。」（頁275）

由於扶桑的抉擇，克里斯也免受愛情之苦，平穩度過五十年的婚姻生活。在婚姻庇蔭下，他才可擁有自由想像空間，從中營構、延續與扶桑的愛情神話：

「他也有一片無限的自由，那片自由中他和扶桑無時無刻地進行他們那天堂的幽會。」（頁275）

四、後話——中國人讀中國人的故事

《扶桑》敘述19、20世紀美國華埠的華人故事。同類題材作品，往往傾向於揭露華人的艱難苦辛，以及受到的歧視迫害。《扶桑》亦不能免俗地寫起相類故事。抒情手法的特別運用，卻為一幕幕洋人壓迫華人，而華人又顯得無力無奈的場面，釋放出強烈情緒。當炎黃子孫自我推譽的百忍精神，為非我族類肆意侮辱時，中國讀者大概難能不黯然神傷。

全文值得注意的是作者在嘗試反映現實之餘，亦創造了如詩般的幻想世界。在這一幻想世界裡，淪落風塵的神女搖身成為女神；[17] 唐人街的華人惡棍，也頃刻變作英雄。小洋人嫖客則儼然成為唐人街妓女的衛士。情節內容是否符合現實固不必深究，作者此地無銀之用心才更值注意：

「一個奇特的現象是，同一些歷史事件、人物，經不同人以客觀的、主觀的、帶偏見的、帶情緒的陳述，顯得像完全不同的故事。一個華人心目中的英雄，很可能是洋人眼中的惡棍。由此想到，歷史從來就不是真實的、客觀的。」（頁5）

作者意圖從另一嶄新角度再次詮釋海外華人歷史的企圖，由是可見。如此苦心經營下，種族、身分、年齡截然不同的人也就可互相吸引。扶桑以獨特思維方式，瓦解了一貫以來加諸妓女肉體以至精神上的枷鎖。克里斯則以戀人的詮釋角度，通過觀察與回憶，展現新的人生體會。

此外，被看與看人的詮釋理論，也可以拓闊本文的研究視野。讓・保羅・薩特（Jean-Paul Sartre）以來，被看與看人的關係，不時被詮釋為與權力分配有關。看人是主動，擁有權力一方；被看者則是被動，受剝削一方。[18] 在「東方主義」努力渲染及標籤效應下，「東方」亦順理成章給賦予了「被看」身分。[19] 若從女性主義立場出發，女性在兩性關係上，便經常扮演被看、受剝削的角色。扶桑的東方妓女身分，本應是被看、弱勢一方最佳詮釋，即如書中便屢次出現扶桑被賣以至被展覽的場景。如此布局內容，最後卻讓扶桑的不平凡改寫了。克里斯觀察弱勢的扶桑，並沒有加強了身為看者的強勢地位。扶桑的特殊情操，突破了所謂看者與被看者、強者與弱者的思想界線。換言之，即是被看者自身若有足夠自由意志抗衡，甚至超越看者的思想禁囿及壓迫，而後者又意識到這種改變時，兩者的主體附屬關係也就不復存在。克里斯與扶桑因而顛覆及改寫了歷史上嫖客與妓女間恆常的主從模式。

表面來看，在《扶桑》中，唐人街的異國情調、華人的獨特行為舉止、東方妓女的詭異魅力等，無不符合「西方」對「東方」的期望。正如《東方主義》所努力陳說的，西方把東方刻板化，在意識上打造滿足西方統治文化的東方。在這種西方觀照下，東方恆常處於被他者（西方）操縱、界定的被動情境中。[20]《扶桑》的獨特，卻在滿足這種「東方主義」想像外，翻出了另一層意思。正如前面所反覆引證，扶桑的自足自適，突破了「東方主義」觀照的局限，提供了新的思考方向。扶桑表面上體認客體被操縱的現象，實際卻讓我們得以反思：一直給視為被動的研究對象，也可反過來成為啟發者。一直自以為位居主導的研究者，也不得不承認研究對象自有不受外界干預，自足自適的潛能力量。這種無限能量，蘊含巨大包容力，正好衝擊研究者的所謂強勢角色。

◆注釋

1 嚴歌苓：《扶桑》（臺北：聯經出版事業公司，1996），頁1-278。

2 Gillian Beer, *The Romance* (London: Methuen & Co Ltd, 1970) 7.

3 a. 戴維・比奈伊（David Bidney）指出，神話內藏的是人類潛意識的智慧（unconscious wisdom）。
David Bidney, "Myth, Symbolism, and Truth," *Myth: A Symposium*, ed. Thomas A. Sebeok (Bloomington: Indiana University Press, 1958) 12.
b. Herbert Spencer Robinson, and Knox Wilson, *The Encyclopaedia of Myths and Legends of All Nations*, ed. Barbara Leonie Picard (London: kaye and Ward Ltd, 1962) 11.
c. 王孝廉指出以詩情浪漫態度，想像及詮釋人類與自然關係，是中國古代神話特色。神話往往介乎夢境與真實間，擁有永恆魅力。嚴歌苓筆下的扶桑愛情神話，同樣以詩情想像建構而成，同樣散發著介乎夢境與真實的特殊魅力。史籍記載中，海外華人、娼妓的血淚故事，在《扶桑》詩情的敘述及想像空間裡，得到改寫、提升。
王孝廉：《神話與小說》（臺北：時報文化出版企業有限公司，1986），頁13-15。

4 《女學生》、《苦社會》、《苦學生》等作品，均以海外華人的辛酸艱苦為內容。
a. 王理堂編：《女學生》（上海：商務印書館，1917），頁1-112。
b. 佚名：〈苦社會〉，《苦社會、黃金世界》（毛德富編校，鄭州：中州古籍出版社，1985），頁3-139。
c. 杞憂子：〈苦學生〉，《中國近代珍稀本小說》（瀋陽：春風文藝出版社，1997），頁7-62。

5 蔡雅薰即如此概括《扶桑》的內容：「這部作品，作者仍抱持著以往同文同種的熱情，以流寓海外的華人為主題，探討中國移民在海外奮鬥與生活的困境……，作為關心近代苦難中國的開始。」
蔡雅薰：〈西方的神女，東方的女神──讀嚴歌苓的《扶桑》〉，《文訊》，134號，1996年12月，頁11。

6 William Franking Wu, *The Yellow Peril: Chinese Americans in American Fiction, 1850-1940*, diss. University of Michigan, 1979 (Ann Arbor: University Microfilms International, 1981) 5-6, 306.

7 以植物來說，「扶桑」英文名稱為Chinese Hibiscus。「中國」（Chinese）一詞，更帶出了《扶桑》這部小說以中國人為書寫內容的意涵。
鄭武燦編著：《臺灣植物圖鑑》（上冊）（臺北：茂昌圖書有限公司，2000年2月），頁651。

8 Rana Kabbani, *Europe's Myths of Orient* (London: Macmillan Press, 1986) 20-22, 64-69.

9 施叔青：《她名叫蝴蝶》（臺北：洪範書店，1993），頁5-224。

10 蘇珊・蘭格（Susanne K. Langer）曾指出「記憶」是一種特殊經驗。回憶一件事情，即是再一次體驗它。現實經驗往往顯得零碎雜亂，記憶卻把它再一次整理出來。在《扶桑》中，克里斯也是通過一生不斷回憶，把種族等內容再作爬梳整理，而得出新的體驗。
Susanne K. Langer, *Feeling and Form: A Theory of Art Developed from Philosophy in a New Key* (New York: Charles Scribner's Sons, 1953) 262-264.

11 a. 呂浦、張振鵾等編譯：《「黃禍論」歷史資料選輯》（北京：中國社會科學出版社，1979），頁6-81。
b. Stuart Creighton Miller, *The Unwelcome Immigrant: The American Image of the Chinese, 1785-1882* (Berkeley: University of California Press, 1969) 145-166.

12 Jack Chen, *The Chinese of America* (New York: Harper & Row, Publishers, 1980) 147-149.

13 Robert McClellan, *The Heathen Chinee: A Study of American Attitudes Toward China, 1890-1905* (Ohio: Ohio State University Press, 1971) 31-65.

14 老子：〈老子〉（甲本釋文），《馬王堆漢墓帛書》（一）（國家文物局古文獻研究室編，北京：文物出版社，1980），頁3-4、6-7、13。

15 劉伯驥：《美國華僑史》（臺北：黎北文化事業股份有限公司，1976），頁138-139。

16 a. Lucie Cheng Hirata, "Free, indentured, Enslaved: Chinese Prostitutes in Nineteenth-Century America," *Signs* Vol. 5, No. 1 (1979): 28.

b. 李仕芬：〈嚴歌苓的海外華人故事——《扶桑》析論〉，《中國文化月刊》，268期，2002年7月，頁81-83。

17 王德威曾這樣指出：「《扶桑》寫的是個神女變為女神的故事。」
王德威：〈短評《扶桑》〉，《扶桑》（嚴歌苓，臺北：聯經出版事業公司，1996），頁6。

18 a. 薩特著，陳宣良等譯：《存在與虛無》（北京：三聯書店，1987），頁467-553。

b. John Berger, *Ways of Seeing* (London: British Broadcasting Corporation, 1972) 47.

19 Edward W. Said, *Orientalism* (New York: Vintage Books, 1979) 103.

20 Edward W. Said, *Orientalism* (New York: Vintage Books, 1979) 95-97, 152-153.

** 全文2020年5月完成修訂，原刊於《人文中國學報》（2004年5月）。

敘述者的心事

——抒情敘述下的《扶桑》故事

摘要

本文探討小說《扶桑》的抒情敘述。《扶桑》敘寫中國女子扶桑被拐賣至美國，最後淪為唐人街妓女。在作者抒情敘述帶動下，本來易落俗套的辛酸故事，得到重新演繹。論文首先從敘述者的角色及身世出發，指出扶桑這一角色如何負載了敘述者以至作者的心事；進而交代小說如何利用細節敘述，營造特有的抒情氣氛；接著解釋扶桑如何順應自然，達到抒情的理想境界。最後，論文集中探討抒情敘述下的種族及愛情糾結。在抒情敘述帶動下，中國人的委曲求全，受到的種族壓迫，以至最後從精神上得到超越，一一得到表述。原本容易顯得齷齪的妓女與嫖客故事，也昇華成為精神至上的愛情傳奇。

「小說敘述文本是假定作者在某場合抄下的故事。作者不可能直接進入敘述，必須由敘述者代言，敘述文本的任何部分，任何語言，都是敘述者的聲音。」——趙毅衡：《苦惱的敘述者》[1]

一、敘述者的角色

扶桑——一個19世紀美國華埠中國妓女，是長篇小說《扶桑》[2] 的主角。扶桑從十多歲被拐賣至美國，任人操控，棲身唐人街，輾轉多年，最後成為「聲名顯赫」的窰姐。

扶桑的異國遭遇，是經由自稱為第五代移民的敘述者帶出。這一女性敘述者一直不避嫌地在「操控」整個故事。她充份利用詮釋之便，恣意發揮，總是不甘寂寞，拋頭露面，提醒別人她的存在。在敘述扶桑故事之餘，敘述者亦不時伺機披露自我的身分、經歷，甚至想法。借後設技巧之便，敘述者更不時和扶桑對話。雖然所謂對話，往往只是敘述者的自說自話。扶桑總是一派恬淡、沉默。敘述者的聲音，無時無刻不存留於故事中。敘述者敘述的雖為距她百多年前的故事，但作者不斷於其中留下自身對應的移民經歷。這又迫使我們不得不放寬視野，從種族矛盾、移民糾結等層面去思索更深層的現實意義。其實，從敘述者與作者身世的眾多偶合，也可看見這一方面的用心。敘述者講述的不僅是扶桑的故事，也是敘述者、作者，甚或歲月長河中，無數中國人的故事。

二、從敘述者身世出發

從全書來看，相對於男、女主角的描寫，敘述者身世的披露可謂不多，但仍足夠讓我們得知基本概況。敘述者為中國女性，美國第五代移民。她與一般移民無異，均以追求「自由、學問、財富」（頁3）等為由，離鄉別井，遠渡金山。全書著意帶出的，是敘述者生活習慣、文化迥異於當地人，生活艱苦，肉體及精神受盡折磨。

異地極度艱難的物質條件下，為了生存基本需要，像敘述者般的中國移民，根本無法顧及精神健康。民族自尊，在生存前提下，早已難以保持。他們努力學習的是死乞白賴，應付生活的竅門：

> 「半年時間足以使我腦筋裡的自由民主等概念更換一新。半年也足使我認識所有通往最廉價市場的路……半年使我的矜持和驕傲退化殆盡，新生出一張無賴笑臉，……半年，我的根又疼癢地試著扎進這土壤，已學會扭曲和蜿蜒，已學會賴在這裡，絕不被拔出去。」（頁174-175）

然而，日常生活能夠湊合應付，並不表示可以改變他人根深蒂固的仇恨情緒。甫踏足異地，敘述者即不忘向我們展示異族的異樣目光：

> 「就像我們這批人擁出機場閘口，引得人們突然向我們憂心忡忡地注目。」（頁17）

從狹隘的民族思想來看，外來移民注定不受歡迎。民族差異引致的困惑不安，以至歧視，成為種族間揮之不去的陰霾。

敘述者從自身實際經驗，明白到種族間的仇恨並非任何理由、邏輯所可解釋。正因並非訴諸理性，更反映出難能解開的情感死結。一群白人青年，在公開座談會中，拒絕解釋，只是公然洩憤，便令敘述者有以下深切體會：

> 「他們非常鄭重地宣布了對亞洲人、黑人和所有非白種人的不共戴天的仇恨。我被這仇恨的分量和純度震撼了。」（頁210）

在這種排斥異己環境下，敘述者卻締結了異國姻緣。種族間的差異，常使夫婦對相互語言行為產生錯誤判斷。然而，異族間的相異有時又變成雙方互為吸引的微妙契機。這樣的異國姻緣，最後卻沒有使敘述者確認愛情的本能需要。在講究物質條件的世界裡，愛情成為不切實際，渺不可及的幻象。艱苦掙扎求存的移民環境，早已磨蝕了人性本能：

> 「假如誰突然冒出一句我愛你，你想我們能怎麼樣？除了哈哈大笑還能怎樣呢？哈哈一笑就把肉麻、扭捏以及一個被淡忘的本能都處置了。那本能是從你到我，從咱們的祖輩到現在的對愛的渴望。」（頁127）

有著這種身世背景的敘述者敘述下，扶桑的故事誕生了。女主角扶桑因此免不了負載著敘述者的「心事」。敘述者異地生存的經驗，也間接成為扶桑的生活內容。不過，扶桑在無法擺脱敘述者的「身世背景」之餘，卻給敘述者提供了另類思考角度。一百多年的距離、獨特的敘述手法，使本來顯得陳舊老套的唐人街妓女故事，得到了新的演繹。敘述者在闡述過程中，對於種族、愛情等問題，亦有了新的感悟。

三、從細節敘述的想像開展故事

內奧米·蕭爾（Naomi Schor）《仔細閱讀》（*Reading in Detail*）一書，分析了細節的美學。細節一向被視為女性化（Feminine）表現。[3] 在《扶桑》中，敘述者努力鋪陳細節的敘寫方式，看來也難免被貼上女性化標籤。一與女性特質扯上關係，又彷彿身價驟跌，情況就恰如毫釐不差的臨摹作品，每每受到輕視。藝術家耽溺細節，更有違反崇高（Sublime）美學原則之嫌。過於著重細節刻劃，眼睛勞累之餘，想像也會受到影響。[4]

《扶桑》卻不避嫌地發揮這種著重細節的女性書寫特色。敘述者不嫌其煩，滿懷心事，絮絮不休地講述扶桑的故事。以扶桑這一妓女為軸心，唐人街百多年前種種，也給呈現出來。值得注意的是，這種仔細敘寫，不但沒有應驗評論家所說，窒礙了想像，而是提供了更多發揮空間。敘述者不時向讀者暗示，自身慎密推敲，想像潤飾後，故事才變得豐富厚實：

> 「在一百六十本聖弗朗西斯科的史誌裡，我拚命追尋克里斯和你這場情分的線索。線索很虛弱……除非有我這樣能捕風捉影的人，曲曲折折地追索出一個克里斯——一百多年前那個大現象的微觀。我有時要翻上百頁書才打撈得出一句相干的記述」（頁87-88）

既然歷史可有不同版本，敘述者便理直氣壯地為扶桑的身世提供多種可能。通過為扶桑選擇的過程，敘述者也就顯示出自身的「參與」、「創造」，確認了闡釋的主導位置：

「不管這些人給你多麼不同的描述，我衹認準我面前的你。」（頁276）

雖然敘述者在多番推敲後，往往故作客觀地指出自己的揣測未必真確：

「而我又懂什麼？我在這裡比手畫腳，也許我什麼不知道。我怎麼可能對你這樣一個已進入歷史的人作如此的分析和解釋呢？」（頁191）

可是，通篇看來，敘述者似乎並沒有停止過「比手畫腳」。敘述者的想像干預，一直貫徹始終。此地無銀，敘述者不就更顯示出自身的積極參與嗎？

為了豐富自我的想像，展示內容的變化多樣，故事中敘述者多處用上「可能」、「說是」、「或是」、「亦或」等字眼。[5]以下列為例：

「你身價的突然高漲或許是因為拯救會那番拯救。或許是當兩幫子中國人角鬥結束後，人們看著肝腦塗地的鬥士們，才紛紛回想到事情最早是起源於你。也許，你的身價很早就暗含了暴漲的趨勢，早到了人們注意到那個神態高傲的小白鬼對你的非同一般的迷戀。」（頁171-172）

「或許」、「也許」等字眼連續使用，除展示敘述者廣闊的想像空間外，更使讀者不得不隨著可有的不同層次，體味當中蘊含的敘述細節。

其實，提供種種可能的敘述細節之餘，「也許」等詞語概念本身蘊含的不確定性，更造就了濃郁的抒情氣氛。沒有確實判斷，情節內容越顯得收放自如。[6] 楊聯芬在《中國現代小說中的抒情傾向》中，即指出「抒情化小說」的「情節」並不重要，至於細節選擇，則主要看是否富有意味、情趣。[7]《扶桑》的細節描寫，帶著詩意，情趣盎然，正表達出抒情氛圍下的情感審美體驗。

四、抒情的敘述

（一）從中國的抒情傳統到扶桑的抒情演出

中國的抒情傳統，早為專家學者所認知。高友工便直指中國抒情思想為一種體系。陳世驤則從中西文學比較，顯示中國偏重的抒情傳統。[8] 在《扶桑》敘述者娓娓演述下，扶桑正好體現出這一傳統抒情精神。扶桑本身，即恍如一種抒情演出。張淑香在其專論中，對抒情特質，有以下體會：

> 「最強調抒情的主體當下瞬刻之內心活動，能融合物我內外為一體，其基本的美感經驗，表現在自我化矛盾為和諧的種種內心活動與變化。」[9]

扶桑突破一貫污穢、卑賤、齷齪的唐人街妓女形象，以特有生命情操，體驗了抒情美感的物我相融境界。敘述者關注的，是精神的提升。扶桑與嫖客的接觸，早已突破肉體交易層次，昇華為人與外在世界的和諧結合。此外，抒情境界是以「情」為貫串脈絡，[10] 敘述者也是通過克里斯的「有情」目光，敘述扶桑與他人結合的諧和美麗：

> 「她的身體在接受一個男人。那身體細膩；一層微汗使它細膩得不可思議。那身體沒有牴觸，沒有他預期的抗拒，有的祇是迎合。像沙灘迎合海潮。沒有動，靜止的，卻是全面的迎合。……他以為該有掙扎，該有痛苦的痕跡。而他看到的卻是和諧。……那和諧是美麗的。」（頁59-60）

對於高友工來說，抒情傳統指向的是「生命的智慧」；從「境界的美」感悟「生命的理想價值」。[11] 扶桑本身，正是這一境界的體現。她自足自適，與世界渾然為一，是生命智慧、理想價值的美感演出。敘述者讓克里斯窮盡一生思索，最後歸結出扶桑這種獨特生命氣質：

> 「她從原始走來，因此她健壯、自由、無懈可擊。」（頁275）

扶桑屬於原始，能復「歸於一」[12]，與自然和合，因而「無懈可擊」。既然一切順應天然律動，沒有矛盾衝突，自然達到中國抒情的理想境界。

（二）抒情敘述下的種族與愛情糾結

萊斯利・西科（Leslie Marmon Silko）在《儀式》（*Ceremony*）序詩中，表達了故事與延續族人生命的關係。對於故事的神奇力量，萊斯利・西科（Leslie Marmon Silko）推崇備至，認為通過「說故事者」與「聽故事者」的傳遞方式，種族命脈得以維繫。[13]《扶桑》是否也是通過同樣方式，繫連起海外華人的國族命脈？

值得注意的是，《扶桑》這一敘述者是帶著強烈情緒去講述及建構她的故事。強烈情緒形成了濃烈抒情氣氛，而在這種氣氛渲染下，讓人無法不感受到那種國族之痛。在《扶桑》中，敘述者提及白人揍打中國老苦力時，不從白人虐打華人的泛論入手，而只是著力細微之處。對老苦力被追打的反應，書中有以下記述：「老苦力扭轉臉，憂愁地笑笑。」（頁69）文字的抒情語調，與老苦力被毆的殘酷內容並不協調。這樣的陌生化手法，正好帶出強烈的情緒效應。中國人異地生存的辛酸無奈，由是得到充份演繹。老苦力最終被虐打致死，仍帶著「愁苦和謙恭的臉」（頁71）的形容，渲染的自然是同樣的沉重情緒。再看以下描寫：

> 「他死了。沒——有，他趴在哪裡仔仔細細找他的牙。」（頁70）

敘述者以模仿口述方式，營造異常的情感氛圍。「沒——有」一詞音調的拉長、誇張，造成了感情的延宕、轉折。仔細找牙蒜皮瑣事，與「死亡」人生大事並列，並非反映重於泰山，寧死不屈的慷慨，而是讓人感受到死亡好像是那麼不值一哂的小事。最後輾轉帶出的，仍是尊嚴受到漠視的最根本問題。

再看敘述者如何以抒情筆調敘述洋人與華人另一場糾紛。通過扶桑吹奏的音樂，敘述者帶出的，是中國人如何以精神上的自我完善，對付西方人的惡意挑釁。在扶桑吹奏樂曲的氛圍籠罩下，洋人深深感受到精神上正處下風：

> 「扶桑正吹到風和日麗，草青花紅，自然是不願停下的。她隔著面紗朝那些悲憤交加的白面孔看去，把他們看穿，看到很遠一個地方。洋人們感到這吹奏越來越讓他們過

> 刑。他們滿心痛苦；這音調像是太知道人類短處而來刑訓人類的。這音調在折磨的是人的弱點，人的痛處。……扶桑吹著，看那些腳、手絞到了一處。漸漸地板上有了一灘灘、一注注的血。鞋子、頭髮、牙齒。……扶桑把曲子吹完整了。她把尾音收好，嘴唇也收好，才來看這些渾身是血的人們。一個洋人也沒了。」（頁166-168）

扶桑以藝術提升自我人格，為白人肆意攻訐華人的慣性行為改寫新貌。扶桑投入音樂世界時，一種不為物動的心靈效應產生了。既然塵世一切與「我」無涉，「我」就更能冷眼地旁觀萬物。這樣的境界中，一眾東方心靈同時取得精神上的平衡、超越。洋人不得不敗下陣來。排句形式結構，充滿音樂節奏感，加上柔和、平緩的筆調，更把雙方互鬥的激烈場面，融化在饒有韻致、閒淡氣氛中。如此氛圍下，正好凸顯精神層次的主導力量。

至於敘述者同樣以抒情筆調敘述克里斯與扶桑的故事時，則給了愛情又一次新的憧憬。在扶桑與克里斯「天堂般的情分」（頁87）面前，敘述者暫時放下張牙利爪的求生本能，嘗試描述那難以言詮的愛情感覺。雖然扶桑與克里斯邂逅是以妓女與嫖客關係開始，看來毫不浪漫，但在敘述者努力表述下，一切變得柔情似水：

> 「你感覺他離開了那窗。你感覺他上了樓梯。你感覺他到了門口。你卻沒有感覺他滿心混亂透了的痛苦、激情的詩意。……地板上的血滴映著一朵燭光。不知多久了你才問：先生你多大了？他眼睛一下逃去。你憐愛的、護短的笑了。你從小炭爐上提下茶壺，又往斟出的茶上輕輕的吹氣。他屏住呼吸看你，看你。」（頁64）

兩人幾經波折，再次相遇時，長期的等待、強烈的渴望，令雙方的接觸變得更加動人。敘述者努力捕捉觸動的感覺，用滿滿幾頁紙的文字表達，但翻來覆去，總離不開那一兩句話：「他不知說了句什麼」（頁185）、「她不知說了句什麼」（頁187）。戀人間非言語所能形容的感覺，就在敘述者表述下呈現。再看以下一段描寫：

> 「茶從壺嘴細細撐出一根弧線，顏色太重，像陳血。他不聲響地看著她，喘息也提住了，直到她把茶盅放到唇邊去吹，然後用伸出一個濕潤的舌尖，輕輕沾一下茶面。她發現他和她沒了距離。淺藍的眼珠又瞪得白熱，卻再次地盛滿靈魂。」（頁187）

抒情氣氛帶動下，細緻的描寫，展示出戀人優美的動作、神態。充滿詩意的畫面，凝聚著敘述者意欲傳達的戀人世界。這一世界遠離塵世現實，世俗功利價值再非事物衡量標準。這樣的世外環境，才能催生妓女與少年嫖客不落俗套的愛情神話，寄託著自我的深遠理想。

中國人所受種族歧視早為研究指出。血淚斑斑的移民歷史，從天使島銘刻開始，早已留下不可磨滅的歷史痕跡。從扶桑一直到敘述者的年代，中國移民同樣逃不掉被歧視、迫害的命運。抒情敘述帶動下的扶桑故事，卻迫使我們不得不從另一角度重新思索一貫被定型的概念，譬如卑賤與高貴、強勢與弱勢。從世俗社會眼光審視，扶桑無疑為卑賤的典型例子。她被人販子拐賣，流落異鄉，在當時社會環境裡，是碰上白人婦女即要退避三舍，地位卑下的「中國婊子」（頁41）。可是，在抒情敘述帶動下，扶桑展現了另類可貴生命情操。即如前面論述所指出，妓女與嫖客的關係，本可顯得異常齷齪，但在全書抒情氣氛渲染下，頓成為生命智慧的演繹。克里斯的深情注視，彰顯了扶桑如入涅槃的精神境界：

> 「被撕碎，被揉得如同垃圾的她在這一瞬的涅槃；當她從床上渾身汗水，下體浴血站起時她披著幾乎襤褸的紅綢衫站起時，她是一隻扶搖而升的鳳凰。」（頁105）

克里斯窮盡一生，通過扶桑，才能重新認識所謂強勢與弱勢的真正意義：

> 「他想，那個跪著的扶桑之所以動人，是因為她體現了最遠古的雌性對於雄性的寬恕與悲憫；弱勢對強勢的慷慨的寬恕。」（頁254）

在抒情敘述帶動下，扶桑以安然承受一切的胸襟、氣度，改寫了貴賤、強弱等固有觀念，泯滅了兩者的界線。在如此全新演繹下，所謂種族歧視，白人欺壓華人的行為，便顯得毫無意義了。從心理層面來看，被視為弱勢一方，因包容、接納而獲得精神提升時，種族仇視造成的原有強弱概念，自然受到衝擊。

解志熙曾指出抒情小說家自身主觀情思的直接表現，能較易感動和啟發讀者，引導他們作出情感反應及審美評價。[14] 引起讀者對《扶桑》的情感反應，無疑也是重要的，因為這可更易於把書中意欲傳遞的「民族關懷」表達出來。敘述者努力陳述《扶桑》故事，提供了從另類角度闡釋移民故事的藍本。這種充滿感情的演述，召喚的未嘗不是讀者的民族良知。當民族良知被喚醒後，敘述者講述的故事，才變得完整，才能延續。這樣的敘述設計，引申帶出的或正是世世代代難以稀釋的濃烈家國情懷。

◆注釋

1 趙毅衡：《苦惱的敘述者：中國小說的敘述形式與中國文化》（北京：北京十月文藝出版社，1994），頁26。
2 嚴歌苓：《扶桑》（臺北：聯經出版事業公司，1996），頁1-278。
3 a. Naomi Schor, *Reading in Detail: Aesthetics and the Feminine* (New York: Methuen, 1987) 20.
b. William L. Courtney *The Feminine Note in Fiction* (London: Chapman and Hall, 1904) 10-11, 32.
4 Naomi Schor, *Reading in Detail: Aesthetics and the Feminine* (New York: Methuen, 1987) 12, 19.
5 嚴歌苓：《扶桑》（臺北：聯經出版事業公司，1996），頁30、141、191、196、247、267、269、274。
6 張憶：〈小說的抒情化與語言的本體性變遷〉，《四川師範大學學報》（社會科學版），25卷3期，1988年7月，頁43。
7 楊聯芬：《中國現代小說中的抒情傾向》（北京：北京師範大學出版社，1996），頁86-87。
8 a. 陳世驤：〈中國的抒情傳統〉，《陳世驤文存》（臺北：志文出版社，1972），頁31-37。
b. 高友工：〈文學研究的美學問題(上)：美感經驗的定義與結構〉，《中外文學》，7卷11期，1979年4月，頁4-21。
c. 高友工：〈文學研究的美學問題(下)：經驗材料的意義與解釋〉，《中外文學》，7卷12期，1979年5月，頁4-50。
d. 高友工：〈試論中國藝術精神（上）〉，《九州學刊》，2卷2期，1988年1月，頁1-12。
e. 高友工：〈試論中國藝術精神（下）〉，《九州學刊》，2卷3期，1988年4月，頁1-12。
9 張淑香：《抒情傳統的省思與探索》（臺北：大安出版社，1992），頁52-53。
10 張淑香：《抒情傳統的省思與探索》（臺北：大安出版社，1992），頁56。
11 高友工：〈文學研究的美學問題(下)：經驗材料的意義與解釋〉，《中外文學》，7卷12期，1979年5月，頁50。
12 高友工：〈文學研究的美學問題(下)：經驗材料的意義與解釋〉，《中外文學》，7卷12期，1979年5月，頁46。
13 a. Leslie Marmon Silko, *Ceremony* (New York: Penguin, 1986) 1-3.
b. Leslie Marmon Silko, *Storyteller* (New York: Arcade, 1981) 1-265.
c. 單德興：〈說故事與弱勢自我之建構——論湯婷婷與席爾柯的故事〉，《第三屆美國文學與思想研討會論文選集：文學篇》（單德興編，臺北：中央研究院歐美研究所，1993），頁119-124。
14 解志熙：〈新的審美感知與藝術表現方式——論中國現代散文化抒情小說的藝術特徵〉，《文學評論》，1987年6期，1987年11月，頁68。

** 全文2020年5月完成修訂，原刊於《論衡》5卷1期（2003年）。

嚴歌苓的海外華人故事

——《扶桑》析論

摘要

一直以來，西方種族觀念裡，存在不少對東方人的刻板印象。嚴歌苓長篇小說《扶桑》，以19、20世紀海外華人為敘述內容，同樣不能免俗地展示出慣見的中國人特徵。本文探討的是，作者如何在揭示這種中國人刻板形象之餘，進一步對這些觀念質疑反詰。女主角扶桑雖只為唐人街妓女，卻以自足自適的自然包容力，顯示精神上的逾越與提升。由於扶桑這種行事作風，種族不平等、人性扭曲種種，得到全新演繹。

一、引言

移居國外多年的經驗，成就了嚴歌苓以海外華人為題的作品。其中長篇小說《扶桑》[1]，除贏得文學獎外，亦有論者如王德威的撐場。[2] 嚴歌苓一向鍾情給讀者說好故事[3]。《扶桑》從選材以至描寫，可說饒富吸引力。首先，中國妓女與白人少年邂逅，兩情相悅，而在戀情背後，又迂迴展現中國人的精神質素，自有引人入勝之處。其次，現今資訊發達，中西接觸頻仍，海外華人與西方洋人，在生活習慣，以及語言文化上，已日趨接近。然而，19世紀，當族類標記的長辮仍被肆意戲謔時，海外華人是以迥異於當地白人的姿態出現。[4] 因不同而衍生的獨特異質，無疑更具可供書寫的特色。這種特色雖難免易於墮入「東方主義」的窠臼，但嚴歌苓遊走其間，嘗試推陳出新，翻出了另一層意思。古老中國引起的遐思，在跨過西方人一廂情願的東方主義情結後，同樣成就了《扶桑》的可觀內容。最後，從民族立場來看，以海外華人為題，本身自易引起中國讀者關注。哈羅德．伊薩克斯（Harold Isaacs）曾以編年史方式，把西方人與中國人的關係籠統分為六個時期。第三為蔑視時期（1840-1905），即《扶桑》設定的背景時代。[5] 在這一期間，海外華人受到的民族歧視與壓迫，史不絕書，毋庸再贅。《扶桑》把民族關懷，結合抒情的敘述手法，從情感上可說更易於打動讀者。

二、《扶桑》演示的唐人街故事

《扶桑》演述了19世紀的唐人街傳奇：十九歲中國女子扶桑，被拐賣至金山華埠，輾轉成為當地名噪一時的妓女。情節不斷發展，帶出眾多出沒唐人街的人物，而不同人物又串連起不同故事。

外國人研究中國人、中國社會，走到華埠為慣常捷徑。然而，所謂唐人街，可能只是西方為了滿足自身想像，一手打造的中國縮影。從另一角度看，它也是中國人為著生存，投合西方人喜好的產物。在這種意識形態下，唐人街總是顯得神秘、詭異、骯髒、古舊，而四周或更充斥如傅滿洲般的中國人。東方主義的思考模式，從來沒有停止過它的影響力。在這種西方扮演觀者角色，東方努力演好被看角色的前提下，唐人街的中國人也往往被賦予了西方人心目中的刻板形象。[6]《扶桑》的中國人似乎也不能免俗地有了相類特徵。值得注意的是，《扶桑》的敘述者貌似認同這種刻板形象之餘，又不時暗度陳倉，翻出另一層意思。

中西關係相關專著，曾指出黃禍論（Yellow Peril）反映出西方人對東方人心底潛藏的恐懼。一些西方人更以高加索人（Caucasian）的高貴血統自詡，以種族純正（Racial Purity）為藉口，排斥蒙古族族裔的黃種人。在這種黃禍陰影下，中國人順理成章被貶抑為低劣種族，性格充滿缺點。[7] 哈羅德・伊薩克斯（Harold Isaacs）對西方這種想法便有以下解釋。他認為把中國人非人化，降低其生命價值，是西方人對可能構成威脅的陌生種族的抗衡心理。[8]

在嚴歌苓努力演繹下，《扶桑》的中國人，是否又是黃禍的一次說明？阿瑟・史密斯（Arthur H. Smith）《中國人的性格》（*Chinese Characteristics*）一書，是西方研究東方的重要範本，羅列的中國人性格，盡可代表當時西方對東方的刻板印象。缺乏誠信，正是其中彰彰欲顯的所謂華人特色。[9] 在《扶桑》中，敘述者不僅不諱言這種「劣根性」，且以戲劇化手法，誇大情節。扶桑及其他被拐女子甫到美國，對海關員工的「刁難」，便盡顯誠信闕如的刻板特徵。然而，華人就是透過賣弄「狡詐」，令洋人無計可施：

> 「問她，大鬍子鬼指扶桑，她母親叫什麼名字。她說她母親死了。我是問她母親的名字。她死了。你們這些撒起謊來毫無羞恥的中國人。……禿子（筆者按：指人販子）邊嚎邊向女仔們使眼色。還死在那裡幹什麼？快上來，抱住我喊爹！一時間五個女仔懂了道理，全撲了禿子身上。禿子躺在地上，用白眼珠掃一眼周圍，鬼們已認了輸。」（頁47-48）

中國移民用盡渾身解數，戲劇化地「蒙混過關」。「狡獪」行為成了華人應付洋人，以及賴以生存的竅門。其中反映的委曲求全或也多少化解了誠信闕如背後負載的道德譴責。況且，把中國人的所謂詭詐如此誇張漫畫化，反使真實一面受到質疑。中國人在西方典籍記載中，經常給惡意地以漫畫表達。頭辮異於大眾，指甲長如鬼爪，行事陰森神秘等，經常成為漫畫家筆下的獵奇題材。《扶桑》同樣以漫畫式誇張表達中國人的行事作風，卻在字裡行間，令讀者不得不重新反思背後隱含的深意。

再看作者對主角大勇的描述。大勇同樣以刁鑽狡猾聞名，而正因如此，才能乘勢打擊洋人。他本身明明是策動華人罷工的主謀，卻裝作若無其事、貪小毛利的樣子。在權充為洋人僱主翻譯過程中，他故意言語間顛三倒四：

> 「他們說，狗婊子養的白鬼新通過一個法案，要把中國人從這個國家排除出去；他們還說，長著臭胳肢窩的、猴毛沒蛻盡的、婊子養的大鼻子白鬼……你不用翻譯這麼仔

細。一塊錢值這麼多，我不能讓你虧本。他們說，新法案把中國人作為唯一被排斥的異民，這是地道的種族壓迫。他們還說，鐵路老闆們把鐵路成功歸到德國人的嚴謹，英國人的持恆，愛爾蘭人的樂天精神，從來不提一個字的中國苦力，從來就把中國人當驢。……他們說，一天沒有公平，就罷一天的工……怎麼停了？這是最關鍵地方……一塊錢就值這麼多。代表們朝這個衣飾璀璨的中國漢子瞠目。卻見他面孔憨厚得連狗都遜色。」（頁85-86）

早已有論者指出，華人常因不懂英語，或只能運用洋涇濱英語（Pigeon English），而成為白人取笑對象。[10] 中國移民缺乏社會地位，受盡種族歧視，卻無法伸張自身權益，表現在外在行為上，便是處處保持緘默。語言障礙造成的溝通困難，成為沉默表現的象徵。大勇卻以一口流利洋涇濱英語，愚弄白人。這樣除了反映華人備受壓迫的不公平現象外，亦令洋人束手無策。從拯救會手中搶走扶桑一幕，大勇便是充份利用英語誤聽為藉口，掩護自己，對付敵人。

東方人崇尚暴力的刻板印象，同樣存在於其時一些西方人心目中。[11] 拉納・卡班尼（Rana Kabbani）則進一步分析，指出西方人為了粉飾侵佔東方的野心，才把東方人刻意塑造成崇尚暴力的民族。殘暴的東方，使西方人得以啟蒙者（Enlightener）姿態出現。[12] 性格帶有所謂暴力傾向的華人既然聚居華埠，華埠自然成為展現民族暴力的地方。尤其是華人打鬥，更成為當地人作壁上觀，喜聞樂道的焦點。[13] 他們期望的是，中國人自己演出好勇鬥狠的殘酷本性。《扶桑》同樣沒有迴避這一熱門題材。一場由扶桑引發，籌備多時，牽連廣泛，萬眾期待的華人格鬥，蓄勢待發。對於洋人期望華人自相殘殺，一意看熱鬧的心情，作者有以下敘述：

> 「觀眾們在中午時分都到了。陽臺這時已裝上了陽傘，還置放了扶手椅和酒桌。夫人們的單柄望遠鏡已準備好了，她們全是節日盛裝，連長驅而來的馬車也過節般隆重。」（頁153）

事事訴諸暴力，固然是野蠻，讓人不敢恭維的行徑，但當人毫無惻隱憐憫之心，而只是興奮地期待他人惡鬥，那麼，這些人的道德修為又應如何評價？盛裝打扮，欣然赴會，隆重其事，原來只為見證非我族類的浴血殘殺。作者質疑的正是其時西方人自以為較東方人文明的想法。一場眾人翹首以待的「好戲」，終於繪影繪聲展現：肉博交鋒，劈砍不絕，血流如注。然而，在敘述者妮妮敘述下，這場古老東方惡鬥，最後反成為中國男兒氣概的演示。參戰者打扮光鮮整潔，氣氛莊嚴肅穆，先已讓人眼前一亮。再看搏鬥如何提升為「技藝」，以至東方精神的體現：

> 「這些東方人的勇猛使他們（筆者按：指觀眾）醒悟到一點什麼。他們漸漸息聲歛氣，眼睛也不再狠狠張開了。那點醒悟漸漸清晰了：他們不是在自相殘殺，他們是在藉自相殘殺而展示和炫耀這古典東方的、抽象的勇敢和義氣。他們在拚殺中給對手的是尊重，還有信賴。某人刀失手落地，另一人等待他拾起。他們借這一切來展現他們的視死如歸，像某人展示財富，另一些人展示品格、天賦。他們以這番血換血、命換命的廝殺展示一個精神：死是可以非常壯麗的。」（頁154-155）

向以啟蒙東方為己任之西方，為東方氣勢震懾，反成為被啟蒙一方。兩者易位及帶出的意義，一再顯示出作者貫徹全文的敘述策略。

在其時西方印象中，中國人的低劣還往往表現在罪惡行為上。拯救陷於罪惡深淵的異教徒，成了不少西方傳教士「義不容辭」的責任。[14] 唐人街一向被視為藏污納垢之地，傳教士便經常以救援當地妓女為己任。《扶桑》亦敘述了女傳道人如何風塵僕僕，拯救這些中國姊妹。不過，敘述者亦同時安排了故事中的大勇，從另一角度加以剖析。原來所謂拯救背後，民族歧視心態仍是揮之不去。拯救者的「小心翼翼」，大勇冷眼旁觀，了然於心：

> 「讓他們捂著鼻子拯救我們。……大勇饒有興味地看兩個洋尼姑忙得如一對撲飛的天使」。（頁123）

至於中國少女被拯救後，則必須按照規條生活，絲毫不得逾越，偶然「行差踏錯」，會被視為大逆不道、道德淪亡。這些矢志救人的西洋傳教士，更把中西家居如廁習慣的相異，無限地「提升」為中國人道德無可藥救的墮落[15]：

> 「我（筆者按：指女傳教士瑪麗）意識到有些東西是不能被改良的，比如這些半是兒童半是魔鬼的生物。……中國人……生了這些魔鬼似的女孩來懲罰世界！」（頁131）

最後，敘述者以扶桑的漠然、毫不動容來否定這種因民族歧視衍生的羞辱、標籤：

「你就這樣一動不動地聽，聽。你感到沒有必要聽懂這種語言。」（頁131）

前面曾引述阿瑟．史密斯（Arthur H. Smith）《中國人的性格》（*Chinese Characteristics*）一書，並指出其中羅列了不少西方人認定的中國人特色。被負面批評之餘，中國人勤勞刻苦、堅忍不拔、生命力頑強等特徵則似乎仍然受到肯定。[16] 然而，在《扶桑》作者的反諷敘述下，這些所謂民族美德，反而成了西方人任意欺侮華人，而後者則荏弱無能的演示。嚴歌苓喜把西方人認可的中國美德推向極致，從而產生表面滑稽可笑，卻內帶悲涼的描寫效果。尤其是身為華人的讀者展讀內容時，更會容易觸動民族情緒。且看以下描寫：

「剎那間他（筆者按：指當時一個中國苦力）已被三十多個白種工友圍攏。一隻手揪住了他的花白辮子。老苦力扭轉臉，憂愁地笑笑。這副每個中國苦力都有的笑容徹底激怒了原本祇想戲弄他一番的白種工友們。這麼老了，他改不了奴性了。木棒砸下來。……打斷他腰，看他一天背一百筐石頭；打斷他手，看他一天鋪一哩的軌；打掉他的牙，看他吃一頓飯活三天！老苦力越來越矮小細瘦，一條腿布口袋似的掛在身後。……行行好，打得差不多就省省力氣……老苦力已什麼都看不見了，天地都是自己的血。一支菸時間，白種工友筋骨大舒地走開了。老苦力瞪著一片血的汪洋，用肺喊：別走啊，打到這樣子你們可不能走，行行好，幫個忙我把這口氣噝掉算了。幫個忙，再給兩下就好……他死了。沒——有，他趴在哪哩仔仔細細找他的牙。白種工友走遠，認為他不會死；他能忍一切就能

忍著不死。」（頁69-70）

敘述者刻意描寫華工受白人欺壓，努力「迎合」的樣子。中國人缺乏神經系統的理論，在這裡可以大派用場。在西方人心目中，中國人據說因為缺乏神經知覺，天生能夠抵受任何苦楚。[17] 中國老苦力對一切加諸身上的肉體攻擊，均能一一捱過，不就再一次證明這種低層次的生存本能嗎？如此推論引申，就更加慫恿了西方人仇視中國人的非理性情緒。在他們看來，中國人縱有刻苦耐力，也只為蠻勁。如此低檔次的能力，最後更被看作為只會有害社會，降低人的價值與意義。在民族偏見陰影下，中國人永遠逃不掉成為代罪羔羊[18]：

「白種工友們終於悟過來，他們是一切罪惡的根。這些捧出自己任人去吸血的東西。他們安靜的忍耐讓非人的生存環境、讓低廉到踐踏人的尊嚴的工資合理了。世上竟有這樣的生命，靠著一小罐米飯一撮鹽活下去。這些拖辮子的人把人和畜的距離陡然縮短，把人的價值陡然降低。這些天生的奴隸使奴隸主們合情合理地復活了。」（頁68）

中國人康復再生的無限能力，經常被白人神話化。在以上中國人被揍致死情節中，敘述者便質疑了西方人這種自以為是的觀念。生理上，中國人與西方人可說具備同樣的身體結構，受到襲擊，受傷以至死亡為必然結果。中國老苦力血地尋牙，反映的不僅是中國人異地生存的艱辛委屈、百般忍耐，更帶出了中國人也是人，同為血肉之軀，無論有多堅忍，死亡仍是逃不過的宿命。種族偏見下，中國人康復再生的神話，由是受到質疑。

三、大勇與扶桑——中國人刻板形象的突破

從早期華人移民歷史來看，因為種族歧視、排斥關係，中國男性的陽剛氣質經常受到衝擊。在白人打壓華人政策下，這些死賴在白人土地的「中國佬」、「中國豬」往往被迫從事女性化、體力勞動工作，如只能在洗衣、飲食等職場幹活謀生。[19] 在《扶桑》敘述者努力演繹下，男主角大勇卻以陽剛姿態，體現出趙健秀等人所津津樂道的中國男性氣概。[20] 大勇是繼傳滿洲這等負面形象後，另一類中國男性形象的突破。

大勇表現如此神勇，與其「神乎其技」不無關係。他腰上的飛鏢，彷佛帶有三千年古國凝聚的神秘魔力：

> 「有關一個擲飛鏢的『不好男兒』的故事在白人中傳成了魔。並傳那飛鏢上全蘸有毒藥，三千年的秘方。總之這警察呼啦一下撲在地下，等他爬起，阿丁（筆者按：指大勇）已跳進海裡不見了。」（頁30）

要注意的是，一切只是「傳說」而已。一直到故事結束，其實從未有人見過大勇發放這些令人聞風喪膽的飛鏢。他其實只是偶然下，取得飛鏢，放在身上而已。小說要表達的，是西方人對中國人潛藏著恐懼、不解，才令一切變得詭異、可怕。亨利・博代（Henri Baudet）認為歐洲人看待非歐洲人的方式，正好代表一般西方人對他者的偏見。他認為西方人是以想像去完成對非西方人的印象。這是心理的訴求假設，而非源於觀察、經驗所得的印象。[21] 更耐人尋味的是，東方人有時竟是如此積極地配合他們的想像。[22] 因此，所謂犀利無比的中國男兒飛鏢，可能只是西方一

廂情願，又或者是中國人為了配合西方想像的產物。背後隱藏的意義，才是關鍵所在。《扶桑》敘述者努力戳破的，正是西方對東方的虛假想像。

令洋人束手無策，集華人神秘莫測、詭變多詐於一身的大勇多年後終於落網，成為階下囚。然而，與洋人對峙過程中，大勇表現的氣度，仍然讓對手大為折服：

> 「獄卒們對大勇頗為另眼相看。因為大勇活得像個戲，死也將像個戲。還因為他被警察馬隊包圍的時候既不投降，也不抵抗，很有尊嚴地服了法。甚至在他被逮住後，警察才發現他腰上的一排飛鏢，他本來可用它們突圍的。」（頁271）

大勇推翻了黃色膚色為怯懦標誌的假設，打破西方觀念裡中國男性難以成為英雄的迷思。[23] 敘述者以子之矛，攻子之盾，利用西方對東方的一貫想像，卻成就了另一東方傳奇。

在「東方主義」觀照下，東方女性在西方人心目中，往往成為色慾化身，散發著醉人魅力。對於這種致命誘惑力，西方男性每每只能欲拒還迎。他們一方面耽溺色慾，一方面又害怕無法自拔。[24] 扶桑的唐人街妓女身分，正好顯示東方女性這種典型魔幻吸引力。彷彿為了讓扶桑盡情發揮，敘述者極為注意她所處環境的氣氛情調。細緻繁瑣而又虛假造作的裝飾[25]，分明透著人工打造的濃厚東方色彩：

> 「一扇紅漆斑剝的門，上面掛四個綾羅宮燈。幾乎每個中國窰子都是一模一樣的門臉，高檔的、細緻而繁瑣；低廉的，如他進的這家，則是粗陋的繁瑣。紙竹子和臘蓮花，

> 刁鑽古怪的假山，顏色敗得慘淡，老老實實透出假。」（頁55）

而扶桑本身，在紅色綢衣包裹下，凝聚的也是懾人魅力。白人少年克里斯被吸引，便是由於扶桑身上散發的古老雌性魔力。通過克里斯雙眸，扶桑富美感的細緻動作，一一呈現：

> 「那樣繃緊嘴唇，在瓜籽崩裂時眉心輕輕一抖，彷彿碎裂了一個微小的痛楚；再那樣漫不經心又心事滿腹地挪動舌頭，讓鮮紅的瓜籽殼被嘴唇分娩出來，又在唇邊遲疑一會，落進小盤。」（頁55）

可是種種繁瑣細膩的描寫，更似乎指向腐朽的存在，一種不健康的形象。[26] 一如那有違人體生理結構的小腳，在西方觀照下，竟成為東方女性病態美感的表現。以下一段敘述，表達的便是克里斯對扶桑那「三寸金蓮」的注視：

> 「他在不遠處相跟她，這帶病帶痛的步態是他見過的最脆弱嬌嫩的東西；每一步都是對殘忍的嗔怪，每一步都申訴著殘廢了的自然。」（頁56）

病態下生就的婀娜姿態，看來更容易觸動西方男性的東方幻想。虛幻的美感，販賣的是古老殘敗中引人遐思的中國情調。一切一切，不就正符合其時唐人街的一貫形象嗎？—— 一個在西方人心目中，神秘、詭異、危險，但又透著無限誘惑的東方世界。[27]

表面上，扶桑與不少流落異地的女子一樣，只能販賣自身的東方情調。紅綢衣下的她，風姿綽約、溫馴服從、美艷誘人。她是名噪一時的妓女，完全符合西方對東方女性的想像。克里斯如影隨形，進退失措，正是迷惑於那種東方魅力。不過，敘述者要表達的又非僅止於此，她要帶出的是更深層的意義。扶桑自然的包容力，顯示出精神上的逾越。由於扶桑這一行事作風，種族不平等、人為扭曲種種，得到了新的演繹：

> 「氣氛相當和睦安詳，人群裡窮的富的，醜的俊的，老的少的，黃的白的黑的，頭一次得到如此絕對的平等。」（頁241）

從扶桑身上，克里斯得以重新反省自身固有的狹隘觀念。窮盡一生，他才真正釐清、理解所謂卑屈、受難等概念的豐富意涵：

> 「在跪作為一個純生物姿態形成概念之前，在它有一切卑屈、恭順的奴性意味之前，它有著與其他所有姿態的平等。它有著自由的屬性。它可以意味慷慨地布施、寬容和悲憫。他想，那個跪著的扶桑之所以動人，是因為她體現了最遠古的雌性對於雄性的寬恕與悲憫；弱勢對強勢的慷慨的寬恕。」（頁254）

所謂強勢與弱勢界線泯滅後，原有的概念內容也就得到重新定位。種族間的歧視、壓迫，自然缺乏立足依據。《扶桑》的敘述者似乎在努力為流寓海外，受盡種族壓迫的中國人尋找精神出路。扶桑和大勇這兩角色，無論有意還是無意，在體現了他們在洋人心目中以為該有的東方特色後，回彈的是更大的抗衡力量。

◆注釋

1 嚴歌苓：《扶桑》（臺北：聯經出版事業公司，1996），頁1-278。

2 嚴歌苓作品屢獲文學殊榮，如《人寰》獲第二屆中國時報百萬小說獎、《扶桑》獲聯合報長篇小說評審獎。王德威對《扶桑》有以下評語：「作者這兩年積極參與臺灣各大報文學獎，屢有斬獲；對評審及預期讀者口味的拿捏，亦頗具心得。本作應是她歷次得獎作品中最好的一篇。」
王德威：〈短評《扶桑》〉，《扶桑》（嚴歌苓，臺北：聯經出版事業公司，1996），頁7。

3 嚴歌苓如此解釋好聽的故事：「好聽的故事該有精彩的情節，有出奇不意的發展，一個意外接一個意外，最主要的是通過所有的衝突，一個個人物活起來了，讀者們與這些人物漸漸相處得難捨難分，因他們產生了愛、憎、憐、惡。」
嚴歌苓：〈主流與邊緣〉，《扶桑》（臺北：聯經出版事業公司，1996），頁1。

4 a. 中國男性頭上的長辮在外國被戲謔為豬尾巴（Pigtail）。清季，中國男性均束長辮，因與其時白人髮式不同，在種族主義偏見下，便引申出不同文化意義。嚴歌苓在〈主流與邊緣〉一文中，即指出早期中國移民對自己的辮子「有著最敏銳、脆弱的感知。在美國人以剪辮子做為欺凌、侮辱方式時，他們感到的疼痛是超乎肉體的。」
嚴歌苓：〈主流與邊緣〉，《扶桑》（臺北：聯經出版事業公司，1996），頁2。
b. 在阿諾德・根特（Arnold Genthe）所收藏的華埠影集中，中國人束長辮的形象常成為拍攝焦點。其中一幅更以四個留著長辮的小孩為對象。四人排成一列，分別向前拉著另一人的長辮，引為奇趣。照片題為「豬尾巴遊行」（Pigtail Parade），隱然含有訕笑意味。
Arnold Genthe, *Genthe's Photographs of San Francisco's Old Chinatown* (Selection and Text by John Kuo Wei Tchen) (New York: Dover Publications, 1984) 119.

5 哈羅德・伊薩克斯（Harold Isaacs）所列的六個時期為：尊敬時期（The Age of Respect）（18世紀）、蔑視時期（The Age of Contempt）（1840-1905）、仁慈時期（The Age of Benevolence）（1905-1937）、欣賞時期（The Age of Admiration）（1937-1944）、覺醒時期（The Age of Disenchantment）（1944-1949）、仇視時期（The Age of Hostility）（1940-）。
Harold Isaacs, *Images of Asia: American Views of China and India* (New York: Capricorn Books, 1962) 71.

6 李玫瑰（Rose Hum Lee）曾從「散居」（Diaspora）的主題出發，對唐人街的特色及變遷有詳細分析。
Rose Hum Lee, *The Chinese in the United States of America* (Hong Kong: Hong Kong University Press, 1960) 58-68.

7 a. Robert McClellan, *The Heathen Chinee: A Study of American Attitudes toward China, 1890-1905* (Ohio: Ohio State University Press, 1971) 228-231.
b. Arnold Genthe, *Genthe's Photographs of San Francisco's Old Chinatown* (Selection and Text by John Kuo Wei Tchen) (New York: Dover Publications, 1984) 8.
c. Gary Hoppenstand, "Yellow Devil Doctors and Opium Dens: A Survey of the Yellow Peril Stereotypes in Mass Media Entertainment," *The Popular Culture Reader*, ed. Christopher D. Geist and Jack Nachbar (Bowling Green: Bowling Green University Popular Press, 1983) 175-177.

8 Harold Isaacs, *Images of Asia: American Views of China and India* (New York: Capricorn Books, 1962) 104.

9 Arthur H. Smith, *Chinese Characteristics* (New York: Fleming H. Revell Company, 1984) 266-286.

10 Robert McClellan, *The Heathen Chinee: A Study of American Attitudes toward China, 1890-1905* (Ohio: Ohio State University Press, 1971) 57-58.

11 a. William Franking Wu, *The Yellow Peril: Chinese Americans in American Fiction, 1850-1940*, diss. University

of Michigan, 1979 (Ann Arbor: University Microfilms International, 1981) 4.

b. Linda Nochlin, *The Politics of Vision: Essays on Nineteenth-Century Art and Society* (New York: Haper & Row, 1989) 52.

12 Rana Kabbani, *Europe's Myths of Orient* (London: Macmillan Press, 1986) 6.

13 阿諾德・根特（Arnold Genthe）在寫給威爾・歐文（Will Irwin）的信中，便曾指出幫會鬥爭（Tong Feuds）是唐人街特色。
Arnold Genthe, *Old Chinatown: A Book of Pictures by Arnold Genthe* (Text by Will Irwin) (Norwood: Plimpton Press) 207.

14 其時有「白人的負擔」（White Men's Burden）的說法，意指白人素以拯救其他族群為己任，但背後隱含的未嘗不是根深蒂固的民族優越感。

a. Shirley Geok-lin Lim, *Asian American Literature: An Anthology* (Chicago: NTC/ Contemporary Publishing Group, 2000) 124.

b. Harold Isaacs, *Images of Asia: American Views of China and India* (New York: Capricorn Books, 1962) 128-140.

15 在西方人觀念裡，中國人一向不注重衛生清潔、欠缺個人道德修養。
Robert McClellan, *The Heathen Chinee: A Study of American Attitudes toward China, 1890-1905* (Ohio: Ohio State University Press, 1971) 35.

16 Arthur H. Smith, *Chinese Characteristics* (New York: Fleming H. Revell Company, 1984) 27-34, 144-151, 152-161.

17 a. Arthur H. Smith, *Chinese Characteristics* (New York: Fleming H. Revell Company, 1984) 90-97.

b. Harold Isaacs, *Images of Asia: American Views of China and India* (New York: Capricorn Books, 1962) 101-104.

18 白人深恨中國人「搶飯碗」的行為，於是從白人天生民族優越理論入手，把排斥異己的行為合理化。

19 Lothrop Stoddard, *The Rising Tide of Color: Against White World-Supremacy* (New York: Cornwall Press, 1920) 273-274.

a. 美籍華裔作家趙健秀（Frank Chin）在作品中，便一直努力建立及尋找中國男性陽剛形象。在一篇專文中，他對於中國男性在美國人心目中的刻板形象，有很清楚的分析。他認為美國人樂於把中國男性塑造成娘娘腔、被動、缺乏膽量的樣子。相對於難於駕馭的黑人而言，這種女性化，馴服的中國男性正是美國人心目中理想的模範少數族裔。
Frank Chin, "Confessions of the Chinatown Cowboy, " *Asian America* Vol. 4, No. 3 (Fall, 1972) 67-69.

b. 伯納德・黃（Bernard P. Wong）從經濟角度，解釋19世紀美國華工從事餐館及洗衣工作的原因。
Benard P. Wong, *Chinatown: Economic Adaptation and Ethnic Identity of the Chinese* (New York: CBS College Publishing, 1982) 37-40.

c. 張敬珏（King-kok Cheung）指出，中國男性在美國一樣也有從事諸如興建鐵路、開發金礦、耕作種植等工作，但往往被白人史家所忽略。中國男性更常地以餐館廚師、侍應、洗衣店工人等見稱，而這類職業往往被視為帶有女性化特質。
King-Kok Cheung, "The Woman Warrior versus the Chinaman Pacific: Must a Chinese American Critic Choose between Feminism and Heroism?, " *Conflicts in Feminism*, ed. Marianne Hirsch and Evelyn Keller (New York: Routledge, 1990) 235.

d. 在舞臺劇《蝴蝶君》（*M. Butterfly*）中，主角宋（Song）有這樣的指陳：「身為東方人，我永遠不能成為一個真正的男人。」
David Henry Hwang, *M. Butterfly* (London: Penguin, 1989) 83.

20 趙健秀（Frank Chin）等人，曾先後出版《唉喲》（*Aiiieeeee*）、《大唉喲》（*The Big Aiiieeeee*）兩本結集，收集了不少華裔作家作品，旨在探討及展示中國男性氣概。

a. Frank Chin, Jeffery Paul Chan, Lawson Fusao Inada, and Shawn Hsu Wong, ed., *Aiiieeeee! An Anthology of Asian-American Writers* (Washington, D. C.: Howard University Press, 1974) 1-200.
b. Jeffery Paul Chan, Frank Chin, Lawson Fusao Inada, and Shawn Wong, ed., *The Big Aiiieeeee! An Anthology of Chinese American and Japanese American Literature* (New York: Penguin Books, 1991) 1-619.

21 Henri Baudet, *Paradise on Earth: Some Thoughts on European Images of Non-European Man*, trans. Elizabeth Wentholt (Middletown: Wesleyan University Press, 1988) 6.

22 John Louis GiGaetani, "M. Butterfly: An Interview with David Henry Hwang," *The Drama Review* Vol. 33, No. 3 (Fall, 1989) 141-142.

23 a. Harold Isaacs, *Images of Asia: American Views of China and India* (New York: Capricorn Books, 1962) 97.
b. 羅伯特・姆克萊倫（Robert McClellan）指出，在美國文學中，中國人從來無法以英雄形象出現。
Robert McClellan, *The Heathen Chinee: A Study of American Attitudes toward China, 1890-1905* (Ohio: Ohio State University Press, 1971) 59-60.

24 a. Edward Said, *Orientalism* (New York: Vintage Books, 1979) 166-167, 179-180, 186-187.
b. Rana Kabbani, *Europe's Myths of Orient* (London: Macmillan Press, 1986) 26, 64-69, 81-85.
c. 伊萊恩・金（Elaine Kim）認為在種族主義下，亞洲女性成了只會取悅及服務男性的性對象。
Elanie Kim, "Asian American Writers: A Bibliographical Review," *American Studies International* Vol. 22, No. 2 (Oct, 1984) 64.

25 裝飾越是明顯，有時更會被視作為低層次文化的表現。
Peter Wollen, "Fashion / Orientalism / The Body," *New Formations* No. 1 (Spring, 1987) 6.

26 Naomi Schor, *Reading in Detail: Aesthetics and the Feminine* (New York: Methuen, 1987) 44-46.

27 a. William Franking Wu, *The Yellow Peril: Chinese Americans in American Fiction, 1850-1940*, diss. University of Michigan, 1979 (Ann Arbor: University Microfilms International, 1981) 4-5.
b. Arnold Genthe, *Genthe's Photographs of San Francisco's Old Chinatown* (Selection and Text by John Kuo Wei Tchen) (New York: Dover Publications, 1984) 3.
c. Elaine H. Kim, *Asian American Literature: An Introduction to the Writings and Their Social Context* (Philadelphia: Temple University Press, 1982) 93-96.

** 全文2020年5月完成修訂，原刊於《中國文化月刊》（2002年7月）。

悲涼的觀照

——嚴歌苓小說的老年男性書寫

摘要

本文以嚴歌苓小說的老年男性書寫為研究內容。作者如何通過敘述演繹日暮黃昏的失意悲涼，為論文重點所在。論文首先探討老年男性角色在愛情、婚姻追求上的挫敗，接著論述其對親情的渴望，最後以自我失落作結。在愛情、婚姻關係上，老年男主角往往波折重重，論文指出的亦是這些老人常見的負面刻板形象。相對來說，在親情關係上，他們反而較能取得精神上的滿足，而和孫輩的親密關係，更往往成了個中契機。未能肯定自我價值，更是他們面對的困境。無論昔日人生是否璀璨，他們要為今日尊嚴取得認證，仍然困難重重。悲涼觀照下的老年生活，是否作家難能逃避的寫作情結？

一、前言——只是近黃昏

只要活下去，我們都會衰老。這種擺脱不掉的人生宿命，並沒有使老年學成為熱門研究課題。[1] 問津者少的研究情況，反映出對老年問題的迴避，背後彰顯的更可能是對老人根深蒂固的歧視與偏見。[2] 老人的負面形象，是老年學常涉及範疇。托德·納爾遜（Todd D. Nelson）所編一書，便羅列了老人種種負面特徵。[3] 思想保守、僵化，成為現代老人的普遍寫照。在這種思想潮流下，阿圖爾·叔本華（Arthur Schopenhauer）對老人智慧的推崇，[4] 不啻為不切現況的哲學書寫。老人的負面形象，在現今傳播媒體推波助瀾下，更加深入人心。文學方面，有關老人的書寫亦非主流。老人在作品中往往只能成為陪襯角色，受到忽略，即使偶受垂青，最後也只會淪為彰顯年輕主角的布景工具。[5]

嚴歌苓小説中，有關老人的書寫，相對於其他題材來説，可説不多，卻無礙作者的發揮。對一擅長塑造女性角色的女作家來説[6]，老年男性題材更成為難得的書寫演練。從小漁、扶桑、阿尕開始，一直到田蘇菲、王葡萄、多鶴、小環等，嚴歌苓在作品中創造了不少堅韌女性。這些女性往往以頑強意志，克服種種困難，更成為男性身邊保護者。[7] 在這種一貫以女性為書寫主體的寫作風格下，嚴歌苓小説的老年男性又以怎樣的姿態出現？本文從三方面展開討論。首先探討老年男性對愛情、婚姻之追求，以及種種挫敗，接著論述其對親情之渴望，最後以自我價值失落之分析作結。[8]

二、愛情、婚姻的追求與挫敗

古今中外作品，歌頌愛情的多不勝數，然而這些作品往往以年輕主角為刻劃對象。年輕人情路上即使受挫，仍無損其中浪漫情懷，淒美氛圍，依然是當中引人入勝之風景。老年人追求所謂愛情，卻總以苦澀告終，美感固然欠奉，風燭殘年下，映襯的只是不自量力的淒涼落寞。

嚴歌苓移居海外後，創作不時以當地華人為對象。以下三篇小說：〈約會〉、〈花兒與少年〉、〈紅羅裙〉均為年長華僑的再婚故事。作者不忘告訴讀者三人的歲數。五娟丈夫六十八歲（〈約會〉），劉瀚夫瑞七十歲（〈花兒與少年〉），周先生七十二歲（〈紅羅裙〉）。一般來說，我們與人交往，會較常注意對方年齡，因為這是判別他人的重要依據。[9] 老年男性結交異性時，年齡特徵尤其顯得「舉足輕重」。在這幾篇小說中，作者一方面強調老年男性與再婚妻子年歲上的差異，另一方面又把年紀老大視為兩性關係絆腳石。三位女主角再嫁暮年丈夫，均為保障與前夫所生孩子的生活。提供經濟利益，則成為這些老年男性找到異性伴侶唯一憑藉。年齡距離、文化差異、以至喜好習慣的不同，卻使他們追求親密兩性關係的願望最終依然落空。男方戀惜不已、女方無動於衷，成了這些老夫少妻關係的真實寫照。作者在故事中處處流露老年男性因為感情不踏實而顯露的多疑猜忌，然而，無論如何橫加阻撓或妥協求和，最後反映的也只是男方在兩性關係中無能為力的悲哀。

三篇故事的情節不約而同鋪陳女主角與前夫所生兒子的親密。兩相對照下，這種對親兒的守護更反映女主角與再婚丈夫感情的疏離。〈約會〉的五娟親口向兒子曉峰表示：

> 「我也沒有不和他親啊！我有法子嗎？你來了，我這才開始活著！他該明白；要不為了你的前途，我會犧牲我自個兒，嫁他這麼個人？」（〈約會〉頁53）

母子和諧的家常生活，在老年丈夫看去，成了心中拔之不去的芒刺。為了爭取妻子注意，丈夫不惜訴諸無聊造作的行為：

> 「有時五娟和曉峰在廚房裡輕聲聊天或輕聲吵嘴，丈夫會突然出現，以很急促的動作做些絕無必要急促的事，比如翻一翻兩天前的報紙，或拿起噴霧器到垃圾桶旁邊找兩隻螞蟻來殺。」（〈約會〉頁52）

羅蘭·巴特（Roland Barthes）在《戀人絮語》中指出，身陷情網的人，心靈容易受傷。親睹心儀的人與他人在一起，對戀人感情造成巨大衝擊：

> 「在戀愛體驗的範圍內，最苦楚的創傷來自一個人親眼目睹的、而不是他所知道的情景……這一情景如同一個字母一樣呈現在眼前……準確，完整，清晰，全然沒有我的插足之地，我被擯絕在這個情景之外，」[10]

五娟的老年丈夫也因親歷具體情景，感情受創，然而，這種心靈創傷並未昇華至讓人惋惜的境界。情傷可以引致的唯美一面，沒有機會引發延展，僅見的只為孩童般的爭寵吃醋。誇張而徒然行為，錯置在老人身上，童稚可愛欠奉之餘，更只會讓人覺得格格不入。

〈花兒與少年〉的晚江，與洪敏雖兩情繾綣，但依然離婚，下嫁比自己年長三十歲的瀚夫瑞。晚江再婚後，心裡無時不記掛前夫及兒子九華，更一直為他們張羅生活。因為要跟九華見面，又怕瀚夫瑞不悅，晚江不時使計，卻更惹來瀚夫瑞不滿：

> 「每回告別九華後，瀚夫瑞會給晚江很長一段冷落。他要她一次次主動找話同他說，要她在自討沒趣後沉默下去，讓她在沉默中認識到她低賤地坐在BMW的真皮座椅上，低賤地望著窗外街景，低賤地哀怨、牢騷、仇恨。」（〈花兒與少年〉頁26）

在嚴歌苓小說中，老年男性多以窮愁潦倒姿態出現。〈花兒與少年〉的瀚夫瑞卻以具涵養的中產階級形象出現。以上引述，表達了以風度見稱的瀚夫瑞對妻子的「文明」警示。表面含蓄而有節制的教訓背後，讓人更看到他自以為高雅的倨傲。緊接下去的敘述，更把瀚夫瑞努力自我打造的「年輕」形象戳破，從年輕妻子角度，解構老年丈夫身體的「虛假」：

> 「瀚夫瑞的身板是四十歲的，姿態最多五十歲。他穩穩收住太極拳，突然颳來一陣海風，他頭髮衰弱地飄動起來，這才敗露了他真實的年齡。卻也還不至於敗露殆盡，人們在此刻猜他最多六十歲。他朝沿海邊跑來的晚江笑一下，是個三十歲的笑容，一口牙整齊白淨，亂真的假牙。」（〈花兒與少年〉頁26）

在一放一收的文本敘述策略下，老年男性使自己看起來年輕的努力，頓然受到衝擊。語言張弛之間，「一口牙整齊白淨」在「亂真的假牙」還原真相下，徒然留下裝腔作勢的效果。在知情者

「迫視」下，造作背後帶出了無法改變衰老的永恆悲哀。

羅蘭·巴特（Roland Barthes）對戀人的行為心態有以下形容：

> 「他就是這樣終日糾纏，令人煩厭，不論白天黑夜，他都不甘心被冷落；儘管已經年老體衰（這本身就夠膩味的了），他仍然像個專橫的警察，時刻都在鬼鬼祟祟地監視他的情偶，」[11]

並進而認為戀人有以下自省能力：

> 「戀人忽然意識到他正在把情偶塞進一個專制的羅網：他覺得自己從一個可憐蟲變成了一個可怕的怪物。」[12]

「年老色衰」的瀚夫瑞，和前面提及的五娟丈夫一樣，同樣不甘心被冷落，同樣干預妻子接近親兒，但卻沒對自身心態行為作出反省。作者從受監視者角度加以省視：

> 「她全明白了：他見雨大起來，便回家開了車出來，打算去她的長跑終點接她，卻看見晚江在破舊的小卡車裡和九華相依而眠。他為那份自我的淪落感而噁心……他決定以別人為例來點穿它。他一天都在借題發揮，指桑罵槐……要說我的愛是野蠻的，獸性的，就說去吧。她只要還有一口氣，就有一份給九華的愛。你不挑明，好，你就忍受我們吧，你要有涵養，就好好涵養下去。」（〈花兒與少年〉頁69）

單方面自我構築的戀人關係，敵不過血緣親子之情。間接戳破的所謂文雅方式，在對手豁出去直面下，自然無法發揮預期的優雅警示成效。胸有成竹的算計，在對方了然於胸下，亦難以請君入甕。一向受制的妻子由是反客為主，一再衝擊老年丈夫自以為是，居高臨下的姿態。

至於晚江與洪敏雖再無婚約，但二人重聚時自然而親密，赫然成為晚江與瀚夫瑞貌合神離的強烈對照。嚴歌苓一向善於在小說中把俗世男女感情以抒情敘述表達，通過文字營造戀愛氛圍，提升境界。[13] 在〈花兒與少年〉中，嚴歌苓用上整整幾頁篇幅敘寫晚江與洪敏的兩情繾綣。在抒情敘述帶動下，這段世俗的不倫之戀得到粉飾及昇華：

> 「晚江感覺洪敏的下巴抵在她額上。她便用額去撫摸這下巴，那上面刮臉刀開動著來回走，走了三千六百五十個早晨。她的額角撫出了他面頰上那層鐵青，很漢子的面頰。撫著撫著，晚江哽咽起來……晚江的面頰貼在洪敏胸口上。他的氣味穿透了十年，就是他送走她那個早晨的氣味，是那個掛美麗窗簾的簡陋小屋的氣味……洪敏抱著她。他們的個頭和塊頭一開始就搭配得那麼好，所有凸、凹都是七巧板似的拼合，所有的纏繞、曲與直，都是絕好的對稱體。她生來是一團麵，他的懷抱給了她形態。他在她十七歲、十八歲、十九歲時，漸漸把她塑成；從混沌一團的女孩，塑成一個女人。」（〈花兒與少年〉頁76-78）

離異十載，分隔兩地的客觀事實並沒有造成戀人的隔膜生疏。分離反為戀人蓄積了熾熱情緒，締造了以後相逢更形親密的空間。兩人自然流露的繾綣纏綿，和諧相得，形成混然一體的戀人世界。時間的回溯，更把無邪青春拉牽過來，賦予這段關係純真及原初擁有權的昭示。戀人的獨特氣味，超越時空，成為不可磨滅的感情記憶。肢體動作的自然配合，不僅銘刻了當下的和合，更是遙遠的初夜深情與想像。在這種自足的小小戀人世界裡，現實的戒律、禁忌，再無用武之地。流麗的敘述語言，形成獨特抒情節奏氣氛，演繹兩情相悅之餘，更同時衝擊倫理規條，為世俗難容的不倫戀情找到短暫生存空間。

再看故事結束時作者如何敘寫晚江與瀚夫瑞的夫妻關係：

> 「九點半她又聞到瀚夫瑞身上香噴噴的。她覺得自己簡直不可思議，居然開始刷牙、淋浴。隔壁院子幾十個少男少女在開Party。音樂響徹整個城市。她擦乾身體，也輕抹一些香水。洪敏這會兒在家裡了，趿著鞋，抽著菸，典型斷腸人的樣子。少男少女的Party正在升溫。無論你怎樣斷腸，人們照樣開Party。」（〈花兒與少年〉頁159）

抒情氛圍不再，敘述銳意打做的並非浪漫情懷。直述語言，明白地昭示女主角現實的理性算計。自然和諧，讓位於刻意的人工美化修飾。瀚夫瑞最終雖仍然得到晚江「積極配合」，但洪敏的「斷腸人」身影，無時不在浮現。老年男性的婚姻問題，似乎永遠注定有無法解開的情意結。敘述展現的，是不能逆轉的青春情懷，亦是任由主角如何矯飾也不能塗抹的心底印記。

第三篇討論〈紅羅裙〉。與前述故事一樣，女主角再婚是基於現實考慮。為了能讓兒子健將出國，海雲下嫁比自己年長三十多歲的周先生。故事中處處以海雲與兒子的親密來對比與丈夫關係的淡漠：

> 「健將知道這一世界媽只對他一人罵；這句『小死人』是

> 媽的撒嬌；媽跟她新婚的丈夫都不撒嬌的。」（〈紅羅裙〉頁5）

同樣值得注意的是，〈紅羅裙〉和〈花兒與少年〉一樣，敘述者樂此不疲地通過妻子角度看丈夫的老態。老年學研究論文指出，傳統觀念往往把老年視為身體腐朽，走下坡的階段。年輕人尤其對老人恐懼，視為不必要的負擔。[14] 在這篇小說中，相對於七十多歲的丈夫來說，三十多歲的妻子自然遠較年輕。數十載差距下，老年身體顯得份外矚目嚇人：

> 「布滿老年斑的臉和手都在打顫，像是隨時會厥過去……海雲看著自己年老的丈夫的額角，一根紫色血管蚯蚓般拱動。」（〈紅羅裙〉頁23）

衰老的身體，表現在性愛關係上，更成為年輕妻子努力配合之餘，客觀分析的對象。冷靜思索審視下，本來已覺侷促的肉體接觸，熱情既欠，猶顯突兀：

> 「海雲不知該怎麼辦。突然想起，周先生一顆不缺的兩排假牙明燦燦地擺在浴室洗臉臺上，他不答話自然是因為沒有『口齒』。那手將海雲上下摸一遍，又一遍，像是驗貨，仔細且客氣。之後他就回自己牀上去了。」（〈紅羅裙〉頁10）

點到即止的碰觸，並非帶來愉悅而滿足的感官經驗，反而成為身體老朽衰敗的見證。海雲對丈夫周先生突然噤聲的恍然頓悟，殺盡床笫風景之餘，更不留情地披露了老年男性欲蓋彌彰的老態特徵。老人研究評論早就指出人們對老人的憎惡，往往延伸至對輔助物件如耳機、枴杖等的演述顯示。[15]〈紅羅裙〉對老年男主角的假牙以至無牙的陳述，也成了作者的刻意經營。在盡寫周老先生性事不濟之餘，作者在故事結束時卻筆鋒一轉，讓其戲劇化地重振雄風：

> 「『快！快！快脫……』他喘著說，意思是這一記來得不易，弄不好就錯過了……他似乎竭力維護著他那珍奇的一次雄性證明，渾沌的眼珠亮起來，亮出欣喜、緊張、僥倖和恐懼。」（〈紅羅裙〉頁28）

所謂「雄性證明」，在男主角如逢甘露，唯恐錯過的憂喜摻雜，女主角盡力配合，倉皇上路的緊湊情節中，總算大功告成。「人生大事」雖終完成，但過程中顯露的煞有介事，在敘述擺弄下，嘲弄亦同時形成。這使我們不得不回到常見的老人問題上。刻板印象告訴我們，老年男性是難以有性生活，[16] 如仍不安份守己，勇闖禁地，只會惹來作家充滿喜劇味道的揶揄訕笑。[17]

討論以上三篇題材類同的小說後，緊接探討〈少女小漁〉中「老頭」與女性友人瑞塔的關係。「老頭」六十七歲，瑞塔年近五十。故事敘述者對此黃昏之戀有以下表述：

> 「瑞塔和老頭有著頗低級又頗動人的關係。瑞塔陪老頭喝酒、流淚、思鄉和睡覺。老頭拉小提琴，她唱，儘管唱得到處跑調……除了他們彼此欣賞，世界就當沒他們一樣。他倆該生活在一起，誰也不嫌誰，即使自相殘殺，也可以互舔傷口。」（〈少女小漁〉頁31-38）

二人同為天涯淪落人，相依相伴，同處身社會邊緣，受到漠視，不容於主流價值觀。相對於以上三篇小說對老年男性以財富換取兩性關係的嘲弄，此小說語調明顯收斂。潦倒而「門當戶對」的兩性關係，反使敘述者採取較寬容的書寫角度。然而，故事最後仍然安排「老頭」如何在年輕女主角面前自慚形穢，並以這種自卑瓦解難得的相惜情愫：

> 「那臉上更迭的是自卑和羞愧嗎？在少女這樣一個真正生命面前，他自卑著自己，抑或還有瑞塔……他推開瑞塔，還似乎怕他們醜陋的享樂唬著小漁……」（〈少女小漁〉頁39）

兜兜轉轉，依然跳不出嚴歌苓筆下慣見那種老年男性的挫敗，一再反映的仍是無法逾越的固有傳統看法。

接著探討的仍是以異地為背景的〈魔旦〉。外國男性奧古斯特五十六歲時「邂逅」唱戲的中國少男阿玫，從此折倒於其舞臺風采。十七歲的阿玫，在奧古斯特心目中，是三十年前他認識的中國戲子阿陸的化身。阿玫的魅力，通過舞臺上的演繹，使奧古斯特耽溺其中，無法自拔：

> 「奧古斯特對舞臺上幻化成無數個美麗女子的阿玫，一直被困在意外中。再再重複，再再意外。」（〈魔旦〉頁183）

男扮女裝，舞臺上百變美女，本就為虛幻形相，偏偏奧古斯特無比著迷。戲臺上的性別倒錯，延伸至現實生活中，引發出複雜感情糾葛。東西文化差異，東方被視為陰柔的東方主義觀照等衍生問題，使當事人感情具爭議之餘，更顯撲朔迷離。在著名劇作《蝴蝶君》（*M. Butterfly*）中，法國籍男主角戀上男扮女裝的中國京劇演員，多年仍不知後者的真正性別身分。[18] 在〈魔旦〉中，奧古斯特卻是明知迷戀對象的性別身分，依然一意守護。為了留住阿玫，奧古斯特一直奉獻辛苦賺來的金錢，殷勤隨侍。本來相安無事的關係，卻因中國少女阿芬介入起了變化。當意識到阿玫與阿芬日益親近，奧古斯特便決意帶阿玫離開。阿玫的想法卻截然不同。在阿玫心目中，奧古斯特有的只是暮年殘敗。以下敘述，即通過鏡像的扭曲造影，反映這種垂暮之象：

> 「阿玫明白這個垂暮正在逼近的男人要孤注一擲了……他從走樣的鏡子裡看著奧古斯特白得發灰的臉上，鼻尖是紅的。那發自內臟的抖顫已浮現到眉宇、眼球、兩頰，以及頭髮完全脫落而形成一塊正常皮肉的頭頂。」（〈魔旦〉頁192）

老人在文學作品中，很容易會被轉化為他者角色。[19] 凱思琳．伍德沃德（Kathleen Woodward）在分析《過去的時光》（*The Past Recaptured*）一幕場景時，即指出老人外貌如被置於顯微鏡下，受到誇大。[20] 在阿玫看來，奧古斯特這一老人只不過也是與自己不同的他者。他從「走樣的鏡子」去看老人，更加把後者變形醜化。換句話說，「走樣的鏡子」反映的不僅為客觀形體，更是阿玫主觀心目中為奧古斯特塑造的他者形象。弔詭的是，從奧古斯特這一他者看去，阿玫卻美得不可方物。這種敘述設計，與前面討論的幾篇小說正有相類之處。通過自我與他者、美麗與醜陋、嫌棄與愛戀、年輕與衰老等兩相對照關係，我們可以一再思索老年男性的命運。奧古斯特最後被殺，情節安排，在在暗示為阿芬與阿玫預設之局。老年男性命途多舛，成為作家筆下揮之不去的印記。[21]

這節最後分析收於《穗子物語》系列的小說〈梨花疫〉。主角余金純五十多歲，在故事中被稱為余老頭，一直邋遢撒賴，行為粗鄙。女叫化子萍子的出現，卻使余老頭的生活起了變化。小說敘事主要通過六歲女孩穗子的視角展開。根據沙立．戈盧布（Sarit A. Golub）的說法，兒童約六歲開始，逐漸形成對老年的負面刻板印象。[22] 在兒童穗子的意識中，余老頭的形象又是如何形成？剛開始時，敘述如此展開：

> 「余老頭的笑是由一大嘴牙和無數皺紋組成的；而且余老頭一個人長了兩個人的牙，一張臉上長了三張臉的皺紋。那是怎樣藏污納垢的牙和皺紋啊！穗子以後的一生，再沒見過比余老頭更好的齷齪歡笑了。余老頭看著女叫化萍子一點一點走近時，臉上就堆起這樣的歡笑。穗子後來想，如果詞典上『眉開眼笑』一詞的旁邊，並排放一張余老頭此刻的笑臉，編詞典的人實在可以不必廢話了。」（〈梨花疫〉頁95）

兩個人的牙，三張臉的皺紋，藏垢納污，誇張地填塞了視覺畫面，而這種觸目的視覺感受，反映的亦是穗子對余老頭的內心觀照。「齷齪歡笑」、「眉開眼笑」展現在這樣的臉容上，成了怪誕的形相組合。這種形相卻無礙余老頭發展與萍子的愛情。羅蘭．巴特（Roland Barthes）如此說明戀人的審美邏輯：

> 「出於一種奇特的邏輯，戀人眼中的情偶彷彿變成了一切（就像秋天的巴黎），同時他又覺得這一切中似乎還含有

> 某種他說不清的東西。這就是對方在他身上造成的一種審美的幻覺：他讚頌對象的完美，並因自己選擇了完美而自豪；」[23]

兩個受盡嫌棄，外形邋遢的人，有了朦朧情愛感覺後，從幻象中相互看出了對方的美麗：

> 「萍子的頭一次登場很占梨花的便宜，顯得美麗、合時節……余老頭眼前的萍子一下子昇華了。余老頭於是變得柔腸寸斷，風流多情。」（〈梨花疫〉頁95-96）

> 「路燈上來了，萍子在不遠處回頭看抱著孩子的余老頭，覺得他挺拔而俊氣。」（〈梨花疫〉頁105）

以上表達的是主觀的情愛感覺。余老頭有了愛慕對象後，生活頓起變化。西蒙．波娃（Simone de Beauvoir）曾指出老年人需有追尋目標才能找到生命意義，而生命價值，是奠基於愛情、友誼及同情等因素。[24] 余老頭遇上萍子，找到了憧憬的愛情，本來顯得卑瑣的生命有了轉機。他從「糟老頭」（〈梨花疫〉頁99）的世界裡走出來，不再荒淫、不再鬧酒，更重新寫作。

在嚴歌苓小說中，老年男性一廂情願投入情愛後，卻往往備受愛戀對象冷待。缺乏互動感情對象引致心理失衡，成為故事常見基調。在〈梨花疫〉中，嚴歌苓卻作出不同演繹。「兩情相悅」一時成了難得的黃昏希望，然而年長男角這種罕見愛情體驗，在旁人不懷好意搞作下，最後也只能留下稍縱即逝之黯然。

三、親情的渴求

注重事業，漠視親情，為傳統男性的刻板形象，可是隨著年紀老去，男性對親情的渴求卻往往有增加趨勢。戴維・古特曼（David Gutmann）便指出，女性與男性晚年會各自展露異性特質。[25] 換言之，對男性而言，自幼培養建立的陽剛性格特徵在老年階段會產生轉化。關懷別人或注重人際係等女性特質，也不時顯露在老年男性身上。嚴歌苓在小說中對老年男性重視親情也有所刻劃，可是，這樣的感情回歸，與愛情、婚姻的追求是否同樣波折重重？

首先討論四篇作品：〈審醜〉、〈老囚〉、〈老人魚〉及〈黑影〉，內容均涉及祖孫關係。作者細緻地縷述祖父與孫兒的相處。老年男性對祖孫關係的重視，早已為論者指出。[26] 在〈審醜〉、〈老人魚〉中，祖父對孫兒的溺愛，尤為作者筆觸所及。

〈審醜〉寫一拾荒老人撫育孫兒成長的故事。被暱稱為小臭兒的孫兒自小跟在老人身邊。小臭兒長大成親的花費，也由老人籌措。為了掙錢，老人更不惜為美術學院充當裸體模特兒。小臭兒有了經濟能力後，卻嫌棄老人，置其不顧。老人最後孤獨而終。故事敘述通過另一角色趙無定的視角展開，從這旁觀者多年的觀察去審視此一祖孫關係。其中趙無定對老人醜陋外形的細緻表述，尤為值注意。在藝術學院寫生課堂上，趙無定對老人裸體有以下審視與體會：

> 「爬過網著深藍血管的小腿，膝蓋輪廓唬人的尖銳。然後是那雙大腿，皮膚飄蕩在骨架上。他目光略掉了那昏黯、渾沌、糟污污的一團，停在那小腹上。小腹上有細密精緻

> 的摺縐，對於如此的一副空癟腔膛，這塊皮膚寬大得過分了。無定沒有去看他的臉，那張臉已朽了，似乎早該被他自己做為垃圾處理掉了。對於那張臉，『不幸』該是種讚美的形容。」（〈審醜〉頁88）

所謂「高一層審美，恰是審醜」（〈審醜〉頁79）的理論，並未能為老人的醜展示美學意義。根據趙無定的看法，這種審醜藝術觀是無法從美學角度，引導我們發掘老人衰朽身體折射的深邃內涵。藝術的感性觸覺，只造成趙無定內心的不安與逃避。凱思琳・伍德沃德（Kathleen Woodward）曾以老人裸體照片為例，帶出人們對老年身體的迴避。年輕身體往往讓人喜歡，但老朽身體並不會引起觀看者相同情緒。缺乏窺視慾望，是我們對老年身體的常有反應。[27] 趙無定無疑也有這種迴避傾向。面對老人身體某些部份，他更故意有所忽略，然而，與一般人不同的是，他對老人有著不忍之情。這種內心不忍，成為故事敘述主要基調，而這亦正是和上節論及的〈花兒與少年〉、〈約會〉及〈紅羅裙〉不同之處。當前者以冷觀或嘲弄的敘事角度縷述男性種種老態時，後者卻以憐憫之情，詮釋老人的孤獨無依。如此同情與關懷，雖未能就此扭轉老人的命運，卻使他們的心態及行為，得到不同角度的詮釋。

小說最後以趙無定為老人圓謊作結。老人生前，曾向鄰里謊稱孫兒的孝順及成就。當鄰人向趙無定求證真偽時，趙無定雖明知真相，仍為之掩飾。謊言背後，隱藏的是老人不想面對孫兒棄養的現實，反映的更是老人心底對親情的渴望。趙無定雖然無法避免對老人形相作出刻板敘述，但卻對其可親的內心世界有所肯定。細緻描述背後，迴盪的是其中的悲憫情懷。

這種對老人的關懷體驗，在嚴歌苓另一小說〈老囚〉中，亦同樣可以找到。〈老囚〉是被囚三十年政治犯賀智渠的故事。賀智渠重獲自由後與女兒一家一起生活。小說內容即通過他與外孫女的關係展開。外孫女由抗拒而接受姥爺，成為主要書寫內容。八十歲姥爺於小說中甫出場，在外孫女觀照下，已顯得不堪入目：

> 「穿一身黑不黑、藍不藍的棉襖棉褲，黑暗的臉色，又瘦又矮……這老頭猥瑣透了，不是那種敢做敢為敢犯王法的模樣，也沒有政治犯的自以為是、不以己悲的偉岸。」（〈老囚〉頁31）

在前一章已提及，老人滿口假牙的身體特徵如何受到愛侶「冷眼旁觀」。這一次作者則從年輕孫兒視角切入。在孫兒富想像力而毫無掩飾的直白下，敘述更顯得具體而直接：

> 「粗劣疏鬆的煙草鑽了他一嘴，他不停地以舌頭去尋摸煙草渣子。這唇舌運動使他本來就太鬆的假牙托子發出不可思議的響動：它從牙床上被掀起，又落回牙床，『呱啦嗒、呱啦嗒』。弟弟終於受不了了，說：『喲姥爺，您怎麼滿嘴直跑木拖板兒啊？』姥爺不理他，『木拖鞋』更是跑得起勁。弟弟做了個驚恐而噁心的表情，走了。」（〈老囚〉頁39）

誇張的繪影繪聲下，木拖鞋的比喻，具體活動過程，被一一仔細展示，卡通化之餘，亦不無醜化。不加偽裝的鄙夷之色，一再強化的仍是家人心底的無形抗拒。至於老人常為人嫌棄的身體氣味，[28] 在姥爺身上同樣不缺。這種所謂老人體味，更被延伸為深具個人特色。三十年囚禁生涯，銘刻在姥爺身上是終生難以消褪的牢獄氣味：

> 「媽這時進廚房倒煙灰缸，然後去洗手，身子盡量繞開姥爺，盡量不去聞姥爺身上的氣味。我們家四個人都肯定那就是監獄的氣味，長到靈肉裡去了，清除不了的。」（〈老囚〉頁35-36）

外孫女這一敘述者開始時自稱對姥爺沒有多少同情心。在不帶感情觀照下，老人讓人厭惡的老態及種種行為因而成為演述內容，可是，當外孫女和姥爺開始對話，雙方關係即有了轉變。由於外孫女追問和聆聽，姥爺得以敘述在勞改營的故事：為了一看女兒參演的電影，不惜以身犯險。值得注意的是，通過這種對話，一向受漠視的老人經歷，得以展現。班雅明（Walter Benjamin）對說故事者有以下說法：

> 「他的才華在於有能力敘述其生命，他尊貴的使命在於有能力把它從頭到尾地述說。敘事者，便是有能力以敘事的細火，將其生命之蕊燃燒殆盡的人。」[29]

本來一生黯淡，為親人嫌棄的姥爺，有了外孫女這一聆聽對象，變成說故事的人，生命價值因而受到確認及尊重。外孫女亦由此走出被扭曲的感情世界，「找回人性正常感情和事實的衡量尺度」[30]。祖孫二人原本冷淡疏離的關係，終有所改變。孫女對姥爺不再調笑、鄙夷，除關懷其年老體衰外，更處處維護。

西蒙・波娃（Simone de Beauvoir）曾指出，老人與孫輩易於建立感情關係。[31]〈老囚〉所演述的祖孫故事，正好說明其中契機。一般來說，祖父對孫兒的疼愛，往往為後者對前者依戀重要因素。然而，孫兒隨著成長，審時度勢，眷戀不免轉淡。前面分析的〈審醜〉，即為一例。接著討論的〈老人魚〉，簡單來看，亦可歸入此類。小說女主角穗子，自小由繼外祖父撫育。二人雖無血緣關係，卻無礙二人的親密。外祖父對穗子疼愛有加，穗子亦對外祖父處處依賴。與〈審醜〉、〈老囚〉相同的是，〈老人魚〉同樣刻劃老人難看的外形：

> 「一個個子不高但身材精幹的六十歲老頭，邁著微瘸的雄赳赳步伐，頭不斷地搖，信不過你或乾脆否定你。他背上背著兩歲半的穗子，胸口上別了十多枚功勳章。穗子的上衣兜裡裝滿了炒米花，她乘騎著外公邊走邊吃……所有軍功章把老頭兒的衣服墜垮了，兩片前襟左面比右面稍長些。」（〈老人魚〉頁4）

在作家筆下，「身材精幹」本為對老人的難得形容，然而敘述接著把「雄赳赳步伐」與「微瘸」的生理缺陷並置，並加上「頭不斷地搖」的誇張動作，於是產生了怪異的視覺效果。連串顯得突兀的動作描寫後，進而推斷老人對人的不信任。同樣地，本應昭示英勇神氣的勳章卻反把老人衣服墜至兩襟不對稱，其中又點綴上穗子騎坐老人身上邊走邊吃的異樣畫面。動畫化的構圖，帶出了外公粗鄙滑稽的刻板形象。其實，外公惹笑的行為，可說貫穿整篇小說，而經由穗子的視角，一一呈現。正因外公行事讓人側目，穗子最後找到離棄外公的理由。

全篇故事結束時，敘述仍不忘交代穗子離棄外公。穗子在為自己搬演遺棄理據過程中，卻處處留下反思空間。種種粗鄙俚俗行為背後，敘述一直仔細交代穗子和外公的親密無間。通過細節鋪陳，外公對親情的無限付出，反成為小說的主導方向。在這種親情演繹下，醜化老人的漫畫化形象，也就得以淡化或消解。

第四篇討論收於《穗子物語》的另一短篇小說〈黑影〉。〈黑影〉敘寫被喚作黑影的野貓的故事。圍繞著黑影歷險以至喪亡這一重心，穗子和外公的和諧關係亦得以彰顯。老人的身體及性格特徵，在小說中同樣被提及，但其誇張或負面程度可說遠遜於前面提及的例子。較為特別是作者通過野貓視角表達老人特徵：

> 「黑影一對美人兒大眼冷豔地瞅了他一眼。牠一點都不想掩飾牠對他的不信賴。一切老了的生物都不可信賴。牠看他慢慢直起身，骨節子如同老木頭乾得炸裂一般『劈劈啪啪』，響得牠心煩。」（〈黑影〉頁82-83）

敘述在故事中不止一次提及老人肢體關節作響的退化特徵。這一次更以貓兒的睥睨目光及感受，帶出那讓人難感愉悦的身體狀況。鄙俗的口頭語言，也成為老人另一種表徵：

> 「外公食指點著牠說：『日你奶奶明天早上我耳根子就清靜了——看你能嗥過今晚不。』」（〈黑影〉頁76）

> 「外公說：『日你奶奶的，我還沒有葷腥吃呢。』」（〈黑影〉頁79）

這種表面顯得粗俗的語言，卻在溫情帶動下，得到轉化。人生經驗累積沉澱而成的識度，成功地調校了語言的力度、方向，變成了別具市井諧趣的表達方式。外公對黑影的苛責調笑，凸顯的反是背後的關心與不忍：

> 「外公說：『一共就剩八個手指頭了，你還嫌多?!再偷人家不揍你，我都要揍你！看我揍不死你！』」（〈黑影〉頁90）

一隻受傷外來野貓，本來對人類充滿敵意，卻在外公外與穗子合力照顧下，慢慢顯露獸性中溫情一面。與〈審醜〉、〈老人魚〉不盡相同的是，這對祖孫一直表現得親密和諧，從未因為功利計算而關係有所扭曲。穗子年紀雖小，卻無礙她對外公那含蓄內心世界的認受及了解：

> 「穗子知道外公是嘴上硬，心裡和她一樣為這樣絕不變節的一隻幼獸感動。」（〈黑影〉頁76）

黑影、穗子、外公形成了溫情三角組合。黑影遭受無情虐殺，凸顯的更是後二者的溫良人性。這種從創傷中演繹的祖孫情懷，為作家筆下慣見的老年男性陰霾書寫，映現出難得的一線曙光。

研析四篇以祖孫為題的小說後，最後討論〈屋有閣樓〉的父女關係。小說以閣樓為題，而閣樓相關指涉一直緊扣故事發展。年齡已上七十的申沐清雖與女兒申煥同住，卻因要讓出空間給女兒和女兒男友保羅，只能屈居家中閣樓。從文本互涉角度來看，《簡愛》（*Jane Eyre*）[32] 及《閣樓上的瘋女人》（*The Madwoman in the Attic*）[33] 等經女性主義批評一再引用下，閣樓作為女性被視為瘋狂因而被禁錮、排斥於主流男性社會的指涉早已深入人心。在〈屋有閣樓〉中，作者援用閣樓相關意象時，卻翻新及調配了不同元素。老年男性反變成藏匿於閣樓，精神有異的角色。閣樓與老年男主角成了被女兒與其男友代表的文化排斥於外的對象。屈居閣樓的事實卻無礙申沐清成為觀看者。在前述〈審醜〉、〈老四〉、〈老人魚〉等小說中，老年男性恆常處於被觀看位置。這種被看以至被陳述的身分，更往往與其黯淡年老生命相互呼應。在〈屋有閣樓〉中，曾是大學教授的申沐清，卻發揮知識分子的善感，成了觸覺敏銳的觀看者。這種觀看者的位置，最後並沒為他帶來生活便利或優勢。他一再發現自己無法解開心結：女兒受虐的疑幻疑真。他求助於心理醫生，心理醫生卻只以權威治療方式加以解釋。求救無門後，他決定向保羅暗下安眠藥：

> 「申沐清已有整整兩個星期沒睡過覺，每天夜裡他都戰戰兢兢的等，等著那安眠藥出現神效。而他等來的卻仍是申煥的哭聲。哭聲時常是細弱的，偶爾也會加劇，變得極端淒厲。」（〈屋有閣樓〉頁39）

當發現安眠藥也未達預期效果時，申沐清只有嘗試以改變想法來緩解心底疑慮：

> 「也許，也許。也許申煥夜裡從來沒哭過。也許連她手腕上這塊玫瑰刺青般的傷痕都是幻覺。也許有一些概念因人而易的，比如幸福，痛苦。」（〈屋有閣樓〉頁44）

所謂「也許」，指陳的是一連串假設，隱含了不確定性質。申沐清最後處理方法為：自行服食安眠藥。「倫敦今夜晴朗，一天稀疏的好星」（〈屋有閣樓〉頁44）是故事結束時申沐清從閣樓外望的景色。實景寫生以外，象徵的也許亦是老人的卑微願望。

四、自我價值的追尋與失落

亞伯拉罕・馬斯洛（Abraham H. Maslow）指出人除了生理基本需要外，亦有諸如安全、尊嚴、實現潛能、愛及從屬等需要。[34] 對於老人來說，這類需要卻常常受到忽略，沒有身分角色往往被視為老年人特徵。[35] 尤其當人習慣以工作成就界定個人能力時，退休更往往使人喪失原有身分價值。[36] 嚴歌苓小說中，老年男性亦面對以上身分危機，心理需要受到忽視，為常見課題。本章即透過下述作品，分析老人追尋自我過程中常見的挫敗與失落。

首先探討以美國為背景的〈拉斯維加斯的謎語〉。故事男主角薛天奉六十五歲，退休後從中國移居美國。女兒和外孫女兒同住美國，薛天奉則獨自生活。薛天奉到拉斯維加斯賭城觀光後，迷上吃角子老虎機，性情行為從此變得異常。故事通過導遊安小姐的角度看男主角的沉迷，從而帶出個人以至家庭倫理種種問題。男主角恍如苦行僧的賭徒生活，成為焦點所在。這樣的聚焦，反映出老人的失落問題。在安小姐觀察下，男主角裝扮講究、節制自律，有別於一般老人的邋遢隨便。這樣的風格舉止，表現在賭博行為上，卻成了異常獨特的畫面：

> 「這就開始了老薛與老虎角子機二十四小時的對壘。老薛節奏不變地去扳那根操縱桿，像個守在機牀邊，五十年代中國的勞動模範。除了上廁所、兌換籌碼，去飲水泉往醬菜瓶裡灌水，老薛寸步不離崗位。他的三份三明治在早晨九點，下午兩點，晚上八點被當成三頓正餐。老薛捨不得多花一分錢一分鐘在吃飯上。他會連同三明治吞下胃得樂。」（〈拉斯維加斯的謎語〉頁159）

固定規律節奏背後，卻是不能自拔的嚴重賭癮。規行矩步的個性，落實在這樣的惡習上，反而造成越趨極端的賭徒作風。最後薛天奉更為了籌措賭本而謊話連篇，淪落為安小姐眼下表裡不一的人：

> 「這是我第一次知道規矩本分的老薛內裡怎樣藏著另一個全然不同的老薛。那個老薛欺騙成性，並有亡命徒式的對冒險的嚮往。他眼不眨心不跳地以謊言借錢，再眼不眨心不跳地把欺詐來的錢葬送掉。」（〈拉斯維加斯的謎語〉頁164）

這一看來生命早已淹沒於賭海的人，卻不時向人提及昔日職銜：大學化學教授。教授工作，成為肯定一己的憑藉。戴維・洛溫索爾（David Lowenthal）曾指出往昔對自我身分構建的重要。對於地位今不如昔的老人來說，昔日光輝更為自身價值的認證。[37] 追懷美好舊日，正反映出對現狀不滿、不安或是現有生活的匱乏。[38] 薛天奉移居美國後，為了謀生，在街頭派發傳單。這樣的職業讓他無法釋然。派發的名片上，他依然只列出以前的教授身分。以下一段，除交代他現時工作外，亦說明了難愜人意的困境：

> 「他也很樂意衣冠楚楚地站到大街上，那樣他少了些自身的次要感和多餘感。否則每個接過廣告的人都會給他一瞥目光，那目光告訴他，之於這個社會，他是多麼次要和多餘。」（〈拉斯維加斯的謎語〉頁157）

老年相關研究指出老年人因失去社會角色，產生身分認同危機。退休切斷了人與過去生活的聯繫。退休後，人必須適應新角色，新角色卻使人更為貧窮或失去資格。[39] 薛天奉雖仍能在移居地找到新工作，但自覺工作性質低下，故未能提升個人尊嚴。體面裝束或許能「權充」一下，讓薛天奉聊以自解，然而在社會上淪為邊緣人，不受重視的失落感覺，不會就此消退。疼愛的女兒與外孫女生活不稱意，難以向人啟齒的家庭隱私，同樣成為他心底疙瘩。[40] 如此心理背景鋪墊下，敘述順理成章為角色沉迷賭博作出以下解讀：

> 「沒有一個細節顯出贏的急切或輸的慌亂。他綿綿不斷地填籌碼，拉操縱桿，形成了一套不斷回旋，無始無終的動作，一個永遠可以繼續的過程。老薛一月兩千元，除了吃和住，所有剩餘都填進這個過程，以使它得以繼續，得以綿延，永遠繼續和綿延……得到這樣徹底的解脫，如此徹底的忘我。」（〈拉斯維加斯的謎語〉頁176-177）

認真與律己的修養，配置在重覆行為上，延伸了想像空間。從拉角子機的重覆動作，薛天奉逃避了外在世界的煩惱及糾纏。投入賭博的專注，讓他自我架設起保護屏障，以忘我姿態取得暫時的心靈歸屬。[41]

無法改變現狀，使以上主角以重覆述說昔日職業及沉迷賭博麻醉自己。上一章論及的〈老人魚〉外公，則在人前偽造過往輝煌戰功來建立一己地位。戴維・格羅斯（David Gross）指出，人重組過往經驗時，往往會因個人欲望或利益需要，扭曲了舊事。戴維・洛溫索爾（David Lowenthal）及琳達・哈奇翁（Linda Hutcheon）亦有相類見解。[42] 外公為保護家人，更有扭曲以往經驗的藉口。他身上經常掛著各式各樣勳章，以向人吹捧自己的彪炳往績。自抬身價過程中，因錯漏百出，很快便被揭穿。在敘述安排下，外公最鍾愛的外孫女穗子清楚指出問題癥結：

> 「假如外公不把勳章別在衣襟上，或壓根不亮出勳章來，他便是個無懈可擊的老英雄。主要怪外公無知，否則他會明白一些勳章經不起細究，尤其兩枚德國納粹的紀念章，是外公在東北打仗時從破爛市場買來的，它們原來的主人是一個蘇聯紅軍。」（〈老人魚〉頁9）

> 「穗子大起來才發現，外公對歷史的是非完全糊塗，遠不如當時還是兒童的穗子。」（〈老人魚〉頁3-4）

外公不但對歷史糊塗，而且造假時拿捏失準。從穗子的角度來看，撒謊並無不可，造假過程紕漏叢生才是關鍵。外公身分被揭穿後，穗子離他而去。孤獨的外公，則依然故我，繼續以虛假陳述建構自我。只不過，這一次則轉為吹捧穗子的成就。其實，外公虛張聲勢，正反映出對自身缺乏信心，未能坦然面對真實的自我。虛構身分，成為人前武裝，笨拙造假手法，卻反諷地更加說明了他低劣的處事及認知能力。

西蒙・波娃（Simone de Beauvoir）指出，老年人最絕望及恐懼的為無力改變現況。[43] 無法更易現狀固是外公極大困境，虛張聲勢過程中顯露的莽撞與愚笨，更凸顯其中的悲涼。男性日暮黃昏的悲劇感，就在一場場鬧劇中，逐漸浮現。最後，希望補充一下〈老人魚〉與上述〈拉斯維加斯的謎語〉的共同敘述方向。兩篇小說均從第三者視角剖視男主角的行為，而這種第三者角色是以看似冷漠方式批判老人。〈拉斯維加斯的謎語〉的安小姐在與薛天奉周旋時，便不忘顯露不滿及憤怒。〈老人魚〉的穗子，也處處不忘否定外公的行為，表達自己的無情。這種看似無情的敘述，隨著情節推動，細節交待，反而造成留白，讓人能從感性思維角度，對老年男性處境多了體諒。這種看似無情實有情的敘寫方式，到了〈老囚〉及〈少女小漁〉中，更轉化為感情進一步的召喚和觀照。

上一章以祖孫感情為題，探討〈老囚〉這一小說，其中提及姥爺講述了自身的牢獄歷險。個人經歷的詳細演述，以及穿插其中漸見親密的祖孫關係，無疑為小說重心。弗雷德・戴維思（Fred Davis）討論懷舊概念，指出個人親身經歷的重要。他認為追憶往事可使自我身分得以延續，對個人生命價值具有正面意義。回憶聯繫過去與現在，有了美好過去才能面對當前的不確定及焦慮。[44]〈老囚〉的姥爺被囚三十年，出獄後與家人關係疏離，向孫女講述不惜冒死犯險仍要親睹女兒演出後，個人生命價值即受到肯定。情節安排姥爺出獄後常常搜括家中零錢買票看電影，說明的亦未嘗不是姥爺對昔日冒險的追懷。討論〈老人魚〉時，曾指出基於現實利益考慮，舊事往往被扭曲變形。〈老人魚〉的外公，便因造假而被揭穿。在〈老囚〉這篇小說中，姥爺的行事卻沒受檢驗證。姥爺被女兒質疑，孫女立即有所辯解：

> 「媽想了一會說：『那他肯定看錯了。那個電影裡我的戲不到五分鐘。他看見的是女主角（筆者按：以上為姥爺女兒的說話）……『其實那部電影上的是不是妳；他看見的是不是妳，都無所謂！』（〈老囚〉頁51-52）

從敘述者角度來看，姥爺故事內容真偽已非問題所在。祖孫關係早已通過故事的聽講交流得到改善。[45]敘述者關注的，反而是姥爺能否保存自覺珍貴的記憶。這樣的回憶，正是老人對生命的自我見證。

〈老囚〉的姥爺有了孫女作為聆聽者，自我生命受到肯定。〈少女小漁〉的老人，亦由於女主角小漁，才重拾生命尊嚴。不過，晚年潦倒這種慣性書寫，仍為小說主調，而刻板的醜陋體態，亦是作者的刻意經營：

> 「老糟了、肚皮疊著像梯田……他赤著膊，骨頭清清楚楚，肚皮卻囊著。他染過的頭髮長了，花得像蘆花雞。他兩隻小臂像毛蟹。」（〈少女小漁〉頁26-40）

小漁的青春，同樣成為老人暮年的殘酷對照。日暮黃昏的無力與無望，在年輕生命映照下，更顯黯淡。無法逆轉的衰敗身體，帶出了難能改變或救贖的悲涼：

> 「小漁委屈著尊嚴，和他『結合』，也可以稱為一種墮落。但她是偶然的、有意識的；他卻是必然的、下意識的。下意識的東西怎麼去糾正？小漁有足夠的餘生糾正一個短暫的人為的墮落，他卻沒剩多少餘生了。」（〈少女小漁〉頁39）

在敘事安排下，這種常見悲涼卻產生了變奏。小說把背景設在澳洲，小漁因要取得當地居留權，和老人假結婚。為了避過移民局調查，二人更佯裝同居。在所謂同居的短暫過程中，小漁的相讓、不計較，令老人行事作風起了變化。他不再敲詐成性，日常起居變得對人體貼，更重拾生活勇氣。他嘗試以拉提琴賺取報酬，為自我建立人生尊嚴：

> 「一天小漁上班，見早晨安靜的太陽裡走著拎提琴的老人，

> 自食其力使老人有了副安泰認真的神情和莊重的舉止。她覺得那樣感動：他是個多正常的老人；那種與世界、人間處出了正當感情的老人。」（〈少女小漁〉頁49）

本章開首引用亞伯拉罕・馬斯洛（Abraham H. Maslow）的理論，指出老人常常被忽略的心理需要，當中提及一些特質，可說互為關連，如「愛及從屬」的感覺，可以成為自我潛能實現背後原動力。個人潛能得以實現，更往往為尊嚴所繫。在〈少女小漁〉中，小漁的體恤關懷，也讓老人有了改變動力。終肯自食其力的老人，在小漁眼中，多了人性的光芒。敘述安排帶出的亦是情感互動下，老人與世界難得的美好交流。可是，一時美好，在老人慣有的淒苦生命中，往往只是變奏，並非常態。偶然變調，自然難以改變主旋律原有的悲愴色彩。從小漁眼裡看去，老人自力更生固為提升自我尊嚴的美好願景，但小漁旋即目睹的更是風雨飄搖下，老人力有不逮的狼狽失措：

> 「忙亂中的老頭帽子跌到了地上。去拾帽子，琴盒的按鈕開了，琴又摔出來。他撿了琴，捧嬰兒一樣看它傷了哪兒。一股亂風從琴盒裡捲了老頭的鈔票就跑。老頭這才把心神從琴上收回，去攆鈔票回來。雨漸大，路奇怪地空寂，只剩了老頭，在手舞足蹈地捕蜂捕蝶一樣捕捉風裡的鈔票。」（〈少女小漁〉頁46）

可見的是，他人的關懷與同情，並未能就此逆轉老年男性的悲愴宿命。重拾自我尊嚴的嘗試，最後仍讓人不得不面對眼前的挫敗。像小漁這種旁觀角色值得注意，是因隨著其關注而產生了細緻的表述。在女性感性目光下，老年男性為自證付出的努力與艱辛，得到難得的呈現機會。

上述〈拉斯維加斯的謎語〉、〈老人魚〉、〈老囚〉及〈少女小漁〉等各篇的老年男性，經濟顯得拮据，社會地位亦闕如。接著探討《草鞋權貴》那曾貴為將軍的老年角色程在光。程在光在金錢權力上，自然遠勝以上角色，卻同樣沒有理想晚年。自我失落，仍為當中重要課題。他在小說中一直以「老將軍」身分出現。曾經叱吒風雲的將軍，退役沙場後，只能「移師」家中發號施令。這種權力錯置，已隱含對權力本身的消解。家人陽奉陰違的態度，更使老將軍的權威進一步受到挑戰。在兒女心目中，老將軍並非什麼革命英雄，而是鎮壓者：

> 「老爺子這輩子幹得頂漂亮的就是鎮壓，過去鎮壓國民黨，後來鎮壓回民叛亂，現在鎮壓他這個家。」（《草鞋權貴》頁19）

不同於〈審醜〉及〈老人魚〉中老人的自我迴避及或掩飾，老將軍明白孩子對老父表裡不一，尊重闕如。即使面對著孩子，老將軍也直斥其非：

> 「『你當面叫我爸，背地叫我僵化頑固老爺子，你當我全不知道……他們不比你好多少；他們跟你串通一氣地陽奉陰違，沒有一個好東西！』」（《草鞋權貴》頁93）

兒女一直願意和老將軍同住，主要基於經濟原因。以下敘述，便通過年輕女傭霜降的觀點，剖視那種功利攸關，處處計算的親人關係：

「老將軍剛離開飯廳，某個兒子便說起老爺子最近脾氣見大，是不是血壓高上去了；某個女兒接上話說：但願他老人家硬硬朗朗的，永遠健康著，不然咱們就得自己去找房子，沒準得去上那種冬天凍屁股的公共廁所；又有人補充：也沒地方吃免費好伙食了，撈不著坐大『本茨』了。」（《草鞋權貴》頁35）

霜降以模仿、覆述語調，重現兒女言語間對父親的訕笑。兒女事事以一己利益為依歸，說起老父恍如外人。通過對瑣事七嘴八舌的挖苦及自嘲，生活便利凌駕親情的課題，也就逐漸浮現。「某個兒子」、「又有人」等泛稱，更把親子關係無形淡化。老將軍無限權威背後，潛藏了兒女對父親感情的倒戈相向。

備受家人冷落的將軍，轉移以緬懷昔日光輝來肯定人生價值。這種對美好事物的追憶與自我建構的關係，前面已引用過戴維・洛溫索爾（David Lowenthal）、弗雷德・戴維思（Fred Davis）及馬爾科姆・蔡斯（Malcolm Chase）等人的理論說明。回憶的確是不少老年人的共同趨向。[46] 他們可藉此重提曾經擁有的成就以增強自信心。回溯往事有時更被視為權貴藉以向大眾重申現有管治權益的手段。[47] 對於老將軍來說，昔日征戰沙場的一再申述，成為認可今日權勢地位的憑藉。然而，從另一角度來看，亦如西蒙・波娃（Simone de Beauvoir）所指出：回憶反映老人對現狀及將來的失望。回憶成了防禦機制，甚或武器，老年人其實並不能全然享受地徜徉其中。[48] 對於老將軍來說，回憶經驗往往也並不愉快，因為這種追懷需要有聆聽對象，而聆聽對象的反應可直接影響憶述者的自我感覺。老將軍對年輕學生的演講，便具體表現了憶述者與聆聽者之間的錯配及期望的落差：

> 「那天他一上來便談起他身上的第一個傷疤：子彈怎樣在他皮肉裡開花，血怎樣流得像匹紅布……學生中有人刺耳地倒吸氣。到他講到長征過草地……下面學生們不安份了，動的，說話的，誇張了聲勢打哈欠的，終於迫使主持人上臺制止老將軍的談興去了。」（《草鞋權貴》頁227-228）

老將軍自誇的昔日赫赫戰功，就在聽眾的冷漠以至排斥下受到封殺。正經嚴肅的英勇事跡憶述，與現實聽眾毫不避嫌的不耐煩騷動，兩種極端，同場並置，帶出的更是其中的反諷。老人的「沮喪和挫傷」（《草鞋權貴》頁229），自不待言。

至於贈送「將軍櫻桃」給烈士孩子的舉動，反映的同為老將軍希望得到別人肯定的心態。不管時移世易，「英雄孤兒」是否仍然存在，老將軍依然維持以往習慣，每年送出「將軍櫻桃」。藉著對烈士後人的所謂關懷，老將軍表達的仍是自我的存在價值。兒女對父親這種唯恐被遺忘的心理狀況，即有以下詮釋：

> 「他（筆者按：指程在光兒子淮海）對院裡人們說：『要是沒這些櫻桃，父母雙全的孩子不會被社會忘掉；程司令倒是真要被忘掉了。』一個曾經被牢記的人，被人忘記是挺慘的一件事，東旗（筆者按：指程在光女兒）總結說。」（《草鞋權貴》頁43）

西蒙・波娃（Simone de Beauvoir）認為：習慣能賦予老年人本體安全需要。不斷重覆，讓人感到熟悉自在。明天只是重覆今天的想法，使人免於憂慮。習慣讓人感到擁有的實在感。[49] 從以上說法來看，老將軍也是通過年年餽贈櫻桃的習慣，為一己取得本體安全感，及免於對未知將來產生恐懼。可是，這種習慣本身，反過來也正說明了堅持者自身欠缺安全感的心理狀態。

此外，對女傭霜降年輕身體的迷戀，仍可見老將軍如何只能藉著所謂威嚴來滿足身體慾望。[50] 作者通過霜降的感受去敘寫老將軍扭曲而複雜的心身需求：

> 「他那樣將身體壓在她背後，那不叫『碰』；他僅僅在教她書法……她仍是用雙手護著身子，跨進浴盆。這時門一聲不吱地開了……將軍站在開著的門外，很慈愛地看著她……老臉上，那種無望徒勞的，對於青春及美麗的貪戀；這貪戀之所以強烈到如此程度，是因為它意識到一切青春和美麗正與它進行著永訣——歲月、年齡，不可挽回的衰老與漸漸逼近的死亡活生生扯開了他與她。一瞬間，霜降靜止在那裡。似乎一絲兒不可思議的憐憫與諒解出現在她心深處。就讓他衰老的眼睛享受她一瞬。」（《草鞋權貴》頁112-115）

霜降身為被看者，反過來同樣成為觀看者。在年輕女性審視下，老年男性的乖異行為得到具體描述。所謂慈愛，成為男性長輩大模大樣偷看偷嘗女體的便捷藉口。欺人之餘，更是自欺的心理反射。這種錯位建構產生的不倫不類荒謬感，衝擊的自然亦是人性該有的尊嚴。女性一廂情願的所謂憐憫，最後指向的更是老年淪落，尊嚴盡失的事實。恰如嚴歌苓在〈老人魚〉的宣示，「憐憫可不是甚麼好的感情」（頁2），憐憫背後帶出的未嘗不是受關顧對象的無能與不堪，隱含的更是憐憫者「略帶嫌棄的敷衍」（頁2）。

最後分析《第九個寡婦》的孫懷清。孫懷清土改時因給劃為史屯「惡霸地主」被槍決。兒媳王葡萄偷偷把受傷未死的孫懷清救回，窩藏於家中紅薯窖二十多年。長期在如此狹閉空間下匿藏生活，個人自我受到的戕害可想而知。孫懷清即對王葡萄自嘲為「廢物」（頁111），另一方面，嚴歌苓卻為這一受迫害的落難人物，鋪寫了以求生技能、智慧綴寫人生的片段。雖然起居飲食有賴王葡萄提供，他卻同時為她出謀獻計，並傳授種種覓食技能。後來即使中風，「癱半個身子還是把活兒做恁漂亮」（頁312）。

卡羅爾・雅布翁思基（Carol J. Jablonski）指出文學能通過想像，讓老人得到發揮潛能的機會。[51] 在《第九個寡婦》中，作者也運用文學想像力，豐富了孫懷清晚年的精神面貌。政治的打壓、匿居的困頓，無礙他心思的澄明。以下一段，寫雨水落在久旱的史屯上，落在孫懷清身上，激活了大地，也同時喚醒了老人潛藏的生命力：

> 「他的手有好多日子沒見過日、月，沒沾過地裡的土、禾苗，沒碰過一個活物。雨滴掉在這手心上，手活轉來。二大（筆者按：指孫懷清）上到地窖上，雨點密了，更大了。他仰起頭，臉也活了。」（《第九個寡婦》頁298）

孫懷清後來一度居於荒山，此時他失明、失聰兼半身癱瘓。身體殘疾卻無礙他與自然契合及對人事了解。來去自若及與周邊環境自然融合，表面上看來不可思議，但如能突破現實考量，從文學浪漫想像出發，則可見到其中隱含的精神層次。[52] 此外，孫懷清更打破了老年男性難能與後輩溝通的刻板印象。他與王葡萄相知相惜，聯手對抗惡劣生存環境，並以靈巧心智能力，面對飢饉災荒，締造生活傳奇。王葡萄對親情的堅執、好賴活著的人生哲學、對孫懷清的肯定及尊重，同樣成為後者能存活，並發揮逆境人生智慧的原動力：

> 「火車上，葡萄像是去掉了心病，坐在地上，頭磕者二大的膝蓋就睡著了。對她來說，世上沒有愁人的事。二大看著她顛晃的後腦勺。她和他咋這麼像呢？好賴都願意活著。」（《第九個寡婦》頁171-172）

五、總結——從悲涼的觀照到日暮黃昏的反思

負面老人形象，一直為老年學重要課題，然而亦有少數學者嘗試提出老人的正面形象。埃德曼・帕爾莫爾（Erdman B. Palmore）在其專著中則作出平衡，列舉老人九種負面特徵之餘，同時羅列八項正面特徵。[53] 如此正負兼備，對文學創作者來說，或不免過於四平八穩。文學藝術創作，不同科學研究，不追求所謂客觀真理，而往往專注於個體生命的感悟。嚴歌苓便通過細膩、幽微的演述，對老年男性個別生命體驗，作出深入剖視。

在以上討論各篇小說中，嚴歌苓對老年男性，無論從外形、性格以至心理方面，均作出了細緻表述。相對於她的女性角色，一種「男弱女強」的生存狀態清晰可見。其實，堅韌的女性一向常見於嚴歌苓作品。她們面對艱苦嚴苛的生存環境，往往顯得鬥志頑強；個性的包容慧黠，更常常有助化解生活現實的困局。對於老年男性，嚴歌苓卻多集中於揭露他們弱勢一面。這裡所謂弱勢，泛指因為年齡關係，在社會中受到漠視而又無能為力改變的生存狀態。慣見的歧視目光下，男性有失體統的行為舉止，透過文學聚焦發掘，得以揭示顯露。通過與相對年輕，充滿生命力的

女性比較，這些男性的行事作風更是受到非議，而人性的尊嚴也難以保持。

嚴歌苓作品一向不乏人道關懷，[54] 對於筆下女性角色尤其如此。在演繹老年男性追求愛情、婚姻時，嚴歌苓卻顯得冷靜疏離，從日常生活瑣事到夫妻性事，往往恣意訕笑調侃。即使如〈少女小漁〉，雖已較為包容體諒，但輾轉帶出的仍是老年男性自慚形穢下的負面刻板形象。老年男性在兩性關係前的無能為力或裹足不前，仍是作者未敢或忘的重要課題。相對來說，嚴歌苓對他們在親情方面的追求，卻較能從同情角度切入。邋遢外形，雖仍是作者樂此不疲，貫徹始終的敘寫層面，但因為親情成了敘述主導內容，角色外形的寒磣潦倒，有時反更有助凸顯其中的親人關係。子孫不孝受到的譴責，依然為字裡行間不時透露的訊息。至於老年男性自我價值的失落，嚴歌苓同樣沒有忽略。老年男性往往因為年紀，工作、地位改變，成為社會邊緣人，自我價值亦因而受到衝擊。不管曾否叱吒風雲，在暮年歲月裡，他們一樣面對失落的問題。嚴歌苓通過敘事展示的，為中西皆同的黃昏悲歌。其實能力闕如，無法表現自我，以至虛張聲勢，固是嚴歌苓作品中每欲透露的男性困境，而同樣值得注意的，是作家如何通過女性角色的觀照，呈現其中的悲涼。

嚴歌苓一向重視故事，人物個性突出、情節起伏曲折、想像空間遼闊，是她小說一貫特色。[55]《扶桑》、《雌性的土地》、〈白蛇〉、《寄居者》、《一個女人的史詩》、《小姨多鶴》等均反映這方面的藝術風格。然而，她作品中老年的書寫，往往較缺乏文學想像力，多只是貼近現實生活，從晚景悲涼角度切入。這些老年男性無論社會地位或經濟能力如何，作者都慣性從意識形態上把他們推向與主流思想格格不入的邊緣位置。筆觸每每耽溺於一種弱勢群體缺乏人生希望的膠著思想狀態。難能見到的是這些老年男性絕境中浴火重生，自我提升。較為例外為《第九個寡婦》的孫懷清。孫懷清在媳婦庇護下，除於困厄中發揮生活智慧，其不可思議的洞察力及與自然的契合等等，均是文學發揮想像的結果。

莎士比亞（William Shakespeare）劇作對人生最後階段如此敘述：「沒有牙齒，沒有視覺，沒有味覺，一無所有」[56]。牙齒沒有了，視覺沒有了，味覺沒有了，確是老人必須面對的問題，然而最後是否必然一無所有呢？一無所有的說法，背後隱含的是否更是對生命形態的悲涼觀照？比托爾・弗蘭克爾（Vitor Frankl）在《尋找意義》（*Man's Searching for Meaning*）一書中，一再強調找到生命意義的重要。[57] 縱觀以上討論，嚴歌苓的作品，雖然反映只是對男性黃昏歲月的悲涼觀照，但帶出的未嘗不是對生命意義的反思。這樣的反思，輾轉帶出的，或許亦為老年男性對自身生命意義的追尋。

◆注釋

1 凱思琳・伍德沃德（Kathleen Woodward）指出老人研究不受重視的情況。
Kathleen Woodward, *Aging and Its Discontents: Freud and Other Fictions* (Bloomington: Indiana UP, 1991) 21-23.

2 戴維・洛溫索爾（David Lowenthal）指出一般人往往偏愛年青人，憎惡老年人。
David Lowenthal, *The Past is a Foreign Country* (Cambridge: Cambridge UP, 1985) 129.

3 Todd D. Nelson ed., *Ageism: Stereotyping and Prejudice against Older Persons* (Cambridge: MIT Press, 2002) 3-358.

4 Arthur Schopenhauer, *Counsels and Maxims*, trans. T. Bailey Saunders (London: Swan Sonnenschein, 1895) 147-162.

5 措埃・布倫南（Zoe Brennan）指出老年課題雖較以前受注意，但文學批評往往把注意力集中在年青人方面，相對來說，老人研究仍然讓人卻步。
Zoe Brennan, *The Older Woman in Recent Fiction* (Jefferson: McFarland, 2005) 159.

6 嚴歌苓喜以女性為寫作對象，曾表示女人比男人有「寫頭」，因為女人更「豐富」，亦「更無定數，更直覺，更性情化」。
a. 王威：〈嚴歌苓「解析」嚴歌苓〉，《女作家嚴歌苓研究》（莊園編，汕頭：汕頭大學出版社，2006），頁274。
b. 莊園：〈嚴歌苓VS莊園〉，《女作家嚴歌苓研究》（莊園編，汕頭：汕頭大學出版社，2006），頁284。

7 a. 以上角色分別見於嚴歌苓下列小說：《扶桑》（扶桑）、〈少女小漁〉（小漁）、〈倒淌河〉（阿尕）、《一個女人的史詩》（田蘇菲）、《第九個寡婦》（王葡萄）、《小姨多鶴》（多鶴、小環）。沈紅芳便指出在嚴歌苓小說中，女性如何突破男權社會男尊女卑的思維模式，以「生命感覺的豐盈」來確認「自身的存在」，超越苦難，體現「人性的燦爛」。
沈紅芳：〈在苦難中升騰——論嚴歌苓小說中的女性意識〉，《當代文壇》，2008年5期（總181期），頁135-139。
b. 李燕亦認為嚴歌苓創作了「女性主義」的小說。她指出嚴歌苓創作的女性角色可從不同階段加以分析：作家出國前「以女性意識的覺醒反思歷史時代和政治權力」；出國後則以移民女性「弱者之善」來反襯「內在的強大」；而在異地回望故國中，則顯示女性於困境中綻放的「活潑的生命力」。
李燕：〈跨文化視野下的嚴歌苓小說研究〉，《暨南學報》（哲學社會科學版），2010年4期（總147期），頁158。

8 以下為本文論及的嚴歌苓小說：
a. 〈少女小漁〉，《少女小漁》（臺北：爾雅出版社，1993），頁25-53。
b. 〈審醜〉，《少女小漁》（臺北：爾雅出版社，1993），頁79-99。
c. 《雌性的土地》（臺北：爾雅出版社，1993），頁1-486。
d. 〈紅羅裙〉，《海那邊》（臺北：九歌出版社，1995），頁3-28。
e. 《草鞋權貴》（臺北：三民書局，1995），頁1-241。
f. 〈屋有閣樓〉，《倒淌河》（臺北：三民書局，1996），頁25-44。
g. 〈約會〉，《倒淌河》（臺北：三民書局，1996），頁45-72。
h. 〈倒淌河〉《倒淌河》（臺北：三民書局，1996），頁201-292。
i. 《扶桑》(臺北：聯經出版事業公司，1996)，頁1-278。
j. 〈老囚〉，《風箏歌》（臺北：時報文化出版公司，1999），頁30-52。
k. 〈白蛇〉，《白蛇》（臺北：九歌出版社，1999），頁1-86。
l. 〈拉斯維加斯的謎語〉，《白蛇》（臺北：九歌出版社，1999），頁139-179。
m. 〈花兒與少年〉《密語者》（臺北：三民書局，2004），頁1-159。
n. 〈老人魚〉，《穗子物語》（臺北：三民書局，2005），頁1-34。

o.〈黑影〉，《穗子物語》（臺北：三民書局，2005），頁73-92。
p.〈梨花疫〉，《穗子物語》（臺北：三民書局，2005），頁93-112。
q.〈魔旦〉，《嚴歌苓自選集》（濟南：山東文藝出版社，2006），頁173-198。
r.《一個女人的史詩》（長沙：湖南文藝出版社，2006），頁1-258。
s.《第九個寡婦》（臺北：九歌出版社，2006），頁5-362。
t.《小姨多鶴》（北京：作家出版社，2008），頁1-274。
u.《寄居者》（北京：新星出版社，2009），頁1-269。

9 Amy J. C. Cuddy, and Susan T. Fiske, "Doddering But Dear: Process, Content, and Function in Stereotyping of Older Persons", *Ageism: Stereotyping and Prejudice against Older Persons*, ed. Todd D. Nelson (Cambridge: MIT Press, 2002) 3.

10 羅蘭・巴特（Roland Barthes）著，汪耀進、武佩榮譯：《戀人絮語：一個解構主義的文本》（上海：上海人民出版社，1988），頁138。

11 羅蘭・巴特（Roland Barthes）著，汪耀進、武佩榮譯：《戀人絮語：一個解構主義的文本》（上海：上海人民出版社，1988），頁180。

12 羅蘭・巴特（Roland Barthes）著，汪耀進、武佩榮譯：《戀人絮語：一個解構主義的文本》（上海：上海人民出版社，1988），頁180。

13 嚴歌苓每喜以詩化方式敘述年輕男女間之情愛，《扶桑》中扶桑與克里斯的愛情為其中典型例子。對於老年人的感情，嚴歌苓卻往往不從詩意浪漫入手，而多敘述陰暗負向一面。
李仕芬：〈扶桑與克里斯的愛情神話——嚴歌苓的《扶桑》故事〉，《人文中國學報》，總10期，2004年5月，頁105-122。

14 a. Helen Popovich, and Deborah Noonan, "Aging and Academe: Caricature or Character", *Aging and Identity: A Humanities Perspective*, eds. Sara Munson Deats, and Lagretta Tallent Lenker (Westport: Praeger, 1999) 162.
b. Ralph M. Cline, "Aging and the Public Schools: Visits of Charity-The Young Look at the Old", *Aging and Identity: A Humanities Perspective*, eds. Sara Munson Deats, and Lagretta Tallent Lenker (Westport: Praeger, 1999) 169, 171.

15 David Lowenthal, *The Past is a Foreign Country* (Cambridge: Cambridge UP, 1985) 135.

16 Betty Friedan, *The Fountain of Age* (New York: Simon and Schuster, 1993) 49.

17 在文學作品中，老年人在性相關方面一向讓人厭惡或恥笑。
Paul J. Archambault, "From Centrality to Expendability: The Aged in French Literature", *Perceptions of Aging in Literature: A Cross-Cultural Study*, eds. Prisca von Dorotka Bagnell, and Patricia Spencer Soper (New York: Greenwood Press, 1989) 52.

18 David Henry Hwang, *M. Butterfly* (Harmondsworth: Penguin Books, 1989) 1-93.

19 a. Mike Hepworth, "Old Age in Crime Fiction", *Ageing and Later Life*, eds. Julia Johnson, and Robert Slater (London: Sage Publications, 1993) 33-34.
b. Zoe Brennan, *The Older Woman in Recent Fiction* (Jefferson: McFarland, 2005) 39.

20 Kathleen Woodward, *Aging and Its Discontents: Freud and Other Fictions* (Bloomington: Indiana UP, 1991) 57.

21 李曉林以悲劇來形容奧古斯特對少年美的沉溺，並提出以下反思：「對美的追求要以生命為代價。這是生命於夕暮之時的迴光返照嗎？」
李曉林：〈嚴歌苓作品中的悲憫與荒誕〉，《小說評論》，2003年1期（總109期），頁71。

22 Sarit A. Golub, Allan Filipowicz, and Ellen J. Langer, "Acting Your Age", *Ageism: Stereotyping and Prejudice against Older Persons*, ed. Todd D. Nelson (Cambridge: MIT Press, 2002) 277.

23 羅蘭・巴特（Roland Barthes）著，汪耀進、武佩榮譯：《戀人絮語：一個解構主義的文本》（上海：上海人民出版社，1988），頁14。

24 Simone de Beauvoir, *Old Age*, trans. Patrick O'Brian (London: Andre Deutsch, 1972) 540-541.

25 David Gutmann, "The Cross-Cultural Perspective: Notes Toward a Comparative Psychology of Aging", *Handbook of the Psychology of Aging*, eds. James E. Birren, and K.Warner Schaie (New York: Van Nostrand Reinhold, 1977) 307-312.

26 Lynda Clarke, and Ceridwen Roberts, "The Meaning of Grandparenthood and Its Contribution to the Quality of Life of Older People", *Growing Older: Quality of Life in Old Age*, eds. Alan Walker, and Catherine Hagan Hennessy (Maidenhead: Open UP, 2004) 192.

27 Kathleen Woodward, *Aging and Its Discontents: Freud and Other Fictions* (Bloomington: Indiana UP, 1991) 2.

28 Zoe Brennan, *The Older Woman in Recent Fiction* (Jefferson: McFarland, 2005) 18.

29 班雅明（Walter Benjamin）著，林志明譯：《說故事的人》（臺北：臺灣攝影工作室，1998），頁48。

30 班雅明（Walter Benjamin）著，林志明譯：《說故事的人》（臺北：臺灣攝影工作室，1998），頁21。

31 Simone de Beauvoir, *Old Age*, trans. Patrick O'Brian (London: Andre Deutsch, 1972) 474.

32 Charlotte Bronte, *Jane Eyre*, ed. Cecil Ballantine (Harlow: Longman, 1984) 1-486.

33 Sandra M. Gilbert, and Susan Gubar, *The Madwoman in the Attic: The Woman Writer and the Nineteenth-Century Literary Imagination* (New Haven: Yale UP, 1979) 1-698.

34 Abraham H. Maslow, *Motivation and Personality* (New York: Harper and Row, 1987) 15-22.

35 a. John Rowe, and Robert Kahn, "Successful Aging", *Aging: Concepts and Controversies*, ed. Harry R. Moody (Thousand Oaks: Pine Forge Press, 2006) 125.
   b. 南希・霍爾曼（Nancy R. Hooyman）及阿蘇曼・基亞（H. Asuman Kiyak）亦指出老年人面對角色困境。年紀增長使老人失去原來角色，卻又得不到新的角色。
   Nancy R Hooyman,.and H. Asuman Kiyak, *Social Gerontology: A Multidisciplinary Perspective* (Boston: Allyn and Bacon, 1988) 63-65.

36 Carol J. Jablonski, "The Return Home: Affirmations and Transformations of Identity in Horton Foote's *The Trip to Bountiful*", *Aging and Identity: A Humanities Perspective*, eds. Sara Munson Deats, and Lagretta Tallent Lenker (Westport: Praeger, 1999) 192.

37 David Lowenthal, *The Past is a Foreign Country* (Cambridge: Cambridge UP, 1985) 41-43.

38 a. Fred Davis, *Yearning for Yesterday: A Sociology of Nostalgia* (New York: Free Press, 1979) 34.
   b. Malcolm Chase, and Christopher Shaw, "The Dimensions of Nostalgia", *The Imagined Past: History and Nostalgia*, eds. Christopher Shaw, and Malcolm Chase (Manchester: Manchester UP, 1989) 2-4.

39 Simone de Beauvoir, *Old Age*, trans. Patrick O'Brian (London: Andre Deutsch, 1972) 493-494, 262.

40 奚志英即以「精神心靈錯位」來形容嚴歌苓筆下移民的心理狀況：「在新環境中，原有的自我意識又得不到認同和贊許，於是身心變得異常疲憊和脆弱。他們在感受客觀現實的困頓之外，還在精神領域產生了種種困惑與變異。」薛天奉和許多移民一樣，正是處於一種異常的心理狀態。通過賭博，他麻醉自己，以乖異方式面對心靈的不適。
奚志英：〈論嚴歌苓小說中人物的錯位歸屬〉，《鹽城師範學院學報》(人文社會科學版)，2010年6期（總126期），頁45。

41 姚育明在文章中，雖沒有對《拉斯維加斯的謎語》文本本身作出深入剖析，但仍然帶出了薛天奉藉著賭博逃避問題的心結：「賭，也許是一種積極的消極，類似主動的進攻性行為恰恰在逃避什麼。……嚴歌苓也許沒意識到自己在《拉斯維加斯的謎語》裡涉及了人的根本問題：沉淪中的人如何掙脫出慣性的漩渦？」
姚育明：〈人生之賭——淺析嚴歌苓和她的《拉斯維加斯的謎語》〉，《東方藝術》，1998年4期（總28期），頁39。

42 a. David Gross, *Lost time: On Remembering and Forgetting in Late Modern Culture* (Amherst: University of Massachusetts Press, 2000) 4.
   b. David Lowenthal, *The Past is a Foreign Country* (Cambridge: Cambridge UP, 1985) 194.

c. Linda Hutcheon, "Irony, Nostalgia, and the Postmodern", *Methods for the Study of Literature as Cultural Memory*, eds. Raymond Vervliet, and Annemarie Estor (Amsterdam: Rodopi, 2000) 196-199.

43 Simone de Beauvoir, *Old Age*, trans. Patrick O'Brian (London: Andre Deutsch, 1972) 276.

44 Fred Davis, *Yearning for Yesterday: A Sociology of Nostalgia* (New York: Free Press, 1979) 8, 36-37.

45 貝蒂・弗里丹（Betty Friedan）指出，人與人的親密需經由語言的交流。
Betty Friedan, *The Fountain of Age* (New York: Simon and Schuster, 1993) 266.

46 里卡德・法利斯（Richard C. Fallis）指出老年人的回憶是文學作品中的重要題材。
Richard C. Fallis, "'Grow Old along with Me': Images of Older People in British and American Literature", *Perceptions of Aging in Literature: A Cross-Cultural Study*, eds. Prisca von Dorotka Bagnell, and Patricia Spencer Soper (New York: Greenwood Press, 1989) 40.

47 David Lowenthal, "Nostalgia Tells It Like It Wasn't", *The Imagined Past: History and Nostalgia*, eds. Christopher Shaw, and Malcolm Chase (Manchester: Manchester UP, 1989) 25.

48 Simone de Beauvoir, *Old Age*, trans. Patrick O'Brian (London: Andre Deutsch, 1972) 368-369.

49 Simone de Beauvoir, *Old Age*, trans. Patrick O'Brian (London: Andre Deutsch, 1972) 478-470.

50 南翔便曾剖析老將軍如何刻意借勢來掩飾自己對年青女體的垂涎。
南翔：〈心靈有負的證明——嚴歌苓小說的美感結構〉，《華文文學》，2002年2期（總49期），頁40。

51 Carol J. Jablonski, "The Return Home: Affirmations and Transformations of Identity in Horton Foote's *The Trip to Bountiful*", *Aging and Identity: A Humanities Perspective*, eds. Sara Munson Deats, and Lagretta Tallent Lenker (Westport: Praeger, 1999) 192-193.

52 陳思和認為《第九個寡婦》能發揮民間傳說及藝術想像的浪漫主義特色。
陳思和：〈自己的書架：嚴歌苓的《第九個寡婦》〉，《名作欣賞》，2008年3期（總243期），頁104。

53 Erdman B. Palmore, *Ageism: Negative and Positive* (New York: Springer, 1999) 19-46.

54 王小平除指出研究者對嚴歌苓人性體驗的一貫看法外，更以《穗子物語》為研析對象：「在這部書裡，同樣有著作家一貫的人性關懷，而特殊的表述方式更為人們理解其文化身分尋求的方式提供了線索。」
王小平：〈歷史記憶與文化身分——論嚴歌苓的「穗子」書寫〉，《華文文學》，2006年2期（總73期），頁50。

55 葛娟從吸引讀者的角度切入，具體剖析了嚴歌苓小說的故事性，並指出嚴歌苓「調用了設計情節發展的技巧和手法」，使故事的「主體情節環環相生，充滿了懸念、變化和情趣」。
葛娟：〈論嚴歌苓小說的大眾化藝術傾向〉，《北方論叢》，2010年5期（總223期），頁34。

56 莎士比亞（William Shakespeare）劇作原文："Sans teeth, Sans eyes, Sans taste, Sans everything"。
William Shakespeare, *As You Like It*, ed. Agnes Latham (London: Methuen, 1975) 165.

57 a. Viktor E. Frankl, *Man's Search for Meaning* (New York: Pocket Books, 1985) 219.
b. 井上勝也、長嶋紀一曾這樣指出：「生存的意義之喪失才是老年期最根本的喪失。」
井上勝也、長嶋紀一編，江麗臨等譯：《老年心理學》（上海：上海翻譯出版公司，1986），頁11。

** 全文2020年5月完成修訂，原刊於《人文中國學報》（2012年10月）。

語言文學類　PG2532　文學視界123

人性反思與敘述魅力
——嚴歌苓小說論評

作　　者／李仕芬
編　　者／黃毓棟
責任編輯／林世玲
圖文排版／楊家齊
封面設計／王嵩賀

發 行 人／宋政坤
法律顧問／毛國樑　律師
出版發行／秀威資訊科技股份有限公司
114台北市內湖區瑞光路76巷65號1樓
電話：+886-2-2796-3638　傳真：+886-2-2796-1377
http://www.showwe.com.tw
劃撥帳號／19563868　戶名：秀威資訊科技股份有限公司
讀者服務信箱：service@showwe.com.tw
展售門市／國家書店（松江門市）
104台北市中山區松江路209號1樓
電話：+886-2-2518-0207　傳真：+886-2-2518-0778
網路訂購／秀威網路書店：https://store.showwe.tw
國家網路書店：https://www.govbooks.com.tw

2021年3月　BOD一版
定價：340元

國家圖書館出版品預行編目

人性反思與敘述魅力：嚴歌苓小說論評 / 李仕芬
著. -- 一版. -- 臺北市：秀威資訊科技股份有限
公司, 2021.03
面； 公分. -- (語言文學類 ; PG2532) (文學視
界 ; 123)
BOD版
ISBN 978-986-326-885-7(平裝)

1. 嚴歌苓 2. 小說 3. 文學評論

874.57 110001312

讀者回函卡

感謝您購買本書，為提升服務品質，請填妥以下資料，將讀者回函卡直接寄回或傳真本公司，收到您的寶貴意見後，我們會收藏記錄及檢討，謝謝！

如您需要了解本公司最新出版書目、購書優惠或企劃活動，歡迎您上網查詢或下載相關資料：http:// www.showwe.com.tw

您購買的書名：________________________________

出生日期：________年________月________日

學歷：□高中（含）以下　□大專　□研究所（含）以上

職業：□製造業　□金融業　□資訊業　□軍警　□傳播業　□自由業

□服務業　□公務員　□教職　□學生　□家管　□其它_____

購書地點：□網路書店　□實體書店　□書展　□郵購　□贈閱　□其他

您從何得知本書的消息？

□網路書店　□實體書店　□網路搜尋　□電子報　□書訊　□雜誌

□傳播媒體　□親友推薦　□網站推薦　□部落格　□其他__________

您對本書的評價：（請填代號　1.非常滿意　2.滿意　3.尚可　4.再改進）

封面設計____　版面編排____　內容____　文／譯筆____　價格____

讀完書後您覺得：

□很有收穫　□有收穫　□收穫不多　□沒收穫

對我們的建議：________________________________

____

____

____

請貼
郵票

11466
台北市內湖區瑞光路 76 巷 65 號 1 樓
秀威資訊科技股份有限公司 收
BOD 數位出版事業部

（請沿線對折寄回，謝謝！）

姓　　名：＿＿＿＿＿＿＿＿　年齡：＿＿＿＿　性別：□女　□男

郵遞區號：□□□□□

地　　址：＿＿＿＿＿＿＿＿＿＿＿＿＿＿＿＿

聯絡電話：(日)＿＿＿＿＿＿＿＿ (夜)＿＿＿＿＿＿＿＿

E-mail：＿＿＿＿＿＿＿＿＿＿＿＿＿＿＿＿